KB268936

진실과 허위가 미역감은 이야기

진실과 허위가 미역감은 이야기

▲저자와 반려자 최재은

미래 수필 18

진실과 허위가 미역감은 이야기

신용일

미래문화사

책머리에

누구는 삼천갑三千甲을 살았다 하나, 내 겨우 일갑一甲을 넘겼다. 햇수로 육십 년이요 날수로 이만천구백 일이다. 언제부턴가 사람들은 이 고개를 회갑回甲이라는 이름으로 매듭을 지어놓았다.

그 많은 나날도 지나가고 보니 한순간이라, 누가 감회라도 묻는다면 빙그레 웃을 뿐 할 말이 없다.

초침은 육십 초를 돌아 일 분이요, 분침은 육십 분을 돌아 한 시간이다. 육십에 무슨 의미가 있는 것인지, 사람도 육십을 한 바퀴로 보았다.

귀가 순해져서 무슨 말을 들어도 걸리지 않았다는 성현도 있지만, 듣지 말아야 할 말을 많이 들은 탓인지 이명耳鳴으로 작은 소리는 못 듣기 예사다. 뿐만 아니라 작고 가까운 것은 잘 보이질 않고 건망증으로 황당할 때가 비일비재다. 한 바퀴 돈 증세가 가을날 단풍처럼 번지고 있다.

아직은 한창이라고 호기를 부리면서도 잔칫상 차려 놓고 청하는 지우가 더러 있으나, 그만한 넉살도 부릴 줄 모르는 위인이기에 염치불구 변백辨白에 불과한 글이나마 한데 묶어 인사를 대신하기로 했다.

5

햇비둘기 날갯짓으로 글모음 《눈이 아프면 하늘을 보고》를 선보인 지 육 년 만이다. 이제야 글 철이 드는지 원고지 한 장 메꾸는데 차던 달이 이울 때가 적지 않았다. 깊지 못하고 무게도 없음을 모르는 바 아니나, 사람이 그러니 어이하랴.

여기 모은 글들은 이울어 가는 내 자화상이다. 화조월석花朝月夕에 비분과 고뇌, 관조와 이죽거림이 뒤섞여 있다. 공감하는 글벗이 단 한 분이라도 있다면 그것으로 족할 따름이다.

이순耳順의 고개를 함께 넘은 늘 편안한 아내와 옹색한 여건 속에서도 의젓하게 자라 준 아이들에게, 고마운 마음이 강물로 흐른다.

새로 시작한 동그라미를 얼마나 더 그릴지 알 수 없으나 대충 듣고 멀리 보면서 마무리나 잘하고픈 마음 절실하다.

하찮은 이야기들 잘 꾸며 엮어 주신 미래문화사에 감사를 드리며 머리말을 대신한다.

2002년 壬午 正月 十六日
저자 신 용 일

차례

제2부 묵향

제3부 개 같은 이야기

제4부 차창에 흐르는 세월

제5부 어별을 벗삼아

제6부 산그늘 물그늘

제1부

·

진실과 허위가 미역감은 이야기

시인과 도둑

거미줄에 걸린 매미를 구해 줬다. 죽다가 살아 창공을 나는 매미를 보고 빙그레 웃다가 ―, 허탈한 듯 상처 난 그물을 떠나지 못하는 거미에게 못할 일을 했다는 생각이 들었다. 매미에겐 잘한 일이요 거미에겐 못한 일이다. 먹이를 빼앗긴 거미가 금방이라도 달려들 것만 같은 섬뜩한 느낌이다.

잘한 일이 선이요 못한 일이 악이라면, 나는 동시에 선과 악을 행한 셈이다. 선과 악은 빛과 그림자 같은 것인가. 모순과 상반相反이 공존하는 게 자연의 법칙이다.

먹이를 빼앗긴 거미가 복수를 하고 생명을 구한 매미는 보은을 하는, 흥미로운 전설도 있을 법하다. 목숨을 구한 까치가 다시 그 목숨을 던져 보은을 한 치악산 전설 같은 거 말이다.

'매미와 거미'는 시인과 도둑을 떠올리게 하고 지킬박사와 하이드를 연상케 한다. 생김새도 그렇고 그 성질은 더욱 그렇다.

거미는, 나비나 잠자리가 잘 다닐 만한 길목에 신기한 솜씨로 그물을 친다. 바람의 방향을 잡아 실을 날려 건너편에 연결한 후 씨줄과 날줄을 원형으로 엮는데 그 간격이 자로 잰 듯 정확하다. 그물 치기가 끝나면 한쪽 줄이 연결된 부분에 숨어 있다가 줄이 흔들리면 먹이가 걸린 줄 알고 쏜살같이 달려나온다. 때로는 제 몸보다 더 큰 먹이도 실을 뽑아 순식간에 얽어매어 꼼짝도 못하게 만들어 버린다. 검은 색에 입이 날카로운 거미는, 남은 먹이를 숨기고 또 걸려들기를 숨어서 기다리는 함정의 명수다.

그런데 매미는 정반대다. 우선 생김새부터가 고고한 선비다. 옛부터 사람들은 매미의 5덕을 칭송했다. 머리와 날개에 아름다운 무늬가 있으니 문文이요, 맑은 이슬만 먹고사니 청淸이다. 곡식은 입에 대지도 않고 집도 없이 사니 겸廉과 검儉이요, 계절을 지키니 신信이다.

어느 선비가 이보다 더하랴. 매미와 거미에게서 시인과 도둑을 떠올리는 소이가 여기에 있다. 옛날 벼슬아치들이 쓰던 관冠을 매미의 무늬를 모방해 만들었다는 설도 있으니 문文에 관冠을 더함이요, 맑은 이슬만 먹고 푸른 숲에서 청아한 노래를 즐기니 청淸이요 락樂이다. 먹이를 탐하지도 않고 집도 없으니 겸廉과 검儉의 사표요, 때를 알고 계절을 지키니 지知도 있고 신信도 있다.

어찌 이뿐인가. 하루를 천 년으로 사는 게 매미다. 땅속에서 굼벵이로 짧게는 5년 길게는 17년 정도 있다가 매미가 되어 사는 기간이 불과 2~3주밖에 안 되기 때문에 이르는 말이다.

1년을 준비해서 하루를 사는 셈인데, 매미의 하루가 바둑 한 수에 몇 백 년이 흘렀다는 선인仙人들의 삶을 보는 것 같아 신비스럽기까지 하다.

거미 같은 사람도 있고 매미 같은 사람도 있다. 끝도 없이 탐욕을 부리는 사람도 있고 제 분수에 자족하며 초연히 사는 사람도 있다는 뜻이다. 나는 어느 쪽인가. 아직도 버리지 못한 탐욕은 거미의 습성이요, 스스로 맑은 체 하는 것은 매미의 흉내에 불과하다.

사람에게는 누구나 야성野性도 있고 이성理性도 있다. 야성은 거미의 습성이요 이성은 매미의 속성이 아닌가 싶다. 야성은 혼자 있을 때 발동하기 쉽다. 어두운 밤에 이성을 잃기 쉬운 연유도 여기에 있다. 앞에선 깨끗한 사람이 뒤에선 추하기도 하고, 낮에 천사가 밤이면 악마가 되는 경우도 많다.

치악산 자락에 소쩍새 마을이 있다. 살아 있는 부처로 소문난 어느 스님이 만든 마을이다. 부모가 버린 아이들을 자식처럼 기르고 자식이 버린 부모도 내 부모처럼 모셨다. 천막을 치고 구걸로 행한 일이니, 칭송을 받을 만도 했다.

먹물 장삼에 텁수룩한 수염은, 자비가 넘치는 생불生佛이었다. 많은 사람들이 부처님께 시주하듯 성금을 냈다.

그런데 이 어찌된 일인가. 겉모습은 부처인데 그 속은 도둑이었다. 인면人面에 수심獸心을 한 치한이었다. 참으로 알 수 없는 게 사람의 얼굴이다. 오죽했으면 열 길 물속은 알아도 한 길 사람 속은 모른다 했겠는가.

거울에 비친 내 얼굴 보기가 두렵다. 나는 무엇인가. 시인인가 아니면 도둑인가, 매미의 탈을 쓴 거미는 아닌가. 벽만 가려도 달라지고 보는 이가 없는 듯싶으면 변하는 게 사람이다. 요조숙녀가 벽 하나 사이로 창녀가 되기 예사요, 앞에선 도덕군자가 돌아서면 치사한 소인배가 되기 일쑤다.

내가 그랬다. 내 삶이 그랬다. 전혀 다른 얼굴 하나가 내 속에 가려 있다. 어느 게 진정한 내 모습인가.

가린 허물은 언젠가 드러나기 마련이다. 어떤 이는 살아서 드러나고 어떤 이는 죽어서 드러난다. 간혹 죽음으로 더 가려지는 허물도 있기는 하다. 그러나 어찌 손바닥으로 하늘을 가릴 수 있겠는가. 하늘의 말을 들을 수 없는 것이 도리어 인간이 누리는 축복(?)인지도 모른다.

 추한 얼굴도 화장으로 잘 가리면 예뻐진다. 화장으로 가린 얼굴이 다른 사람에게 기쁨을 준다면, 가리는 것이 꼭 나쁜 것만은 아니라는 증거다. 적당히 가리면서 사는 게 사람의 삶이다. 만일 가린 게 다 드러난다면─, 어찌 되겠는가.

 내 추한 모습도 가리는 데까지 가리며 살고 싶은 게 내 솔직한 심정이다. 나를 아는 모든 분들에게 실망을 주지 않기 위해서도 그렇다. 배부른 처녀의 핑계 같지만─, 어찌하랴.

 매미가 운다.

 십 년을 준비해서 열흘을 사는 매미다. 얼마를 사느냐가 아니라, 어떻게 사느냐고 묻는 것 같다.

 맴 맴 맴 맴─, 사르르 맴 맴. (1995)

진실과 허위가 미역감은 이야기

막내 누나가 넣어 준 참기름 병에서 고소한 냄새가 배어난
다. 행여 샐세라 몇 번이고 동여맨 고무줄이 누나의 정만큼이나
질박하다. '이건 진짜네, 맛이나 보게.' 풀 향기 상큼한 누나가
웃으며 한 이 말이 예사롭지 않다. 얼마나 가짜가 많았으면 일
생을 밭 갈아 씨뿌리며 농심農心으로 산 누나의 입에서까지 진짜
참기름이라는 말이 나왔겠는가.

참기름, 진짜 참기름, 순 진짜 참기름 —, 숨길 수 없는 오늘
의 세태다. 어찌 참기름뿐이랴. 여기도 짜가, 저기도 짜가, 짜
가가 판친다는 대중가요를 들먹일 것도 없다. 심지어 사람까지
도 진짜 가짜를 따지는 세상이니, 더 말해서 무엇하랴.

텔레비전 대담 프로에 나온 어느 여배우가 자기 코를 비틀어
보이며 이건 진짜 내 코라고 항변하는 괴이한 장면을 본 일이
있다. 이 무슨 말인가. 가짜 코도 있다는 말인가. 하기사 가짜
유방, 가짜 얼굴도 있다는 말을 듣기는 했다.

코를 높이고, 턱을 깎고, 이마를 넓히고 —, 이를 어찌 제 얼

굴이라 하겠는가 이대로 가다가는 '이건 진짜 나' 라는 해괴한 말까지 나올지도 모를 일이다.

먼 옛날, 진실과 허위가 함께 미역을 감았다. 먼저 나온 허위가 진실의 옷을 입고 줄행랑을 쳤다. 한발 늦은 진실은 그만 망연자실하다가 차마 허위의 옷은 입을 수가 없어 벗은 채로 살기로 했다. 이때부터 허위는 진실로 가장하고, 진실은 부끄러워 숨어 살게 되었다는 것이다.

허위는 진실을 위장하고, 진실은 부끄러워 숨어버린 세상, 오늘의 세태를 꼬집는 풍자요 해학이다.

뻐꾸기는 남의 둥지에 몰래 알을 낳는다. 그래놓고 능청스럽게 노래를 부르며 지켜보고 있다. 제 새끼인 줄 알고 길러 놓으면 제 부모 소리를 따라 뒤도 안 돌아보고 떠나버린다. 저를 길러 준 어미새의 진짜 새끼를 다 밖으로 떠밀어 죽게 하고 저 혼자서만 먹이를 받아먹고서도 말이다. 아무리 미물이지만 뻐꾸기의 배은망덕은, 보는 이의 마음에 증오심마저 일으킬 정도다.

사람의 세계에도 뻐꾸기가 더러 있는 모양이다. '친자확인소송' 이라는 부끄러운 말이 있는 걸 보면 알 만하다. 자식도 부모도 진짜와 가짜가 있다는 말인가. 부모와 자식이 서로 버리고 죽이기 예사인 세상에 진짜 가짜가 무슨 의미가 있겠는가. 나눌 수 없는 인연으로 알고, 할 수 있고 하고 싶으면 서로가 의무와 책임을 다하면 그만이다.

가짜 목사, 가짜 승려, 가짜 의사, 가짜 고춧가루, 아무리 가짜가 많은 세상이라 해도 제 코를 이건 진짜 내 코라 하고, 제 턱을 꼬집어 이건 진짜 내 얼굴이다 한다면, 다한 말이다.

"나는 진짜 나다." 이건 분명 예사로운 말이 아니다. "이 뭣꼬" 라는 화두에 대답이 아닌가 싶어 하는 말이다. 수화기만 들면 '나'요 하는 막역한 지우가 있다. 뻔히 알면서도 나가 누구냐고 딴청을 부리면, 나도 모르는 너는 누구냐고 호통이다.

나는 누구인가.

맞벌이를 하는 어느 대학교수가 이삿짐 센터에 부탁해 놓고 출근을 했다. 가정부가 새로 오기로 했다는 말은 건성으로 들었다. 대충 정리를 끝낸 그 아내는 새로 온 가정부에게, 바깥주인은 여차여차하게 생겼으니 꼭 확인을 하고 문을 열어 주라는 당부를 잊지 않았다.

일과를 마친 그는 술친구를 만나 거나해진 기분으로 옆 사람과 시비가 붙어 안경이 부러지고 손가방마저 잃어버렸다. 기억을 더듬어 가까스로 이사한 집을 찾아 초인종을 눌렀으나, 문틈으로 내다본 낯선 여인이 문을 열지 않는다.

'누구냐'는 물음에 '나'라는 대답이 먹혀들 리가 없다. 아무리 보아도 사모님의 설명과 다르기 때문이다. 나를 모르는 너는 누구냐고 호통을 치다가 방범대원에게 끌려가게 되었다. 주민등록증 주소와 그 집 주소가 같을 리도 없다. 꼼짝없이 치한으로 몰려 유치장 신세를 지고 말았다.

나를 잃어버린 현대인을 꼬집은 어느 드라마의 줄거리다.

나는 누구인가. 나는 무엇인가. 나로 알고 있는 나는 진짜인가 아니면 허상인가.

"이제껏 나를 본 사람들이 내 우리에 불과한 내 육신만 보았을 뿐, 참 나는 못 본 것 같구나. 나를 못 본 것이 무슨 문제리요만 제 자신도 못 본 것이 문제로다. 자기도 못 본 채 제 그림자를 저로 알고 있으니, 어찌 암흑의 세계라 아니하랴." 거울에 비친 그림자를 보고 "자네와 내가 이별할 때가 되었네 그려. 그 동안 고마웠네, 그럼 잘 있게나." 만공 선사가 입적하면서 남긴 법어다.

진짜 나는 누구인가. 내 육신인가, 내 마음인가. 마음이 떠나면 시체요 몸이 없으면 영혼이다. 누가 내 주인인가? 사람의 생명은 무엇인가. "이 뭣꼬"라는 화두도 이를 묻는다.

프로이드는 쾌락의 의지라 했고, 니이체는 권력의 의지라 했다. 생각하는 갈대, 도구를 사용할 줄 아는 사회적 고등동물, 신神의 형상形狀, 색즉시공色即是空, 스승도 많고 가르침도 많다.

내가 나를 알기도 어려운데, 진짜는 무엇이며 가짜는 무엇인가. 가짜가 보면 다 가짜요, 진짜가 보면 다 진짜가 아니겠는가. 돼지의 눈에는 돼지로 보이고 부처의 눈에는 부처로 보인다는 고사古事는, 이래서 진리다.

속이려는 자에겐 속아주는 것이 도리어 덕인지도 모른다. 일부러 속는 것은 아무나 흉내낼 수 없기 때문이다.

아서라, 가짜 진짜를 따져서 무엇하랴. 내가 나도 모르는 것을……. (1996)

궁宮은 궁이요 졸卒은 졸이다

막역한 친구와 장기판을 차렸다. 얼마 만인가. 청년 시절 한 두 판 두어본 후로 십수 년은 더 된 듯싶다. 어쩐지 좀 어색하다. 양복에 갓을 쓴 것 같은 뭐 그런 기분이다.

'바둑 한 수 하실까요', '장기나 두세', '고누나 두자' 한다는 말이 있다. 오락도 급수가 있다는 해학이다. 그래서일까. 바둑이라면 몰라도 장기는 걸맞지 않다는 자만심이 작용을 한 모양이다. 그러나 이를 어쩌랴. 바둑을 모르는 친구니 —, 심심파적으로 장기라도 한판 둘 수밖에……

나는 한漢을 놓고 친구는 초楚를 잡았다. 말들을 내려다보는 마음이 자못 비장하다. 한漢은 한중왕 유방留防이요, 초楚는 초패왕 항우項羽로 보면 더욱 그렇다. 최일선에 병졸兵卒이 도열하고, 그 뒤로 금방이라도 불을 품을 듯한 대포가 숨어 있다. 양사兩士의 호위를 받는 궁宮 좌우로, 상象, 마馬, 차車가 언제라도 뛰고 달릴 기세다. 초한楚漢의 한판 승부가 목전에 있다.

초楚는 B. C. 223년에 진秦에게 망한다. 진은 그 여세를 몰아 연

燕, 조趙, 제齊를 차례로 정벌하여 천하를 통일한다. 진의 시황제 始皇帝 政은 만리장성을 쌓고 아방궁을 높이 세워 불로장생을 꿈꾼다. 그러나 생자필멸生者必滅의 법칙을 그 누가 거역하랴. 천하를 통일한 지 불과 십여 년 만에 숨을 거두니―, 그의 나이 겨우 오십이다. 그것도 간신배들에 의해 비명횡사했다는 풍문을 남긴 채 말이다. 만리장성도 아방궁도 시황제의 권세도 아무 소용이 없다. 만인萬人은 죽음 앞에 공평하다는 천도(天道)가 아니겠는가.

시황제가 죽은 지 3년 만에 그의 손자인 삼세황제三世皇帝는 보위에 오른 지 43일째 되던 날, 유방에게 항복을 하고 만다. 무상한 권세의 흥망성쇠요 돌고 도는 역사의 수레바퀴다.

진이 망하기 1년 전부터 진에게 패망한 나라들이 여기저기서 국가재건운동을 일으킨다. 그중 하나가 초의 재건을 명분으로 한 항우요, 또 하나는 유방이다. 항우에 비해 세력이 약한 유방이 관중 지방을 먼저 점령하여 3세 황제의 항복을 받는다. 결국 이 두 세력은 초와 한으로 양분하여 3년을 싸우니―, 역사는 이 전쟁을 초한전楚漢傳으로 기록한다.

그런데 재미있는 것은, 항우는 이기면서 지고 유방은 지면서 이겼다는 점이다. 이런 아이러니가 어디에 있겠는가. 그러나 사실이 그랬다. 유방은 신하의 의견에 귀를 기울일 줄 알았다. 일방적으로 명령을 내리는 우를 범하지 않았다. 어려울 때마다 "어떻게 해야 하느냐"고 묻고 맨 나중에 결단을 내렸다. 장량張良의 책략과 한신韓信의 무용武勇으로 싸우면서 소하의 덕으로 민생民生을 다졌다. 승리의 공은 신하에게 돌리고 잘못된 일은 그 책임을 자신에게 물었다. 과연 천하를 경륜할 영웅이다.

그러나 항우는 달랐다. 자신의 능력과 재능만 앞세웠다. 그는 언제나 신하의 의견을 무시하고 무슨 일이든지 독단으로 처리했다. 뿐만 아니라 모든 공은 자신에게 돌리고 잘못된 것은 그 책임을 부하에게 물었다. 유능하고 덕 있는 신하들은 하나 둘 등을 돌리고 군사와 백성들은 시간이 흐를수록 피폐해질 수밖에 없었다. 항우는 이기면서 죽고 유방은 지면서 산 이유가 여기에 있다. 이래서 역사는 어제의 기록이요 오늘의 거울이며 내일의 이정표라 했는지 모른다.

장기는 제일 먼저 졸이 길을 연다. 그래야 차가 나가고 상이 움직일 수 있다. 혼자 있으면 무력한 졸도 뭉쳐 있으면 난공불락이다. 앞이나 옆으로는 갈 수 있어도 뒤로는 한발도 물러서지 못한다. 이른바 임전무퇴臨戰無退다. 차는 차의 길이 있고 포는 포의 길이 있다. 마馬는 날 일日 자로 뛰고, 상象은 쓸 용用 자로 난다. 사士는 궁을 벗어날 수 없고 궁이 죽으면 판은 끝나고 만다.

바둑은 갈수록 복잡해지는데 장기는 둘수록 간단해진다. 어쩌다 보면 부하를 다 죽이고 궁 혼자 남아 적군의 졸에게 항복을 하는 경우도 있다. 군사와 백성을 다 잃고 오강포烏江浦에서 스스로 목숨을 끊은 항우의 처절한 모습을 보는 것 같아 민망할 때도 많다.

나는 말띠다. 그래서인지 이리 뛰고 저리 뛰는 장기판의 말을 보면 내 삶을 보는 것 같아 웃음이 절로 난다. 내 이제껏 말처럼 살았다. 함경도 아오지에서 태어나 강보에 싸여 삼팔선을 넘었고, 어린 시절은 전라도 월랑月浪에서 자랐다. 젊을 때는 농촌계몽요원으로 수없이 산을 넘고 물을 건넜으며, 가정을 이루고서도 육십령을 넘어 섬진강을 건너고, 다가산, 금오산, 계양산, 수락산 자락을 거쳐 서울에 이르렀다.

역마살이 낀 아비를 인연으로 태어난 내 아이들은 이래서 실향민이 아니라 무향민無鄕民이다. 고향도 없는 아이들—, 어찌 연민의 정이 없겠는가.

장기판의 마馬는 적어도 장군에 가깝다. 장기타령은 삼국지에 나오는 마초로 부른다. 오늘에 비하면 사단장 정도는 아닐까 싶다. 병兵으로 군복무를 마친 나에겐 분명 언감생심이다. 나는 졸卒이요 민초民草다. 군에서도 그렇고 사회서도 그렇다. 그러나 졸이 없는 장기판이 없는 것처럼 병兵이 없는 군대도 없고 민초가 없는 사회도 없다.

끝까지 살아남아 최후의 승리를 거두는 게 장기판의 졸이요, 밟아도 늘 푸른 것이 민초가 아니던가. 졸 하나 귀히 여기면 이기고 가벼이 여기면 지는 게 장기판이다. 민심을 얻으면 천하를 얻고 민심을 잃으면 천하를 잃는 것과 하나도 다를 바 없다.

궁은 궁의 길이 있고 졸은 졸의 길이 있다. 가는 길이 다르듯, 사는 길도 다르다.

산은 산이요 물은 물이라 했던가. 궁은 궁이요 졸은 졸이다.

(1995)

토끼와 거북이

토끼와 거북이는 서로 가까이 할 수 없는 사이다. 사는 곳이 다르고 그 성질 또한 판이하기 때문이다. 그런데도 이 둘은 실과 바늘같이 사람들의 입에 오르내린다. 옛날엔 지혜로운 토끼와 어리석은 자라로, 지금은 교만하고 게으른 토끼와 겸손하고 성실한 거북이로 말이다. 자라와 거북이는 생김새와 성질이 비슷하여 같은 부류로 풍자된 것 같다. 토끼와 자라 이야기는 판소리로나 들을 수 있을 정도로 멀어졌으나, 토끼와 거북이는 모르는 사람이 없을 정도로 유명한 동화의 주인공들이다.

날 듯 뛰는 토끼와 갑갑할 정도로 굼뜬 거북이가 경주를 한다는 발상에서부터 아이들의 흥미를 끈다. 삼척동자가 생각해도 거북이는 토끼의 경쟁자가 될 수 없다. 이것이 곧 보편적인 상식이다. 너무도 당연한 것에 박수를 보낼 사람은 아무도 없다.

극적인 반전, 여기에 찬사와 환호를 아끼지 않는다. 비록 꾸민 얘기지만 보편적인 상식을 뛰어넘어 거북이가 토끼를 이겼다는 데서 사람들은 즐거워한다.

이 동화가 잘못 구성되었다는 설도 있다. 예를 들면, 목적지를 저 언덕이 아니라 좀더 멀리 그러니까 언덕 넘어 강 건너쯤으로 하고, 언덕은 토끼가 거북이를 부축하고 강은 거북이가 토끼를 등에 업어 나란히 도착하여 둘 다 상을 받는다면 더 좋지 않겠느냐는 것이다. 듣고 보니 맞는 말이다. 순수 무구한 아이들에게 경쟁과 승패보다는 더불어 사는 아름답고 흐뭇한 이야기가 더 좋을 듯도 싶다.

토끼를 비웃고 거북이에게 박수를 치던 아이들이 이제 어른이 되었다. 그렇다면 이 사회 구석구석 거북이의 흔적이 보일 듯도 하련만, 약삭빠른 토끼들만 설쳐 댈 뿐 어디에도 거북이는 보기가 어렵다. 내 눈이 흐리기 때문인가, 아니면 토끼 눈엔 토끼만 보이기 때문인가.

빨리빨리 ─, 이 말은 이제 우리의 부끄러운 모습을 대변하는 세계의 공통어가 되었다. 유명 관광지라면 세계 어디를 가나 이 말을 듣기가 어렵지 않다. 빨리빨리 먹어라. 빨리빨리 타라. 빨리빨리 구경하라 ─, 한국 사람이 있는 곳이면 으레 수식어처럼 따라다니는 말이다. 빨리빨리 먹는 밥은 체하기 쉽다. 빨리빨리 하는 공사는 부실할 수밖에 없다. 한강 다리가 동강나고 백화점이 무너지고 지은 지 몇 년 안 되는 아파트가 기울고 ─, 이 모두가 빨리빨리가 빚어 낸 '토끼 문화'의 산물이 아니겠는가.

한국 관광객이 미국 어느 중국집에서 쫓겨났다는 일화가 있다. 들어서면서부터 빨리빨리를 외쳐 대는 무리들에게 그 주인왈 "그 소리 듣기 싫어 이곳으로 왔는데 여기까지 와서 그 소리를 하느냐"고 했다는 것이다. 우리의 조급성을 꼬집는 풍자인 줄 알지만, 경망스럽게 허둥대는 몰골이 눈에 선하다.

중국인들은 스스로 대국인이라 칭한다. 그래서일까. 그들의 생활철학이 '느림'이라는 생각을 떨쳐버릴 수가 없다. 그들의 타이치太極拳라는 운동을 보면 더욱 그렇다. 팔과 다리를 어정쩡하게 구부린 자세로 느리게 움직인다. 우리의 국민체조와 비교하면 마치 토끼와 거북이를 연상케 한다.

빨리빨리와 만만디漫漫地, 이 경주가 어떻게 되겠는가. 중국인들은 느림으로 세월을 누린다. 느림으로 적을 이기고 느림으로 세계를 정복하려 든다. '漫漫吸'는 '천천히 드세요', '慢走' '천천히 가세요', 심지어 '漫漫來' '천천히 오세요' 한다. 이 정도면 느림이 아니라 여유다. 이만한 여유 때문에 만리장성 같은 걸작의 유산을 역사에 남겼는지 모른다. 기차가 두세 시간 늦는 건 예사요 비행기도 제 시간에 뜨는 법이 없다. 취사도구와 침구까지 챙겨 들고 거북이 걸음으로 기어가는 기차 안에서 희희낙락하며 시간을 즐기는 그들이니, 더 말해서 무엇하랴.

로마는 도시 전체가 박물관이다. 파리도 런던도 마찬가지다. 수천 년 된 역사의 유물이 발끝에 걸리고, 몇 백 년 묵은 건물이 숲을 이룬다. 독일의 휠튼 성당은 5백 년이 되었는데도 아직도 그 공사가 진행 중이다. 세종대왕 시절에 시작한 건물이 지금도 서까래를 걸고 벽을 바르고 있는 셈이다. 성질 급한 토끼는 제 성질을 못 이겨 팔딱팔딱 뛰다가 죽을 노릇이다.

우리는 언필칭 반만년 역사를 자랑한다. 우리의 서울 어디에 유구한 역사가 있는가. 시멘트 건물에 가려 잘 보이지도 않는 궁궐 몇 채를 빼면 천 년은 고사하고 기백 년 된 건물도 없다. 일본인들이 그들의 식민통치를 위해 7~80년 전에 세운 서울역과 한국은행 건물이 문화유산처럼 보전될 정도니 —, 반만년 역사는 우리의 말 속에나 있다는 말인가.

경복궁을 가로막은 구 총독부 건물 앞에 광화문光化門을 다시 세웠다. 일제에 의해 훼손된 역사유산이 다시 복원된 것은 실로 다행한 일이다. 그런데 이 무슨 해괴한 짓인가. '光化門'이 아니라 '광화문'이 되었다. 그 앞을 지날 때마다 우리의 역사의식을 보는 것 같아 고개를 떨구는 민초가 어찌 나 하나뿐이겠는가.

역사도 없고 국적도 없는 도시가 서울이라는 불경스러운 생각이 지워지지 않는다. 하루가 다르게 치솟는 빌딩은 뉴욕의 맨해튼을 닮은 것 같고, 화려하고 웅장한 교회 건물은 로마제국을 닮은 것도 같다. 맨해튼은 흉물스러운 모습으로 변해 가고 로마제국은 멸망된 지 이미 오래다. 서울의 진정한 모습은 어디에 있는가.

불란서 파리는 두 얼굴이 있다. 하나는 예스럽고 또 하나는 새스럽다. 우리의 서울도 두 모습이었으면 싶다. 새 서울은 강 건너에 최첨단 도시로 우뚝 서고, 4대문과 4소문을 거느린 성안에 옛 모습을 그대로 간직한 전혀 다른 또 하나의 서울이 있다면 얼마나 좋으랴. 청계천淸溪川에 거북이 놀고 남산골에 토끼가 뛰는 서울―, 생각만 해도 흐뭇하다.

토끼와 거북이 ―, 하나는 빠르고 하나는 느리다. 빠를수록 조급하고 느릴수록 여유가 있다면 누가 믿겠는가. 토끼는 빠름으로 쫓기다 죽고 거북이는 느림으로 천년을 산다. 느림이 빠름을 이기는 역리逆理요 천리天理다. 빠름과 느림의 조화, 삶의 지혜도 사회의 발전도 다 이 안에 있지 않겠는가. 토끼는 거북이를 부축하고 거북이는 토끼를 등에 업어 산 넘고 물 건너 더불어 살아야 된다는 말은, 이래서 예사로운 얘기가 아니다.

토끼와 거북이, 아이들이 아니라 어른들이 깨달아야 할 교훈인 것을……. (1996)

쇠코를 꿰지 마라

"쇠코를 꿰지 마라."

넉 달 묵언默言 끝에 일갈一喝한, 경허鏡虛 선사의 법어法語다.

이 무슨 말인가. 인위人爲로 무위無爲를 해치지 말고 유의有義로 천리天理를 거스르지 말라는 뜻인가.

소는, 코를 꿰는 순간부터 끌려다닌다. 사람은 무엇에 얽매이는가. 이념理念일 수도 있고 제도制度일 수도 있다. 탐욕도 사랑도 마찬가지다. "쇠코를 꿰지 마라." 내 코를 깨닫게 하는 화두話頭가 아닐 수 없다.

경허는, 역사의 암흑기를 바람처럼 살다 간 대선사다. 한때는 계룡산 동학사에서 법사法師로도 있었다. 어느 여름날, 서울 청계산 청태사의 옛 스승을 뵙기 위해 길을 나섰다. 그때만 해도 휘적휘적 며칠은 족히 걸리는 거리다. 천안 부근에 이르러 하루 해가 저물었다. 늦장마가 시작되는지 추저추적 비까지 내렸다. 인심 좋아 보이는 어느 마을에 하룻밤 유숙을 청했다. 그런데 이 어인 일인가. 몇 집의 문을 두드려도 기척이 없다. 간혹 얼굴을 내밀어도, 손을 젓는다. 그러나 어찌하랴. 길은 설고 밤은 깊은데, 처마 밑이라도 비를 피할 수밖에……

그런데 이 무슨 변인가. 간장이 녹는 듯한 속울음 소리가 이 집 저 집에서 새어나오고 있지 않은가. 어두운 그림자가 소리 없이 움직일 때마다, 멍석에 말린 시신屍身이 어디론가 옮겨지고 있음을 보았다. 경허의 눈이 휘번쩍 띄었다. '괴질이구나, 이를 어쩐단 말인가. 한 가문이 멸문滅門되기 예사요 온 고을을 싹 쓸어버리기 일쑤인 큰 재앙이 아니던가.'

바랑을 벗어던지고 밤을 새워 거들었다. 하룻밤 사이에 셀 수도 없이 많은 생명이 죽어 갔다. 하늘을 우러러 실성한 사람처럼 앉아 있다. 사람이 죽는다. 이들이 무슨 죄가 있다는 말인가. 땅만 바라보고 사는 순박한 민초民草들이다. 아이도 죽고 어미도 죽는다. 상민도 양반도 구분이 없다. 산 사람 또한 언제 죽을 지 모르는 운명인데, 어찌 망자亡者를 위한 눈물인들 있겠는가.

이 처절한 참상을 지켜본 경허는 큰 혼란에 빠지고 만다. 사람이 죽고 있는데, 죄 없는 백성들이 떼죽음을 당하고 있는데, 중생을 위한다는 불법佛法은 도대체 무슨 소용인가. 팔만대장경은 무엇이며, 부처는 어디에 있는가. 내가 할 수 있는 일은 무엇인가. 기껏해야 흙 한줌 던져 주는 것이 불법을 안다는 법사의 할 일인가.

제2차 세계대전 때 독일에 본 회퍼(1906~1945)라는 기독인이 있었다. 그릇된 정치이념으로 수많은 목숨들이 죽임을 당하던 역사의 암흑기에 그도 살았다. 육백여 만 명이 유태인이라는 것 때문에 목숨을 잃었고, 세계 도처에서 기천만 명이 죽고 다쳤다. 이 현장을 지켜본 그도 큰 혼란에 빠지고 만다. 사람이 사람을 죽이는데 ―, 사람을 위한다는 신학神學은 무슨 소용이 있으며, 하느님은 어디에 있느냐고 절규한다.

발걸음을 돌려 동학사로 돌아온 경허는 강원講院의 사문沙門들을 다 돌려보내고, 묵언에 들어간다. 봉두난발蓬頭亂髮에 귀신형용鬼神形容이다. 냄새가 코를 찌르고 이와 빈대는 살판이 났다. 저 처절한 묵언이 언제까지 갈 것인가, 저대로 입적하는 것은 아닐까? 지켜보는 불자들이 더 안타깝다. 여름이 가고 가을도 깊어가는 어느 날, 공양을 수발하던 동자가 푸념처럼 한마디했다.

"소가 되어도 고삐 뚫을 구멍이 없다."

이 말을 들은 경허가 문을 박차고 나왔다.

"쇠코를 꿰지 마라."

대선사가 한 철이 넘도록 묵언 끝에 깨달은 도道다. 이 순간부터 경허는 한 점 바람이 되어 대자유를 누렸다.

소의 네 발은 무위無爲요 자연이다. 코뚜레는 무엇인가. 인위人爲요 굴레다. 이념도 인위요 제도도 인위다. 심지어 종교도 인위가 되어 사람의 코를 꿰는 경우가 많다. 나는 옳고 너는 그르다는 믿음도 그렇고, 내가 누리는 축복은 당연한 인과因果요 네가 당하는 고통은 마땅한 업보라는 아집도 다를 바 없다.

진리란 무엇인가. 코뚜레를 벗겨 주는 도구가 아니던가.

"바람이 임으로 불매 그 소리를 들어도 어디로 와서 어디로 가는지 알지 못하나니 ―, 진리로 거듭난 사람은 다 이러하니라. 진리를 알라. 진리가 너희를 자유롭게 하리라." 감람산 기슭에서 들려오는 기독의 복음이다.

"뗏목을 타고 고해를 건너 피안彼岸에 이르렀다고 하자. 그렇다고 그 뗏목을 메고 가겠느냐. 뗏목을 버려야 하느니라. 고기를 다 잡으면 통발을 버리고 토끼를 다 잡으면 덫을 버리는 것과 같은 이치니라. 문자文字의 뗏목을 탔느냐, 문자를 버리라. 지식의 뗏목을 탔느냐, 지식을 버리라. 버리지 않으면 속박되느니라. 부처도 버리라. 그리고 너까지 버리라. 그래야 대자유를 얻을 수 있느니라.” 도솔천 언덕에서 들려오는 여래의 법어다.

부처가 어디에 있느냐는 물음은 오늘도 계속되고 있다. 살았으나 죽은 자가 너무 많기 때문이다. 하느님이 어디에 있느냐는 절규도, 계속되어야 한다. 죽어 가는 영혼이 너무 많기 때문이다. 사람을 위한 신앙인가, 신앙을 위한 사람인가. 신앙에 붙들린 사람들이 너무 많은 세상이다.

경허는 묵언으로 깨달음을 얻었고, 본 회퍼는 행동하는 신앙으로 본을 보였다. 이도 아니요 저도 못 되는 나는 무엇인가.

새장 속의 새는 창살에 갇혀 있다. 나는 무엇에 매어 있는가. 집集이 깊으니 고苦가 높을 수밖에 없다. 내 코가 석자다. 벗어 던지기가 이토록 어렵단 말인가.

“쇠코를 꿰지 마라.” 경허 선사의 일갈이 금방이라도 천지에 진동할 것만 같다. (1995)

경위經緯

'시상에 이런 경우가 있는가. 이건 경우도 아니야 경우.' '경우 경우 하지 마이소. 그리 억울하면 법대로 하이소. 법대로.'

시장통을 지나다가 얼핏 들은 말이다. '경우'는 듬직해 보였고 '법대로'는 팔팔해 보였다. 누가 옳고 누가 그른지는 내 알 바 아니로되, 무슨 영문인지 '경우'와 '법대로'가 귓전에 맴을 돈다.

경우는 무엇이며 법대로는 무엇인가. 부닥친 사정이나 형편을 경우라 하는데 서로 다투고 따지는 것으로 보아, 경위의 사투리 표현이 아닌가 싶다.

사리事理의 옳고 그름과 일이 되어진 내력을 경위라 한다. 경위는 두 개의 단어가 하나의 의미로 쓰이고 있다. 하나는 경위涇渭로, 중국 협서성陝西省에 있는 경수涇水와 위渭水를 빗댄 말이다. 경수는 탁하고 위수는 맑게 흐른다. 또 하나는 경위經緯로 피륙의 날줄과 씨줄, 지구의 경도經度와 위도緯度를 일컫는 말이다. 청淸과 탁濁, 수직과 수평을 사람살이에 결부시킨 선현들의 지혜에 감탄이 절로 난다.

법法이란 무엇인가. 법 자는 물 수水에 갈 거去를 했으니, 물의 흐름이 곧 법이라는 자전적字典的 풀이도 가능하다. 그러나 지금 쓰고 있는 법 자는 편리에 따라 간략簡略된 글자요, 본래는 물 수水에 쑥 천薦을 하고 그 밑에 갈 거去를 했다.

법灋 자의 전설 같은 설문해자說文解字가 여간 흥미로운 게 아니다. 먼 옛날 사슴머리에 새 몸으로 이슬과 쑥만 먹고사는 신령한 짐승이 있었는데, 고을 수령이 백성들의 옳고 그름을 심판할 때에 이 짐승을 옆에 두었다고 한다. 양쪽의 주장을 다 들은 다음 이 짐승에게 물으면 그른 쪽으로 가서 오줌을 누었다는 것이다.

물의 흐름도 자연이요 짐승에게 시비是非를 물었다는 얘기도 자연이다. 자연은 오묘한 법칙이 있다. 인과응보因果應報, 회자정리會者定離, 생자필멸生者必滅, 누구도 거역할 수 없는 자연법自然法이 아니던가. '법대로' 의 법은 인위법人爲法이다. 서로의 이해를 조정하고 사회질서를 유지하기 위해 국가가 제정한 강제규범强制規範이다.

걸리는 게 법이다. 행동거지 하나에도 법의 제약을 받아야 한다. 내 멋대로 길을 건널 수도 없고 담배꽁초 하나 함부로 버려서도 안 된다. 그런데도 법은 멀고 주먹은 가깝다는 무법無法이 난무하고, 유전무죄有錢無罪 무전유죄無錢有罪라는 말이 유행할 정도다. 이현령 비현령이다. 귀에 걸면 귀걸이요 코에 걸면 코걸이가 되는 게 법이다 이토록 편리한 법 앞에 어떻게 해여야 법대로 하는 것인지, 알다가도 모를 일이다.

'법대로' 의 뻔뻔한 만용 앞에 비실비실 뒷걸음질치는 '경위' 가 눈에 선하다. 경위의 반대는 무경위다. 무경위 앞에는 당할 재간이 없다. 목소리 큰 놈이 이기고 힘센 놈이 진리다. 나같이 심약한 위인은 슬금슬금 눈치보기 바쁘다.

며칠 전 일이다. 골목길을 걷다가 오토바이를 탄 젊은이에게 봉변을 당했다. 숨이 멎을 정도로 놀란 건 난데, '똑바로 걸으라'며 되려 호통이다. 말문이 막혀 장승처럼 서 있다가, 바람같이 사라지는 뒷모습을 보고 쓴웃음만 삼켜야 했다.

경위를 모르면 어찌 사람이라 하랴. 사람을 한문으로 인간人間이라 쓴다. 사람 인人에 사이 간間을 했으니, 사람과 사람 사이 즉 사람과 사람의 관계가 인간이라는 뜻일 게다.

인간의 의미와 가치는 사람과 사람의 관계에 있다 해도 과언은 아니다. 사람의 관계는 크게 두 갈래가 있다. 종적縱的인 관계와 횡적橫的인 관계다. 종從은 수직으로 부모를 비롯한 조상과 후손들이요, 횡橫은 수평으로 부부, 형제 그리고 내 이웃들이다. 피륙에 비하면 날줄과 씨줄이요, 지구로 보면 경도와 위도다. 이를 일컬어 경위經緯라 한다. 사람을 사람되게 하는 인륜人倫과 도덕道德도 이에 지나지 않고 그 별난 삼강三綱과 오륜五倫도 이 범주에 속한다. 경위를 모르면 어찌 인간이라 하랴.

종적인 날줄이 심상치 않다. 제 조상이 누구인지 관심도 없는 무리가 적지 않다. 부끄러운 내 집안 얘기다. 해마다 구름 떼처럼 성황을 이루던 도선산都先山 시제時祭가 지금은 고작 문로門老 몇 분이 재실齋室에 모여 그 명맥을 유지하고 있다. 반천년半千年 고집스레 선산을 지키던 그 많은 일가들은 다 어디로 가고 여기저기 퇴락한 유적들만 을씨년스럽기 그지없다. 세월은 이토록 무상한 것인가.

백보를 양보해서, 얼굴도 모르는 조상은 그렇다 치고 심지어 저를 낳아 준 제 부모도 귀찮다는 핑계로 외면하기 예사다. 많이 가르친 자식일수록 그만큼 부모에게서 멀어진다는 우스갯소리가 가슴에 걸린다. 실제로 그런 경우가 적지 않은 게 현실이

아니던가. 종從을 모르면 횡橫을 알 리가 없다. 그래서일까. 구속
받기 싫다는 이유로 독신주의자들이 늘어간다고 들었다. 자유롭
게 즐기자는 이기심이 가정의 질서를 근본적으로 거부하는 개인
주의로 흐르고 있다. 무경위가 판을 치는 이유가 여기에 있는
것은 아닐까.

조실부모早失父母한 아비를 인연으로 태어난 내 아이들은 제 할
미의 얼굴도 모른다. 하물며 증조曾祖, 고조高祖를 의식이나 하겠
는가. 설상가상으로 출생지마저 제각기 달라 그리운 고향도 없
는 아이들이다. 틈틈이 족보族譜를 들여다보는 아비와 시간만 있
으면 컴퓨터에 정신을 빼앗기는 자식과의 사이에, 넘기 힘든 장
벽이 가로막고 있는지도 모른다.

그러나 어이하랴. 쇠귀에 경이라도 읽을 수밖에.

오늘은 효행孝行으로 정려旌閭를 받은 십삼대 할아버지 이야기를
하여야겠다. 물은 흘러도 콩나물은 보이지 않게 조금씩 자라고
있음을 내 어찌 모르겠는가. (1998)

이명耳鳴

귀가 운다. 말로만 듣던 이명耳鳴이 시작된 모양이다. 사위四圍가 고요해지면 밑도 끝도 없이 맴도는 괴이한 소리에 잠들기가 어려울 정도다. 어인 일일까. 이순耳順이 가깝다는 증거일까. 잊고 살던 두 귀를 자다가도 몇 번씩 만져 보고 흔들어봐도 나아질 기미가 보이질 않는다. "개도 무는 개를 돌아본다"는 속어俗語가 있다. 우는 귀를 붙들고 신경을 쓰다가 문득 떠올린 말이다. 귀의 고마움을 모르고 살다가 우는소리에 뒤돌아보는 어리석은 몰골이 가증스럽다. 어찌 귀뿐이랴. 오죽했으면 손톱에 가시는 알아도 염통에 고름 든 것은 모른다 했겠는가.

귀는 소리만 듣는 게 아니라 몸의 균형을 바로잡아 주는 작용도 한다고 들었다. 사물의 위치, 운동감각 등 신체명령에 영향을 주어, 바로 서고 바로 걷고 바로 뛰게 하는 저울대 역할도 한다는 사실이 그저 놀라울 뿐이다. 바로 서야 바로 보고 바로 보아야 그 삶이 바른 법인데 바로잡아 주던 두 귀가 울고 있으니, 그 징조가 예사롭지 않다.

귀가 잘생겼다는 말을 자주 들었다. 얼굴에 비해 유독 귀가 크다는 말일 게다. 귀라도 크기에 망정이지 만일 작았더라면, 영락없는 주전자 꼴이 될 뻔했다. 시쳇말로 콧대가 꽤 높은 편이다. 높은 코는 사람마저 외로워 보이는데, 크고 넉넉한 두 귀가 좌우로 받쳐 주고 있어 그나마 다행이라는 생각이 든다. 내 이만큼이라도 이웃과 어울려 사는 것은, 콧대가 높고 두 귀가 넉넉한 덕이 아닌가 한다. 방어능력이 없는 토끼는 귀가 크고 발이 빠르다. 먼저 듣고 빨리 뛰라는 조물주의 배려가 아닌가 싶다. 그렇다면 나에게 높은 코와 넉넉한 귀를 준 까닭은 무엇일까. 거울 앞에 서서 내 이목구비耳目口鼻를 찬찬히 들여다본다. 제각기 독특한 개성이 꽤나 흥미롭게 생겼다. 위는 넓고 아래는 좁아 마치 거꾸로 선 세모꼴에, 높은 코, 낮은 눈, 큰 귀와 작은 입이 희한할 정도로 조화를 이루고 있다. 모양새가 서로 다르듯 하는 일도 제각기 다르다. 그러면서도 하나의 목적을 위해 일사불란하게 움직이고 있으니, 이 아니 경탄할 일인가.

그 하나의 목적이 곧 내 생명이다. 아니 모든 생명이 다 그렇다. 천하를 주고도 바꿀 수 없는 게 사람의 생명이라는 그리스도의 가르침은 이래서 진리다. 생명을 빼앗는 행위, 이에 더한 죄악이 어디에 있으랴. 그런데 이 어인 일인가. 고귀한 생명을 장난 삼아 죽이는 무서운 세상이 되고 말았다. 어린아이를 추행하고 바다에 버렸다는 거짓말 같은 얘기가 아직도 생생한데, 양정규 군 유괴범을 검거했다는 격앙된 기자의 음성이 떨리고 있다. 사람이 어쩌다가 이 지경이 되었는가.

"한 송이 국화꽃을 피우기 위해 봄부터 소쩍새는 그렇게 울었나 보다"고 노래한 미당未堂의 시심이 말하듯, 하나의 생명을 위해 얼마나 많은 사랑과 희생이 있었는가를 생각해 본다. 두 다리를 잃은 채 기어다니며 구걸을 하면서도 살려고 몸부림치는 거룩한 모습과, 머리만 살아남아 입으로 그림을 그려 예술을 창조한 위대한 생명 앞에 무슨 할 말이 있겠는가.

지하철 계단을 오르내릴 때마다 장애인을 위한 장치가 눈길을 끈다. 삼천여 만원이나 들었다는 시설이, 이용하려 들면 그 불편이 만만치 않을 듯싶다. 아직은 정정한 다리로 성큼성큼 오르내리면서 다리의 고마움은 생각도 못한다. 무릎이 아파야 관절을 보고, 허리가 아파야 척추를 생각하는 게 만물의 영장이라는 말인가. 고귀한 생명, 몸을 쓰고 이 땅에 머문 지 어언 반세기 결코 짧지 않은 연륜이 흘렀다. 무엇을 위해 살았으며 남긴 것은 무엇인가. "헛되고 헛되며 헛되고 헛되니 모든 것이 헛되다"는 잠언箴言의 절규가 가슴에 젖는다.

어느 자리나 꼭 있어야 할 사람은 드물고, 있으나마나한 무리가 태반을 이룬다. 그런가 하면 있어서는 안 될 인물도 가끔씩 있다. 나는 어떤가. 물에 물 탄 듯 그저 그렇게 하나뿐인 생명만 허비한 셈이다. 사나마나한 삶이라 해도 과언이 아니다.

말도 많고 소리도 많다. 가슴에 새겨야 할 말, 남에게 전해야 할 말, 한 귀로 듣고 한 귀로 흘려야 할 말 같지 않은 말도 적지 않다. 안 들어도 될 소리를 기를 쓰고 들으려 한 적도 한두 번이 아니요, 거짓말을 참말로 들은 경우도 적지 않다. 듣고 나서 욕심을 내고 들은 다음 흥분을 하고 들으면서 음심을 일으키고 거짓을 참인 듯 옮기고, 귀로 인해 지은 죄가 가볍지 않다. 어쩌면 이명은 당연한 결과인지도 모른다. 귀가 운다. 이명은 병이 아니라 증세라 하지만, 바르게 듣고 바르게 살지 못한 경고인 듯싶어, 회오悔悟의 골이 깊기만 하다. 큰 귀에 작은 입, 많이 듣고 말은 적게 하라는 묵시默示는 아닐까. 그런데 어이하랴,

내 이제껏 정반대로 살았다. 부끄럽게도 조용히 들을 줄은 모르고 마치 빈 수레처럼 소리만 요란하게 낸 꼴이다.

60년대 초, 농촌 계몽요원으로 시작한 걸쭉한 입담이 반공강사가 되어 무려 십여 년 간 바쁘게 돌아다니다가 70년대 후반에는 민방위교육 교관으로 자리를 잡았다. 여러 기관으로부터 감사장도 많이 받았고 말품을 팔아 사례비도 곧잘 챙겼다.

'북한실정 폭로', '주변정세와 우리의 안보', '변증법적 유물론 비판', '마르크스의 자본론 비판' — 청중 앞에서 열을 올리던 연제演題들이다. 부질없는 말장난에 스스로 도취되어 겁도 없이 돌아다녔다. 한 시대를 주름잡던 붉은 사상을 어찌 말 몇 마디로 논할 수 있으며, 철의 장막으로 가려진 세계를 무얼 안다고 폭로할 게 있겠는가. 더욱 가소로운 것은, 역사의 질곡桎梏을 유신維新만이 살길이라고 목청을 높였고 심지어 전국이 얼어붙던 '국보위國保委' 시절 "비상한 시국은 비상한 인물이 비상한 정치를 해야 한다"고 외쳐 댔으니, 독재에 일조한 그 공로가 참으로 가상嘉尙할 일이다.

귀가 울고 어금니까지 욱신거린다. 바르게 살지 못한 자업자득이라는 생각이 지워지지 않는다. 어쩌겠는가. 내 이제부터라도 지난 삶을 거울삼아, 귀 열고 입 다물고 꼿꼿하게 살아야지 않겠는가. 살기 위해 추하지 말라는 경구警句 한 절을 조용히 읊는다.

"비봉은 기불탁속飛鳳飢不啄粟이요 명학은 비필함노鳴鶴飛必含蘆라."

'봉은 아무리 주려도 조를 쪼아먹지 아니하고, 학은 날을 때 반드시 갈대를 입에 문다'는 이 말이, 나그네 해거름에 긴 여운으로 남는다. (1998)

불인증不仁症

불인증不仁症, 손발이 마비되는 증세를 일컫는 말이다. 옛부터 한방漢方에서는 중풍中風도 마음이 어질지 못하여 일어나는 불인不仁으로 보았다. 마음에서 오는 병이 어찌 중풍뿐이겠는가.

마음이 어질지 못하면 사소한 일에도 스트레스를 받는다. 정신과 육체가 과민하게 긴장하는 스트레스, 어쩌면 만병의 근원인지도 모른다.

마음을 다스리지 못하여 스트레스를 받으면, 먼저 얼굴이 붉어지고 가슴이 답답해진다. 혈압이 고르지 못하다는 증거다. 불안과 초조, 흥분과 공포의 감정변화로 머리가 아프고 팔다리가 쑤시고 속까지 메스꺼워지는 게 스트레스다. 협심증, 고혈압, 부정맥이 올 수도 있고, 가슴앓이는 십중팔구가 스트레스에 원인이 있다 해도 과언이 아니다.

강단講壇에서 물러난 후, 생계를 걱정하다가 아무 경험도 없이 골목학원을 인수했다. 그 흔한 보습학원이다. 보증금에 권리금으로 전 재산(?)을 투자했으니, 내 딴엔 큰 모험을 한 셈이다.

대학을 졸업한 큰아이가 앞장을 서고 뒤에서 바람만 막아 주면 어렵지 않으리라는 계산이 섰다. 가갸거겨를 배우는 코흘리개부터 중학생에 이르기까지 백여 명, 바람이 조금만 불어도 흔들리고 떨어지는 낙엽 같다는 것을 뒤늦게 알았다. 원장主人과 교사의 변동은 바람이 아니라 태풍이었다. 세상에 쉬운 일이 어디에 있으랴.

교사들 급료가 버겁고 가게 월세도 만만치 않다. 받을 때는 멀게만 느껴지던 한 달이, 줄 때는 희한할 정도로 가까웠다. 돌아서면 월세 돌아서면 급료, 하늘 한번 쳐다볼 겨를이 없다.

설상가상으로 준법과 탈법의 갈등은 입맛을 잃게 하고 밤잠을 앗아 갔다. 규정을 지키면 운영이 어렵고 운영을 위해선 위법을 할 수밖에 없다.

신경성 소화 불량에 신경성 편두통까지 도져 뜬눈으로 지샌 날이 많았다. 목이 굳고 어깨가 무거워 한의원에 들렀더니 속이 풀려야 겉도 풀린다며 고개를 갸웃거린다. 소심증小心症에 불인증不仁症이 겹친 것을 내 어찌 모르겠는가.

혈압은 물론 당뇨도 소심과 불안에 원인이 있다고 들었다. "한번 걸리면 평생 고칠 수 없고 다만 조절시킬 수는 있다"는 말이 정설처럼 회자되고 있는 게 당뇨다.

음식물로 흡수되는 당분이 세포 속에 들어가 에너지가 되지 못하고, 그냥 소변으로 나와버리는 묘한 증세다. 당분은 장작이요 에너지는 불이 타는 것과 같은 이친데, 장작이 그대로 나와버린다면 어찌 되겠는가. 불은 꺼져가고 물은 점점 식어져 나른해지고 늘 피곤이 오고 체중이 줄고 면역성이 약해져서 합병증으로 목숨을 잃을 수도 있는 무서운 병이다.

중년이면 누구나 두려워하는 이 당뇨가 소심小心과 불인不仁에 원인이 있다는 말은 참으로 예사롭지 않다.

당분의 운반은 췌장에서 나오는 인슐린이 하지만 세포가 문을 열게 하는 것은 마음에서 나오는 엔돌핀이라는 주장이 여간 흥미로운 게 아니다. 불평과 불만 속에 좌절하고 증오하고 화를 내면 독소가 나오고, 분수를 알고 족함을 알며 소망과 감사와 기쁨으로 살면 엔돌핀이라는 호르몬이 생성된다는 것이다.

사람의 피는 산소를 공급해 주는 적혈구와 병균을 막아 주고 물리쳐 주는 백혈구로 구분이 된다. 그런데 놀라운 것은 경찰과 국군 같은 이 백혈구는 엔돌핀에서 힘을 얻는다는 사실이다.

불인不仁은 독소요 활인活仁은 엔돌핀 즉, 생력生力이라는 생명공식生命公式이 아니겠는가. 수족마비手足麻痺도 그 원인을 불인으로 본 선현들의 지혜에 감탄이 절로 난다.

역사를 돌이켜보면 그 시대를 대표하는 무서운 병마가 있었다. 엄청난 희생을 치르면서 가까스로 극복하면 질병은 더욱 발전된 형태로 나타나곤 했다.

14세기는 나병, 15세기는 페스트, 16세기는 매독, 17~18세기는 천연두, 19세기는 선홍열, 20세기는 폐결핵과 암이 그 예다. 암은 아직도 인류가 극복하지 못한 무서운 병이다. 섰다 하면 여관이요 누웠다 하면 암이라는 말이 유행할 정도다. 내 주위에도 암으로 인하여 일찍 누운 분들이 적지 않다.

'어떠한 원인에 의해 정상적인 체세포가 갑자기 비정상적인 세포로 돌변하여 자율성과 독립성을 갖고 무제한으로 세포분열을 일으키는 신생물인데, 그 원인은 불명不明이다'는 것이 현대의학이 말하는 암에 대한 정의다.

매사에 너무 외곬이고 아집과 자만심이 남달리 강하고 손해를 입거나 모욕을 당하면 좀처럼 마음에서 지우지 못하고 심화를 끓이는 소심하고 불같은 사람, 책임감이 강하고 병적일 정도로 결벽성이 있으며 무슨 일이나 부정적인 사람, 비관론자들에게 발병률이 높다는 통계는 무엇을 의미하는가.

불인不仁과 활인活仁, 무엇을 인仁이라 하는가. 맹자孟子는 사단론四端論에서 측은지심惻隱之心이라 했다. 모든 것을 측은히 여기는 마음이 인仁의 근본이라는 말이다. 부모가 어린 자식을 대하는 마음이 아닌가 싶다.

인仁 자字는 사람 인人두에 두 이二를 했다. 이二는 하늘과 땅을 뜻한다. 그러므로 사람이 하늘과 땅의 마음을 갖는 게 인仁이라는 자전字典의 의미다. 측은지심惻隱之心과 천지지심天地之心, 얼핏하면 얼굴을 붉히는 소인배에겐 하늘의 별만큼이나 먼 얘기다.

편두통이 도졌는지 뒷골이 지근거리고 한쪽 어깨가 납처럼 무겁다. 속이 풀려야 겉도 풀린다던 한의원의 말이 화두話頭가 되어 맴을 돈다.

내 얼마나 더 고통을 겪어야 불인不仁을 넘어 활인活仁에 이를 날이 있을는지……. (1997)

청개구리

열차 여행이 길어지면 무료해지기 마련이다. 성격이 예민한 탓인지 잠도 이루지를 못한다. 앉자마자 코를 고는 중년 남성의 지친 모습이 애련하고, 무릎이 단정한 젊은 여성의 책 읽는 자태는 청순하다. 소주잔을 돌리며 세상을 좌지우지하는 호방豪放은 그런대로 애교도 있는데, 피박을 씌우고 깔깔대는 작태는 꼴불견이다.

가야 할 곳은 아직도 먼데, 허리가 아프고 무릎이 쑤시기 시작한다. 감았다 뜨고 떴다가 감고, 기대앉다가 모로 앉다가, '금연'이라는 글자에 눈길이 멎는다. 담배를 금한다는 말일 게다. 담배를 모르는 나에겐 별 의미가 없다. 연기 연煙 자 대신 사모할 연戀 자를 붙여 본다. 연애戀愛를 하지 말라는 말도 된다. "차 안에서는 연애를 하지 말라." 말이 안 되는 것도 아니다. 그렇지 않아도 앞자리에 앉은 젊은 연인들의 지나친 애정 표현이 눈에 거슬리던 참이다.

거꾸로 읽어 본다. '연금'이다. 이 차를 타고 있는 동안은 연

금되었으니 제반 규칙을 잘 지켜야 된다는 말 같기도 하여, 히
죽이죽 웃다가 창밖을 본다. 어느 간이역 담장에 주마등처럼 스
치는 글귀가 있다. 가위 그림이 섬뜩한 '소변금지'다.

 금하는 것도 많은 세상이다. 출입금지, 접근금지, 입산금지,
주차금지, 심지어 '절대엄금'이라는 엄포도 등장한다. 종교의 계
율戒律도 '하라'보다는 '말라'가 더 많은 것 같다. 기독基督의 십계
는 물론이요, 불가佛家의 구족계具足戒는 말할 것도 없다.

 "동산의 열매는 다 먹되 이 열매만은 먹지 말라. 먹는 날에는
정녕코 죽으리라."

 성경에 기록된 신神의 계명이다. 뱀의 꼬임과 호기심으로 신의
계명을 어기게 된 인간은 그 대가로 실낙원失樂園의 고통을 지금
껏 받고 있다는 것이다. 죽을 줄 알면서도 먹게 된 그 금단禁斷
의 열매는 무엇인가. 먹으면 죽는다는 그 열매를 먹고도 숨을
쉬고 살았다. 신이 말한 그 죽음은 무엇인가. 죽음을 전제로 사
람을 시험할 수 있다는 말인가. 수수께끼 같은 의문이 꼬리를
문다.

 유한有限한 인간이 무한無限한 신의 뜻을 어찌 알겠느냐는 모호
한 대답도 있고, 믿음이 약하면 의심이 커진다는 미봉책도 만만
치 않다. 신의 비밀을 자기만 안다는 자칭 선지자도 더러 있지
만 공허하기는 마찬가지다.

 의문도 많던 시절, 전도자로부터 들은 얘기다. 어느 교역자가
나 같은 젊은이들에게 만찬을 베풀고, '여기 이 모든 음식은 다
먹고 즐기되 단 이것만은 열어 보지 말라'고 당부를 했다. 호기
심을 억제하지 못한 그들은 주인이 없는 틈을 이용해 그만 열어
보고 말았다. 아뿔싸, 이를 어쩐단 말인가. 카나리아 한 마리가
푸드득 날았다. 다시 제자리에 놓기 위해 우왕좌왕하는 무리를

보고 '신의 뜻도 이런 것이라네' 했다는 것이다.

글쎄―, 우문愚問에 현답賢答인지 현문에 우답인지, 알 길이 없다. 하라는 것은 안 하려 들고 말라는 것은 기를 쓰고 하려는 게, 인간의 심리란 말인가.

농촌계몽운동을 할 때에 겪었던 일이다. 이웃집 마실도 조심스럽던 시절에 밤늦도록 알파벳을 배우던 과년한 큰애기가 있었다. 아니나 다를까. 호랑이란 별명의 그의 아버지가 치렁치렁한 머리에 가위질까지 했다. 머리에 수건을 쓴 채 뒷문으로 나다니는 딸을 보고, 내가 졌다며 고개를 떨구게 되었다. 이제는 마음 놓고 공부할 수 있게 됐다고 수줍은 웃음을 짓던 그가 어쩐 일인지 날이 갈수록 심드렁해지더니, 얼마 안 가서 스스로 멀어졌다. 오죽했으면 하던 뭣도 멍석을 깔면 안 한다고 했겠는가. 그렇다면 다른 방법이 있을 듯도 싶다.

'노인은 담배를 피워도 좋습니다'고 하면 늙기를 싫어하는 게 인지상정인데 담배를 피울 분이 몇이나 있겠는가. '탈모' 라는 딱딱한 명령어보다 '노인은 모자를 써도 괜찮습니다' 한다면, 이 얼마나 부드러운 말인가. '부끄러움을 모르는 분들은 여기에 소변을 보셔도 됩니다.' '여기는 등산로가 아닙니다.' '용무가 있는 분은 들어오십시오.' '여기는 매우 위험한 곳입니다.' 이렇게 한다면 어떻게 될까. 모르면 몰라도 더 나았으면 나았지 못하지는 않을 것 같다.

비만 오면 청승스럽게 울어대는 청개구리가 있다. 말 안 듣는 아이들을 일깨우는 동화의 주인공이다. 동으로 가라면 서로 가고 남으로 가라면 북으로 가다가 뒤늦게 깨닫고 비가 내리면 엄마의 무덤이 마음에 걸려 그토록 울고 있다는 얘기다.

자식을 길러 봐야 부모의 마음을 안다고 했던가. 청개구리를 닮아 가는 아이들을 보고 가슴이 아플 때도 많다. 어쩌면 이렇게도 부모의 속을 몰라주느냐고 마음 아파하다가, 버릇없는 외아들 기르시며 속울음 삼키셨을 주름진 엄마의 얼굴이 떠올라 뜨거운 것을 몇 번이고 삼켜야 했다.

왼손잡이 허생원이 나귀 고삐를 왼손에 거머쥔 동이를 보고, 너털웃음을 웃었다 하던가. 청개구리가 청개구리를 탓하는 내 몰골이 가증스러워 헤실헤실 웃을 수밖에 없다. 누가 누구를 탓할 수 있으랴. '엄마소도 얼룩소 엄마 닮았네'는 동요 이전에 만고의 진리가 아니던가.

하라면 안 하려 들고 말리면 도리어 하려는 게 사람의 심리라면 '말라'를 '하라'로 바꾸면 어떨까 싶다.

공부를 알면 안 해도 좋다. 술을 알면 마셔도 괜찮다. 담배를 아느냐, 그러면 피워라. 돈을 아느냐, 벌기보다 쓰기가 더 어려운 줄도 알아라.

잠시 후 ○○역에 도착한다는 안내방송에 눈을 뜬다. 장시간 '연금'에서 풀리는 기분이다. 건너편 담벼락에 아무렇게나 쓰여진 '낙서금지'가 나를 보고 히죽이죽 웃는 것 같다. (1996)

양심

양심대로 살아라. 주변에서 흔히 듣는 말이다. 양심은 무엇이며 어떻게 해야 양심대로 사는 것인가. 쉽고도 어려운지 그 대답이 쉽지 않다. '선과 악·정正과 사邪를 판단할 수 있는 자각 능력'이라는 게 우리말사전의 풀이다. 그렇다면 선은 무엇이며 악은 또 무엇인가.

'믿음천국·불신지옥'이라는 섬뜩한 구호를 보면, 믿음이 선이요 불신은 곧 악이라는 등식도 가능하다. 과연 그럴까. 믿음의 어제를 돌이켜보면 드러난 죄악도 적지 않다. 신神의 권한을 대행하던 종교 재판은 차치하고라도 구교와 신교의 싸움으로 목숨을 잃은 자 시산혈해屍山血海다. 이를 어찌 선이라 하겠는가. 믿음의 오늘은 어떤가. 그토록 화려한 교회 안에 가려진 불법은 없다는 말인가. 믿는 이들이 더 편협하다는 말에 '믿음이 무엇이냐'는 또 다른 화두話頭가 고개를 든다.

산은 산이요 물은 물이듯이, 선은 선이요 악은 악이다. 그를 어찌 모르리요만, 어느 게 희고 어느 게 검은지 구분이 어려울 때는 현기증이 인다. 주권이 바뀌면 지탄받던 검둥이가 하루아침에 흰둥이로 변하고, 하늘 높은 줄 모르던 흰둥이는 한순간에 검둥이가 되어 고개를 떨군다. 어느 게 선이요 어느 게 악인가.

살인과 도둑질은 누가 뭐래도 범죄행위다. 그런데 이 평범한 진리마저 통하지 않는 별난 동네가 있다. 민초를 지배한다는 정치판이다. 밖을 지켜야 할 파수꾼들이 총부리를 돌려 안방을 빼앗고, 주인에게 총질한 공로로 훈장을 나누어 가진 위인들이다. 사회 양심인 사회정의가 송두리째 흔들리던 부끄러운 상처가 아직도 아물 줄을 모른다. 세월이 아무리 흐른다 한들 어찌 잊을 수 있겠는가.

국가의 초석은 무엇보다도 사회정의가 우선이 되어야 한다. 정의正義는 곧 기강紀綱이기 때문에도 그렇다. 그 초석이 흔들리면 어찌 되겠는가. 제2차 세계대전의 전화戰火 위에서 사회정의를 분명히 한 나라 가운데 하나가 프랑스였다. 침략군에게 동조한 반역자들은 예외 없이 처벌을 했고, 나라를 위한 애국자들은 그 후손까지도 명예롭게 대우를 했다. 사회정의란 곧 이런 것이다.

우리는 어떤가, 불행하게도 우리 정부는 사회정의에 실패를 했다. 친일파 청산에 단호하지 못했고 애국자 예우에 미지근했다. 일제의 앞잡이로 민족을 반역하던 인사들이 애국자로 변신하여 백성 위에 군림하고, 심지어 독립군을 밀고하고 고문하던 일본헌병의 끄나풀들이 민주경찰이 되어 설치고 다녔다. 어느 코미디가 이에 더하랴.

사회정의는 고사하고 민족정기마저 말살한 역사적 범죄라 해도 과언이 아니다. 첫 단추를 잘못 끼운 대가로 얼마나 많은 피를 흘려야 했던가. 정부와 국가는 다르다. 정부는 필요에 의해 백성들이 세운 통치기구일 뿐이다. 그러므로 백성에게 이롭지 못한 정부는 마땅히 국민의 저항을 받을 수밖에 없다. 하물며 국권을 찬탈한 군사정권이야 말해서 무엇하랴.

"독재타도 민주수호" 지금은 사라졌지만 한때는 귀에 못이 박히도록 듣던 구호들이다. 요원의 불길같던 그 끈질긴 항거, 반정부라면 몰라도 반국가 운운은 말이 안 된다. 그런데도 국사범으로 몰아 총질과 주리질을 서슴지 않았다. 도대체 그들은 어느 나라 백성들인가.

조카가 둘이나 민주화 운동에 희생이 되었다. 하나는 인권운동을 하다가 전주에서 목숨을 잃었고, 하나는 '반제동맹단' 이라는 덫에 걸려 2년이 넘도록 옥고를 치렀다. 망월동 침묵이 그러하듯 죽은 자는 말이 없고, 목숨을 부지한 아이도 그 상처가 얼마나 깊은지 다문 입을 열지를 않는다. 촉망받던 S대 정치과를 졸업하고도 외판원으로 끼니를 연명하고 있다. 지성인의 양심을 행동으로 옮긴 대가가 이런 것인가 싶어, 그를 만나면 나 역시 할 말이 없다. 나 같은 범부凡夫의 주변도 이러하거늘, 구석구석 뼈를 깎는 아픔이 얼마나 많겠는가. 이래서 양심은 알기도 어렵고 지키기는 더욱 어려운지도 모른다.

김장김치가 밤사이 빈 독이 되었다고 소동이 났다. 지지리도 못난 어느 이웃이 슬며시 다녀간 모양이다. 밤손님치고는 무슨 서리질 같다는 생각이 들어 실소를 금치 못했다. 자다가도 몇 번씩 창을 열고 내다보는 아낙들의 눈길이 예사롭지 않다. 먼 일가보다 낫다는 이웃사촌들이 어쩌다 이 지경이 되었는가. 양심도 없다며 투덜거리는 내자의 뒷모습이 오늘따라 유난히 허전해 보인다.

선과 악, 정과 사를 판단할 수 있는 자각능력이 양심이라면, 사람 따라 다르고 지위나 위치에 따라 다를 수밖에 없다. 빵 하나 훔치다가 절도죄에 걸린 배고픈 시민과, 수십 억을 받고도 결백하다고 큰소리치는 높은 분들의 양심이 어찌 같을 수 있겠는가. 없는 죄도 만들어 공을 세우려는 수사관도 있다면, 다한 말이다. 도대체 양심은 무엇이며 그 기준은 어디에 있는지, 알다가도 모를 일이다.

이순耳順이 멀지 않은데 아직도 두 마음이 갈등을 겪는다. 서로 상반되는 이타심利他心과 이기심利己心이다. 철이 들면서 처음으로 겪었던 갈등은 반백半白이 되어서도 잊혀지지 않는다. 외가를 다녀오던 배고갯길, 고추밭 이랑에 노오란 참외가 눈길을 끌었다. 견물생심見物生心이라, 한발 가다 돌아보고 돌아서다 다시 가고 생쥐를 노리는 고양이 흉내를 내다가 장끼소리에 걸음아 나 살려라 줄행랑을 쳤다. 왜 그토록 가슴이 뛰던지 무슨 일이냐고 묻던 본동할매의 얼굴을 쳐다보지도 못하던 기억이 새롭다.

일등병 계급장을 달고 첫 휴가를 나오던 날이다. 우연히 소매치기 장면을 목격하고도 그 눈빛에 주눅이 들어 숨조차 제대로 쉬지를 못했다. 불의를 보고도 못 본 체 고개를 숙인 나약한 군인, 양심을 속인 비겁한 행위가 차마 부끄러워 이제껏 가슴에 묻고 살았다. 그런 일이 한두 번이 아니다. 굽이굽이 돌이켜보면 행여 누가 알세라 숨기고 가린 양심이 헤일 수도 없다. 용기도 없고 신념도 없이 고개 숙인 양심을 스스로 달래며 그저 그렇게 이제껏 살았으니, 속물이 어디 따로 있으랴.

그토록 철없는 아이들로 보이던 조카애들이 갑자기 큰 바위로 다가서는 이유는 무엇인가. 이래서 양심은 알기도 어렵고 지키기는 더 어려운지도 모른다. 저 깊은 곳에서부터 이명耳鳴처럼 들려오는 소리가 있다.

"네 양심을 네 스스로 속이지 말라." (1999)

숨은 그림 찾기

아이들이 숨은 그림을 찾고 있다. 얼핏 봐서는 어느 무명 화가가 아무렇게나 그린 풍경화 같은데, 그 속에 많은 그림이 숨어 있다는 것이다.

겹쳐진 선을 자세히 살펴보니, 모자, 토끼, 고양이, 심지어 여인의 누드까지도 숨어 있다. 아직도 열 가지는 더 찾아야 한다며 즐거워하는 아이들이 천진스러워 빙그레 웃었다.

숨은 그림 —, 어찌 아이들의 놀이뿐이랴. 겨울 속에 봄이, 여름 속에 가을이 숨어 있다. 웃음에는 눈물이, 슬픔에는 기쁨이 숨어 있는 게 사람살이다. 인간만사人間萬事 새옹지마塞翁之馬는 이를 깨우치는 고사성어古事成語가 아니던가.

내 주위 분의 안타까운 얘기다. 젊은 나이에 남편에게 버림을 받고 아들 하나 기르며 산전수전 다 겪었다. 다행히 줄곧 장학금을 받는 아이가 대견스러워 뼈가 닳도록 뒷바라지를 했다. 세월이 흘러 그 아들이 흔히 인구人口에 회자膾炙되는 사事 자 붙은 신랑감이 되기에 이르렀다. 아들 잘 둔 덕에 말년에 호강하게 됐다는 말을 들을 적마다 조용히 웃을 뿐 말이 없었다. 아니나 다를까 어느 재벌 고명딸을 며느리로 맞았다. 아니, 며느리를 맞은 것이 아니라 아들이 장가를 갔다는 말이 옳다. 열쇠를 몇 개씩이나 준비했다는 며느리는 처음부터 넓고 화려한 집에서 가정부를 부리는 상전이었다.

며느리 손에 밥상은커녕 아들 집에 한번 가려면 안사돈 눈치를 먼저 살펴야 하는 묘한 상황이 기다리고 있었다. 당신의 존재가 아들의 앞길에 장애가 된다고 판단을 했는지, 아무도 몰래 스스로 눈을 감고 말았다. 삼류 드라마 같은 얘기다.

사랑의 맛이 새콤하던 신혼 초에 코가 크고 이마가 훤칠한 신랑이 과분하다고 느꼈다. 그때 이미 눈물의 숨은 그림이 보일 듯 말 듯 가려져 있었다. 기러기 울어에는 긴긴 밤을 혼곤히 잠이 든 아가를 바라보며 눈물로 지샜다. 그 아프고 쓰린 눈물 속에 아가의 밝은 미래가 숨어 있었다. 어언 그 아가가 성장하여 하늘의 별을 따듯, 사 자를 땄다. 그러나 그 속에 아들을 빼앗길 허탈한 그림이 숨어 있을 줄을 누가 알았으랴.

참으로 인간만사 새옹지마다.

둘째 아이가 대학 입시에 실패를 했다. 3차까지 행여 하고 기다리다가 끝내 눈시울을 적시는 아이의 늘어진 어깨를 도닥거려 줄 수밖에 없었다. 상투적인 말 가운데 '실패는 성공의 어머니'란 말이 있다. 이 말을 모르는 사람이 어디 있으랴만, 실패를 어머니 삼아 성공을 낳은 사람은 결코 많지 않다.

입시의 재수는 실패도 아니다. 그런데도 좌절하는 아이들이 적지 않다고 들었다. 재수생을 둔 부모는 이래서 애간장이 녹는다. 이듬해, 제 실력에 어울리는 대학에 겨우 턱걸이를 하여 졸업을 한 후, 지금은 교통관광텔레비전 기자로 신바람이 난다.

실패 속에 가려진 성공의 숨은 그림을 놓치지 않은 셈이다.

딸 많고 가난한 집에 막둥이 외아들로 태어난 나는 부모마저 일찍이 여의어야 했다. 열한 살에 아버지, 열여덟에 어머니까지 서둘러 먼길을 가시니 ―, 하늘 아래 그 어디에도 머리 둘 곳이 없었다. 이를 지켜보는 누나들의 마음이 오죽했겠는가. 이심전심으로 나누던 동기간의 끈끈한 정은―, 아무도 모른다.

주름골이 깊어진 누나들의 얼굴에서 어머니의 모습이 아른거려, 문득문득 보고 싶은 분들이다. 부디 오래오래 내 곁에 있었으면 하는 마음 간절하다.

이웃으로부터 연민의 시선을 많이 받았다. 나만 보면 울먹이던 골뜸할매의 젖은 눈길이 눈에 선하고, 밥 한 그릇 먹이려는 아즈매들의 따뜻한 정이 지금도 내 가슴에 식지 않고 남아 있다. 꿈에도 잊지 못할 내 이웃사촌들이다. 내 소년 시절은, 외로움과 고난의 긴 터널이었다. 방황도 많이 했다. 그럴 수밖에 없었다. 응석받이 막둥이가 엄마의 치마끈을 놓쳤으니 ―, 제 앞가림인들 그리 쉬었겠는가.

내 숨은 그림은 무엇인가. 보일 듯 말 듯 가려져 있는 그림을 찾아, 오얏물 천수답 몇 다랭이와 무너져 내리는 오두막을 뒤로 하고 떠밀리다시피 고향을 떠나오고 말았다.

세 딸을 앞세우고 어머니가 뒤돌아보며 넘은 대웅재를 가방 하나 달랑 메고 앞만 보며 넘었다. 내 인생의 분수령이요 갈림길이다. 이제금 돌이켜보면, 별빛이 흐르는 아련한 꿈길이다.

어머니가 십 년만 더 사셨다면 내 나이 스물여덟에 고희古稀를 맞는다. 순박한 이웃 마을 아가씨와 가정을 이루어 아들딸 한둘쯤은 낳음 즉도 하다. 그렇게 되었다면 아마 지금쯤 농촌을 가꾸는 새마을 지도자가 되었을지도 모른다.

"자네 어매가 일찍 눈을 감은 것이 자네를 이렇게 성공하게 했네." 고향 마을 할매들로부터 곧잘 듣는 말이다. 그 험한 세월 죽지 않고, 굽지 않고, 바르게 살려고 애쓰는 모습을 가상히 여겨 격려하는 덕담인 줄 알지만, 그저 송구스러울 뿐 할 말이 없다. 자식의 앞길에 걸림이 될까봐 —, 스스로 눈을 감은 내 이웃 어머니처럼, 내 어머니도 나를 위해 겨우 환갑 되던 해 홀연히 그 먼길을 떠나셨다는 말인가

"자네도 이제는 머리가 제법 희었구나. 내 이제는 눈을 감으마." 어디선가 어머니의 부드러운 음성이 들릴 것만 같다.

삶의 지혜는 숨은 그림 찾기가 아니겠는가. 웃음 속에 눈물이 보이는데 어찌 맘놓고 웃을 수 있겠으며, 낮은 자리를 볼 줄 아는 높은 분이 어찌 교만할 수 있겠는가. 겨울 속에 숨어 있는 봄을 보면 겨울이 도리어 따뜻하고, 여름에 숨어 있는 가을을 보면 여름 또한 더울 리 없다. 슬픔 속에서 기쁨을, 절망 속에서 희망을, 거짓 속에서 진실을 볼 줄 안다면 삶이 결코 지루하지 않으리라.

혜안慧眼을 맑히어 내 숨은 그림을 놓치지 말아야겠다. (1996)

문단속

하루에도 몇 번씩 문단속을 한다. 뭐하나 변변히 감출 것도 없으면서, 현관문 잠금장치는 이중으로 되어 있다. 제 주제도 모르는 위인이라고 실소를 금치 못할 손님(?)도 있을 법하다. 소심한 내 탓인가 아니면 야박한 세상 탓인가.

무거운 철문을 겹겹이 잠그고도 불안해하는 게 현대인들이다. 농촌보다 도시의 문이, 달동네보다 부자촌의 문이 훨씬 더 무겁다. 문이 무거운데 마음인들 가볍겠는가. 카메라로 비춰 보는 큰 집일수록 훈훈한 인심은 찾아보기 어렵다.

문도 많다. 어디를 가나 걸리는 게 문이다. 크게는 나라의 문에서부터 작게는 방문에 이르기까지 헤일 수 없이 많다. 높은 문·낮은 문, 넓은 문·좁은 문, 기를 쓰고 들어가려는 문·목숨을 걸고 나오려는 문—, 문을 열고 태어나 문에서 살다가 문을 닫고 떠나는 게 사람살이가 아닌가 싶다.

자승자박이란 말이 있다. 자기가 만든 끈에 자기가 묶인다는 의미다. 스스로 만든 문에 스스로 갇혀 사는 게 문화인(?)들이다. 목에 걸고, 귀에 꿰고, 호출기 차고, 휴대폰 들고, 그러고도 모자라 으레 열쇠 꾸러미를 허리에 달고 다닌다. 과연 대단한 사람들이다.

　내 아내도 대단한 사람 흉내를 내려 든다. 열쇠를 손에 든 채 시장길에 나서기 일쑤다. 열쇠가 하나이기 망정이지 만일 몇 개쯤 된다면, 필시 허리에 차고도 남을 사람이다. 누구를 탓하랴. 스스로 매어 살고 갇혀 사는 이상한 문화를 탓할 수밖에……

　지금도 시골은 사립문 없는 집이 더러 있다. 있다 해도 언제나 반쯤은 열려 있다. 방문도 마찬가지다. 죽창竹窓은 바람이나 벌레를 막는 정도지, 처음부터 사람을 의식한 문은 아니다. 언제나 열려 있는 가벼운 문에서 훈훈한 인정이 샘처럼 솟는 곳, 내 살던 고향 마을이 그립다.

　문은 그 의미도 많다. 높은 문은 치열한 경쟁이 떠오르고, 좁은 문은 극락이나 천당을 연상케 한다. 잘 보이지 않는 마음의 문도 있다. 이 문이 넓으면 대인大人이요 좁으면 소인배다. 내 문은 어떤가. 극히 작은 일에도 속앓이를 하는 것으로 보아, 짐작이 가고도 남는다.

　몸에도 문이 있다. 눈, 코, 입, 귀가 다 문이다. 더 있다. 배설기관도 문이다. 내 이제껏 밖의 문만 의식하며 살았다. 자다가도 일어나 살피고, 혹 집을 비우는 날이면 간첩들이 이용한다는 무인 포스트를 정해 놓고 무슨 007작전처럼 열쇠를 주고받았다. 참으로 포복절도抱腹絶倒할 노릇이다.

　정작 단속해야 할 문은 밖이 아니라 안에 있다. 내 속을 엿보는 도둑이 얼마나 많은가. 사람의 주인은 겉이 아니라 속이다. 속을 빼앗기면 겉만 남는다. 이 세상 무엇을 잃은들 이에 더하랴. 처처에 도둑이다. 얼핏하면 속을 빼앗기기 예사다. 제비(?)

에 빼앗기고 장미(?)에 잃은 사람도 많다. 향락에, 마약에, 사상에, 심지어 신앙에 빼앗긴 사람도 부지기수다.

나 역시 그랬다. 전후戰後에 일어난 하늘나라 운동에 속도 겉도 다 잃고 한 생을 살았다. 넓은 길은 멸망의 문이요 좁은 길이 생명의 문으로 알았다. 당연히 세상을 등지고 살 수밖에 없었다. 주위로부터 쓴웃음도 많이 받았다. 그렇다고 입산수도를 한 것도 아니다. 장가가고 시집가고, 울고 웃고, 세상과 더불어 살면서 그리했으니―, 아무튼 가상한 용기다.

세상을 향한다고 넓은 문이 아니요 세상을 등진다고 좁은 문이 아니다. 좁은 문은 밖이 아니라 내 안에 있다. 나를 잃는 것도 이 문이요 나를 깨달아 얻는 것도 이 문이 아니겠는가.

얻지는 못할망정 잃지는 말아야겠다. 어찌해야 하는가. 문단속이다. 여기저기 뚫려 있는, 내 안에 있는 문이 마음에 걸린다.

귀는 온갖 소리가 들어오는 문이다. 한번 들어온 소리는 나갈 줄을 모른다. 그래서일까. 듣기만 해도 마음을 빼앗기는 경우도 적지 않다. 듣고 나니 음심이 일어나고, 듣고 나니 욕심이 생기고, 듣고 나니 미움이 생기고―, 내 귀는 언제쯤 순해질까. 공자孔子는 육십이라 했는데, 육십이 아니라 칠십인들 쉽겠는가. 나 하나 지키기가 이렇게 어렵다.

눈은 모든 사물의 그림자가 들어오는 문이다. 들은 것은 한번쯤 의심도 해보지만 본 것은 그대로 믿으려 든다. 오죽 했으면 백문百聞이 불여일견不如一見이라 했겠는가. 견물생심見物生心이란 말도 있다. 물건을 보면 마음이 생긴다는 뜻이다.

우발적인 범죄는 그 시작이 눈이다. '내 눈에 뭐가 씌웠다.' '보는 순간 내 정신이 아니었다.' 범죄자들이 흔히 쓰는 말이다. 눈 단속 잘못하면 짐승이 되기 쉽다. 어찌해야 하는가.

아폴로 눈병으로 큰 고생을 했다. 얼마나 샘했던지 일주일 동안 소경처럼 살았다. 안 볼 것도 기를 쓰고 보던 일이 떠올라, 비실비실 웃음을 흘렸다. 거미의 눈은 섬뜩하고 매미의 눈은 해맑다. 시인과 도둑의 눈은 어떨까. 음탕한 자와 사기꾼은 그 눈빛부터 다르다. 한물간 듯한 내 눈빛이 부끄러울 뿐이다.

입은, 음식물이 들어오고 말이 나가는 문이다. 말은 형체도 없고 보이지도 않는다. 그런데도 듣는 이에게 덕德도 되고 해害도 된다. 말 한마디에 사람이 죽고 사는 경우도 있을 수 있다. 참으로 무서운 게 입이요 말이다. 말이면 다 말인 줄 알고 무심코 한 말들을, 어쩌면 좋은가. 바람에 날리는 민들레 홀씨처럼, 이리저리 옮겨다니는 내 말—, 이미 엎질러진 물이다.

보는 눈 듣는 귀는 둘씩인데, 말하는 입은 하나다. 말을 삼가하고 아끼라는 묵시默示가 아니겠는가. 내 이제부터라도 가려 보고, 가려 듣고, 입은 아예 다물고 살았으면 싶다.

문단속—, 자나깨나, 앉으나 서나, 오직 문단속이다. 눈감으면 코 베인다는 세상에, 나 하나 지키기가 그리 쉽겠는가.

(1996)

이 름

이 세상에 존재하는 모든 것은 다 이름이 있다. 혹 이름이 없는 게 있다면, 즉시 이름을 만들어 부른다. 처음 본 사람의 성姓이나 이름을 붙이기도 하고, 뭣이냐는 물음에 '모른다'는 대답이 이름이 되는 경우도 있다. 호주의 캥거루가 그렇다.

신神이 창조한 만물에 이름은 사람이 지었다고 한다. 창조설화가 기록된 성서에 나오는 얘기다. 아무튼 모든 사물의 이름은 사람의 편리에 따라 임의로 붙여진 셈이다.

'호랑이는 가죽을 남기고 사람은 이름을 남겨야 한다'는 말을 자주 들었다. 사람의 가치를 일깨우는 철학적 명제가 아닌가 싶다. 내 것이면서 내 것이 아닌 게 있다. 남이 기억하고 남이 쓰는 내 이름이다. 남이 쓰는 것을 어찌 내 뜻대로 남길 수 있겠는가. 그런데도 이름을 남기려는 욕망은 예나 지금이나 하나도 다를 바 없는 것 같다. 골골마다 사람의 시선이 머물 만한 바위에는 으레 누군지도 모르는 이름들이 새겨져 있다. 이 얼마나 부질없는 짓인가. 시공을 초월해서 존경받는 분들이라면 몰라도, 그렇지 못한 이름은 도리어 두고두고 웃음거리나 되지 않을까 걱정이 앞선다.

유럽 여행길에 알프스 몽블랑을 올랐다가 만년설에 뒤덮인 바위에서 내 동포 아무개의 이름을 보고 차마 부끄러워 어쩌지를 못했다. 그렇게도 이름을 남기고 싶다는 말인가.

아버지와 아들이 경쟁적으로 이름을 남기려 드는 별난 동네가 있다. 백두, 금강, 묘향, 명산의 기암괴석마다 두 부자父子의 이름 투성이요 ○○봉, ○○○대하, ○○화, 잊을래야 잊을 수 없는 영세불망을 만들어 놓았다. 몽블랑에 이름을 남긴 그 친구와 거기서 거기라는 생각이 들어, 연민의 정을 금할 길이 없다. 주권이 바뀌면 가치도 변하고 선악의 기준도 달라지는 게 정치판이다. 그 붉은 주권이 얼마나 더 버티겠는가. 높이 오른 만큼 깊이 떨어질 몰골이 눈에 선하다.

사람은 만물과 달리 몇 개의 이름을 가질 수 있다. 태어나면 명名을 받고 성년이 되면 자字를 받으며 장년에 이르면 호號를 받는다. 지금은 달라졌지만 이전에 족보 있는 양반들은 대체로 그러했다. 명名은 항렬을 따라 부모가 짓고, 자字는 문중의 어른들이, 그리고 호號는 막역한 지우나 스승으로부터 받는다. 나는 태어나면서 두 개의 이름을 받았다. 하나는 항렬을 따라 지은 재원在元이요, 또 하나는 특별히 작명을 했다는 용일勇一이다.

만지면 닳아질까 불면 꺼질까 행여 어쩔세라 지켜보다가, 돌 지난 후에야 호적에 올린 이름이 용일이어서, 안에서 부르는 이름과 밖에서 부르는 이름이 다를 수밖에 없었다. 재원은, 재상의 으뜸이 되라는 의미다. 구급공무원도 못해 본 나에게는 가당치도 않다. 지금도 낯이 설어 문중모임 외에는 감춰 두고 싶은 이름이다.

사람의 이름은 그 삶에 무슨 관계가 있는가. 성명학자들은 사람의 흥망성쇠가 이름에 있는 듯 기염을 토한다. 박복태朴福泰라는 지우가 있다. 첫눈에 정직과 성실이 배어나는 분이다. 큰 복을 누리라는 바램으로 지은 이름 같은데, 姓이 박씨니 부를 때마다 '박복'이 먼저 나온다. 지나는 말이라도 이름이 좋지 않다는 말은 차마 할 수가 없었다.

천복天福이 만복萬福이를 어찌 좋은 이름이라 하겠는가. 그토록 심성이 곱고 성실한 사람이 실패를 거듭하고 음지를 방황한다. 그를 떠올릴 때마다, 내 신경이 과민한 탓인지 '박복'이 가시처럼 걸리곤 한다. 성명학에 문외한인 나는 부르는 어휘에 비중을 두는 편이다. 박초롱, 강나루, 오단비, 이우람……. 이 얼마나 좋은가. 도시의 마을 이름이 가관이다. 하이츠빌라, 세라믹 아파트, 그린맨션……. 기억도 쉽지 않고 부르기도 어렵다. 그런데 참으로 이상한 일은, 이런 이름을 더 좋아하는 사람들이 많다는 것이다. 도대체 어느 나라 백성들인가.

룰라, 언타이틀, 넥스트, 쟈쟈 등 요사이 노래하는 아이들 동아리 이름들이다. 두통을 자주 앓는 이유를 알 것만 같다. 반달마을, 별빛마을, 산들마을, 듣기만 해도 마음이 포근해진다. 이토록 정겨운 이름을 외면하고 왜 꼬부라진 이름만 흥얼대는지, 알다가도 모를 일이다. 명명부정직名名不正則 언불순言不順하고, 언불순즉言不順則 사불성事不成이라 했다. 논어論語에 나오는 말로, '이름이 바르지 못하면 말이 불순하고 말이 불순하면 이루어지는 일이 없다'는 뜻이다.

'떡값'이라는 부정한 이름을 만든 정치꾼들이 어찌 바른 정치를 할 수 있겠는가. 명名은 곧 대의大義요 명분名分인 것을…….

'신용일' 내 이름이다. '신용이 제일이다.' '신용을 잃지 말라.'

‘신용보다 더 큰 재산은 없다.’ 내 이름을 들을 때마다 이런 암시를 받는다. 사람의 삶은, 나와 너의 관계요 관계는 신용이 아니겠는가. 내 이름을 내 삶의 지표요 내 생활의 좌우명으로 알고 이제껏 살았다.

용일은, 날랠 용勇에 한 일— 자다. 날래게 일등을 하라는 의미다. 그러나 그 앞에 삼가할 신愼 자가 있으니 그 해석은 전혀 다르다. 용일을 삼가라. 즉 교만하지 말라, 경거망동하지 말라, 함부로 나서지 말라— 내 이름에 함축된 잠재어들이다. 내 이름 앞에 마음을 가다듬는 소이가 여기에 있다.

늦깎이로 수필을 쓰면서 막역으로부터 아호雅號를 하나 받았다. 펼 우禹에 말씀 담談이다. 글벗끼리 스스럼없이 부르는 것도 좋을 것 같아, 첫 수필집에 기록을 했다. 뒤늦게 서당書堂에 입문하여 훈장으로부터 호를 하나 더 받았다. 내 고향 갈마을 이름을 딴 노촌蘆邨이다. 잊고 살던 고향을 일깨워 주는 과분한 별호다. 갈잎소리 정겨운 산마을, 내 조상의 뼈가 묻히고 언젠가 내가 잠들어야 할 본향이 아니던가. 고향에 누陋가 되어서는 안 된다는 스승의 당부에 어깨가 무겁다. 내 조금이라도 갈마을 노촌을 드러낼 수 있다면 얼마나 좋으랴.

덕건명립德建名立이라 했다. 백수문白首文에 나오는 문구이다. 이름은 덕으로 세워야 한다는 말이다. 내 무슨 덕으로 이름을 세울 수 있겠는가. ‘노촌 신용일蘆邨 愼勇一’ 별로 기억해 줄 이도 없는 내 이름을, 가슴으로 조용히 불러 본다. (1997)

누구에게 돌을 던지랴

만우절도 아니다. 꿈은 더욱 아니다. 눈을 비비고 다시 보고 귀기울여 다시 들어도, 사실이요 현실이다.

'삼풍백화점이 무너졌다. 오백여 명이 목숨을 잃고 천여 명이 피를 흘렸다.' 무슨 할 말이 있겠는가. 그저 어안이 벙벙할 따름이다. 구포에서 열차가 전복되고, 목포에서 비행기가 추락하고 격포에서는 여객선이 침몰되더니, 서울 아현동에 이어 대구 가스 폭발사고가 바로 얼마전 일이다.

천재지변은 불가항력이라 치자. 그러나 이 모두가 다 인재人災다. 어찌 이런 일이 있을 수 있단 말인가. 사람의 생명은 천하를 주고도 바꿀 수 없다고 했다. 그런데 불과 몇 년 사이에 인재人災가 천여 명의 목숨을 앗아 갔다.

그 원혼을 어찌 달랠 것이며 그 아픔의 흔적을 무엇으로 치유할 것인가. 삼풍이 무너진 지 열하루 되던 날, 최명석 군이 구조됐고, 열사흘에 유지환 양, 그리고 무려 열이레 만에 박승현 양이 극적으로 구조되어 온 세상을 놀라게 했다.

참으로 놀랍고 경이로운 일이다. 그 처절한 죽음의 터널을 침착하고 끈질기게 버텨온 젊은이들에게 아낌없는 찬사를 보낸다. 그러나 산 자의 화사한 웃음 뒷면에 형체도 알아볼 수 없을 정도로 부패한 시신을 붙들고 울지도 못하는 고통이 가려져 있다. 목숨의 이쪽과 저쪽의 거리다. 한쪽은 웃음이요 한쪽은 눈물이다. 하나의 웃음 뒤에 수천의 눈물이 있다. 말이 쉬워 오 백이지, 누구 엄마, 누구의 딸, 누구의 하나뿐인 아들, 손가락 몇 개를 헤이다가 숨이 막히고 만다.

사상 초유의 비극이다. 누구 탓인가. 누구의 잘못인가. 누가 이 엄청난 생채기를 역사에 남겼는가. 모든 생명은 다 살기를 원한다. 하찮아 보이는 미물도 마찬가지다. 하물며 만물의 영장이라는 사람에 있어서랴. 그런데 이 어찌된 일인가. 십여 명의 사상자는, 아예 쳐다보지도 않는 세상이 되고 말았다. 우리가 지금 전쟁을 하고 있다는 말인가. 뭔가 잘못되어도 크게 잘못되었다.

이 우주는, 살고자 하는 생명의 연체聯体다. 선은 무엇이며 악은 무엇인가. 생명을 보호하는 것은 선이요 생명을 파괴하는 것은 악이다. 무엇을 죄라 하는가. 법을 어기는 행위를 말한다. 법은 무엇인가. 법法은 그 글자가 물의 흐름을 뜻한다. 물의 흐름은 자연이요 자연은 곧 생명이다. 그러므로 모든 법은 그 바탕이 생명 존중에 있다. 진리도, 가치도, 도덕도, 종교도 마찬가지다.

모든 길은 로마로 통한다는 말처럼, 모든 진리는 다 생명으로 통한다. 기독基督도 여래如來도 생명에서 만나고, 유신有神도 무신無神도 생명에서 하나다.

기독의 삶을 살던 프란체스코가 있다. 사람들은 그 이름에 성

聖 자를 붙여 성프란체스코라 부른다. 그가 산책을 하면 참새와 제비들이 몰려와 지즐댔다. "사랑하는 형제들이여, 형제들은 이미 충분히 말하였으니 이제는 내가 말할 차례입니다. 하느님의 복음을 들으시오. 내 말씀이 끝날 때까지 조용하시오." 이 말이 끝나는 순간 모든 새들은 조용했다.

"나의 사랑하는 형제들이여, 창조주 하느님을 찬양하시오. 하느님은 형제들에게 깃과 털로 옷을 입히셨고 날 수 있는 날개와 튼튼한 다리도 주셨습니다. 이 얼마나 고마운 일입니까. 하느님을 찬양하시오." 이 말을 듣고 모든 새들은 여러 가지 방법으로 찬양을 했다. 산이 되고, 물이 되고, 새가 되고, 짐승이 되던 성자의 모습이다.

구한말舊韓末, 북간도 어느 지방에 아주 사나운 만주 개를 기르는 마을이 있었다. 마을 사람에겐 고분고분하지만 마적 떼들도 근접을 못하는 마을이어서, 누구든지 그 마을을 방문하려면 사전에 통보를 하고 마을 사람들이 나와 맞이해야만 했다.

그러던 어느 날, 온 마을 개들이 다 달려나갔다. 으레 총소리가 나든지 아니면 비명소리가 들릴 줄 알았으나 의외로 조용했다. 뒤쫓아간 마을 사람들은 놀라운 광경을 목격했다. 다 해진 승복을 입은 노스님 앞에, 그 사나운 개들이 앞발을 모으고 다소곳이 앉아 있지를 않은가. 개에게 설법을 한 노선사, 그가 곧 해월海月이다.

새에게 복음을 전한 성프란체스코나 개에게 설법을 한 해월은, 둘이 아니라 하나다. 종교는 도道요 도는 자연인 연유가 여기에 있다. 기독基督의 사랑도 여래如來의 자비도 사람을 떠나서는 아무것도 아니다. 하느님을 사랑하노라 하면서 사람을 사랑하지 못하면 거짓말이라는 가르침은 이래서 진리다. 사람 사랑은 생명 사랑이요, 생명 사랑은 생명 존중이다. 내 생명이 귀하듯 네 생명도 귀하고 모든 생명이 다 귀하다.

하찮은 미물의 생명까지도 귀히 여길 줄 아는 사람이 사람을 귀히 여길 줄 알고, 사람을 귀히 여길 줄 아는 사람이 비로소 부처도, 하늘도, 사랑할 줄 안다는 말이다. 병원 공사를 하다가 개미집이 나오면 그 공사를 중단시키던 바보 같은 사람이 있었다. 사람의 생명을 위해 개미의 생명을 해칠 수 없다는, 암흑의 태양 슈바이처다. 슈바이처의 사람 사랑은 그 뿌리가 만물 사랑에 있음을 증명하는 일화다. 자연을 귀히 여길 줄 모르면서 사람을 사랑한다는 것도 거짓이요, 사람을 귀히 여기지 못하면서 하늘을 사랑한다는 것도 거짓이다.

자연이 병들면 사람이 병들고, 자연이 죽으면 사람도 죽을 수밖에 없다. 사람은 자연이기 때문이다. 무너진 삼풍에 오백여 명이 목숨을 잃었다. 누구의 탓이며 누구의 잘못인가. 병든 사람들이 병든 사회를 만든 탓이다. 산을 깎아 놀이터를 만들고 몸에 좋다고 개구리까지 씨를 말리려 드는 사람들의 자업자득이다.

누가 누구에게 돌을 던지랴. 남산 까마귀가 독경을 하고 동네 개들이 기도를 한다. 똑똑하고 그 잘난 우리 사람들을 위하여……. (1995)

제2부

·

묵 향

女 姒 姦

설문해자說文解字를 공부하다가 사내들의 편견에 계면쩍은 웃음을 삼켜야 했다.

뜻글인 한문漢文은, 독문獨文과 합자合字로 구분이 된다. 사물의 형상을 본뜬 상형문자象形文字와 어느 상황을 상징적으로 표현한 지사문자指事文字를 독문이라 하고, 두자 이상이 모여 뜻을 나타내는 회의문자會意文字와 한쪽은 음音을 한쪽은 뜻을 내포한 형성문자形聲文字를 합자라 한다. 예를 들면, 나무 목木, 뫼 산山, 날 일日 등은 상형문자요 윗 상上, 아래 하下, 가운데 중中 등은 지사문자며, 수풀 임林, 쉴 휴休, 밝을 명明 등은 회의문자에 속하고, 강 강江, 물을 문間, 시어미 고姑 등은 형성문자에 해당이 된다.

설문해자說文解字란, 독문獨文은 설說하고 합자는 해解하는 일종의 문자학文字學을 일컫는 말이다.

각설하고 무극無極·태극太極·음양陰陽으로 시작되는 동양철학은, 양음이 아니라 음양인 점이 이채롭다. 언필칭 양은 하늘이요, 음은 땅이라 하면서도 음을 앞세운 까닭은 알다가도 모를 일이다. 사람으로 치면 남녀가 아니라 여남인 셈인데, 그런데도 유독 여자를 옭아매는 윤리규범이 많은 이유는 무엇인가. 남존여비男尊女卑, 여필종부女必從夫, 삼종칠거三從七去 생각만 해도 가슴이 무겁다. 스스로 하늘같이 높다는 사대부士大夫들의 아집이 아닌가 하여, 상대적으로 낮은 분들 대하기가 민망할 정도다.

사내 남男과 계집 여女를 비교해 보면 지체 높은 선비들의 독선이 여실히 보인다. 남男은 밭田에 힘力을 더한 회의문자요, 여女는 여인의 다소곳한 자태를 나타낸 상형문자다. 남男은 합자로 쓰임이 별로 없는데 반해, 여女는 좋지 않은 의미의 쓰임새가 너무 많다.

두 계집이 만나면 시끄러울 난奻이요, 셋이 모이면 간사할 간姦이다. 그렇다면 사내들이 만나고 모여도 엎어지고 깨지는 의미의 글자가 있을 법도 한데, 아직껏 본 일이 없다. 과연 고고한 사내들이다. 계집이 방패를 들면 간음할 간奸이다. 위험으로부터 자기를 보호하고 방어하기 위해 가리고 막는 게 방패다. 보호본능은 인지상정이 아니던가. 인류의 시조 아담과 이브도 신神의 계명을 어긴 후 나뭇잎으로 허물을 가리고 나무 뒤에 숨었다는 기록이 성서에 있다. 이를 어찌 탓할 수 있으랴.

가린다함은 부끄러움을 안다는 의미요 부끄러움을 안다는 것은 의義의 불씨가 살아 있다는 증거다. 도리어 죄를 짓고도 부끄러움을 모른다면 그를 어찌 사람이라 하겠는가. 간음은 반드시 상대가 있다. 그런데도 사내는 젖혀 두고 계집의 가림으로 간음을 표현했으니, 초록은 동색이요 가재는 게 편인 셈이다.

사내는 바람이요 계집은 간음이란 말인가. 예수 앞에 끌려온 죄인도 사내가 아니라 계집이요, 성황당 돌무덤의 주인공도 역시 힘없는 계집이다. 예나 지금이나 계집은 부끄러워 얼굴을 가리고 뻔뻔한 사내들은 돌을 던지고 있다. 뭐라고 할까, 마치 뭐 묻은 개가 겨 묻은 개 나무라는 꼴이다. 어느 철면피가 이에 더 하랴. 노비奴婢는, 남종과 여종을 일컫는 말인데 남자종까지도 계집 여女에 또 우又를 했다. 이쯤 되면 횡포에 가깝다.

계집들 입은 똑같다고 같을 여如, 망할 계집 망할 망妄, 지게문을 기웃거리는 투기할 투妒, 요사스러울 요妖는 계집의 눈웃음이요, 기생 기 또는 갈보 기妓는 밖으로 도는 계집을 말한다. 자식 없는 계집 투妬는 돌 같은 여자 즉 석녀를 일컫고, 사내의 자리에 계집이 있으면 남색할 기嫛라 했다. 요즘 말로 '게이'쯤 되나 보다. 숲 속의 계집은 탐할 람婪이요, 노래하는 계집은 창녀 창娼이며, 위치 바꾸기를 즐기면 음탕할 탕婸이다. 더 있다. 더러울 모嫫는 막된 계집이요, 성미 팩할 행婞은 계집이 너무 편하면 안 된다는 묘한 의미를 지니고 있다.

처妻는 나를 위해 머리를 장식한 여인이요, 첩妾은 서서 시중드는 계집이며, 며느리 부婦는 빗자루 들고 소제하는 계집의 상형이니, 적어도 문자文字 속에 여권女權은 찾아보기 힘들다.

물론 좋은 의미의 글자도 없는 것은 아니다. 먼저 편안 안安자를 보자. 얼핏 보면 갓 쓴 계집으로 보이나, 실은 움집 면宀 밑에 계집 여女로 안방에 앉아 있는 여인을 본뜬 회의문자다. 다시 말하면 어머니의 자리와 아내의 위치를 뜻한다.

남편이 대들보면 아내는 주춧돌이요, 아버지가 울타리면 어머니는 따뜻한 아랫목이 아니던가. 어머니와 아내가 제자리를 지키는 가정, 이 아니 편안하랴. 어미 모母는 어떤가. 계집 녀女에 점을 찍어 수태한 여인을 나타낸 상형문자다.

"여자는 약하다. 그러나 어머니는 강하다"는 말은 차치하고라도, 모든 어머니는 다 여자다. 내 어머니도 그렇고 지체 높은

선비들의 어머니도 다 여자다. 그런데 어찌하여 이토록 낯뜨거
울 정도로 폄하貶下를 했는지, 참으로 모를 일이다.

 사내 남男은 어떤가. 합자로 쓰임이 극히 적고, 아들 자子도 안
좋은 의미는 거의 없는 편이다. 남男과 여女는 문자文字 속에서도
하늘과 땅만큼이나 거리가 멀기만 하다.

 그런데 이 어인 일인가. 요즈음 매맞는 사내들의 얘기가 화젯
거리다. 심지어 매맞고 쫓겨난 사내들의 보호소까지 생겼다는
보도에 할 말을 잃는다. 계집이 창을 든 위엄 위威 자가 무슨
한풀이라도 한다는 말인가. 고개 숙인 노숙자들의 무리가 예사
롭지 않다.

 음양陰陽의 높낮이, 이 얼마나 부질없는 말인가. 하나로 돌던
태극太極이 둘로 나뉘어 부부夫婦로 만나 다시 하나가 되는 음양
의 조화에, 귀하고 천함이 어디에 있으랴.

 밖이 귀한 만큼 안도 귀하고 땅이 없으면 하늘도 없다. 수레
의 두 바퀴 같은 내 반쪽, 계집을 위함이 곧 나를 위함이 아니
겠는가. (1998)

묵향墨香

몇 년을 벼르다가 이제야 붓을 들었다. 내 딴엔 제법 큰 결심을 한 셈이다. 세상사……, 하고 싶은 일 어찌 다할 수 있으리요만, 먹을 갈아 붓을 드는 데 무슨 핑계와 사정이 그리 많았는지 모른다. 오죽했으면 시작이 반이라는 말까지 생겼겠는가.

시작은 말 그대로 시작이지 반은 아니다. 그런데도 시작이 반이라 한 것을 보면, 무슨 일이나 시작이 쉽지 않다는 뜻일 게다. 그래서일까. 망설이고 벼르다가 시작도 못해 본 일이 적지 않다. 기왕 시작한 일이니 작심삼일作心三日이 되지 않기를 바랄 뿐이다.

벼룻돌이 세 개쯤 닳아야 서예書藝의 경지에 이를 수 있다고 했다. 얼마나 먹을 갈아야 하나의 벼루가 닳겠는가. 평생을 걸어도 이르기 어려운 먼길임을 모르는 바 아니다. 알면서 시작한 까닭이 있다. 흩어지기 쉬운 쉰 세대(?)의 항심抗心을 다스리기 위해서다.

남자의 쉰 줄……, 결코 만만한 고개가 아니다. 천명天命을 알았다는 성현聖賢도 있지만, 나 같은 속인俗人은 천명은커녕 인명人命도 지키기가 쉽지 않다. 정년이라는 제도에 밀려 하루아침에 할 일없는 노인이 되기 예사요, 생각지도 않은 만성병에 자칫하면 한쪽 어깨가 늘어지기 일쑤다.

품어 기르던 새끼들 어언 자라 하나 둘 다 떠나버린 빈 둥지만 지키다가, 어느 날 갑자기 막역한 지우의 부음을 받고 뜬구름 바라보며 '하숙생'을 흥얼거리는 허탈한 세대다. 어찌 흔들림이 없겠는가.

먹을 간다. 좌에서 우로, 우에서 좌로 서서히 원을 그린다. 아버지 땀내 같은 묵향墨香이 코끝에 스민다. 먹 하나 가는 데도 가는 이의 심성이 드러난다. 조급하면 먹물을 튀기고 유유悠悠하면 자적自適하다.

먹을 들어 나를 간다. 얼마나 모난 부분이 많았던가. 모가 많을수록 여기저기 걸릴 게 많다. 모를 갈고 각을 간다. 시기도 갈고 질투도 간다. 오욕칠정五慾七情을 구석구석 갈아낸다. 매끈한 감촉이 손끝에 젖으면 들뜨던 마음도 가라앉는다.

하얀 화선지 앞에 숨을 고른다. 먹물을 듬뿍 먹인 붓을 들면 언제나 서늘한 바람이 인다. 흑백의 조화……, 선 하나 긋는 데도 역입逆入, 절折, 회봉回峰, 그리고 중봉中鋒의 법칙이 있다.

바른 마음·바른 자세로 붓을 잡고, 선의 중앙과 붓의 중심이 일치하는 운필運筆을 중봉中峰이라 한다. 군자君子의 정행正行과 불법佛法의 팔정도八正道를 연상케 한다.

심성이 바르지 못한 탓인지 얼핏하면 필봉筆鋒이 꼬이고 만다. 붓이 꼬이면 바른 선이 될 수 없다. 뒤틀린 내 삶만큼이나 비틀린 선을 그어 놓고, 차마 부끄러워 얼굴을 들 수조차 없다. 얼마나 갈고닦아야 선 하나 바르게 그을 수 있을까. 모르는 이가 없는 명필 한석봉의 일화를 떠올리며 다시 붓을 든다.

역입逆入은, 분명하고 힘찬 획을 위해 선의 반대 방향으로 시작하는 것을 말한다. 개구리가 힘찬 도약을 위해 한걸음 물러섰다 뛰는 것과 같은 이치다.

역입기필逆入起筆, 생각할수록 예사로운 말이 아니다. 버려야 얻는다, 주어야 받는다, 죽어야 산다는 역설逆說의 이치理致가 붓끝에서 맴을 돈다. 어찌 가벼이 붓을 대할 수 있겠는가. 개구리가 태산을 지는 듯한 중압감을 느낄 수밖에 없다.

절折은, 서서히 또는 꺾는다는 의미다. 나이가 든 교만 때문인지 은연중 달인達人의 흉내를 내려 든다. 건방을 떠는 손끝을 보고 서예가 우재愚齋 선생은 말문이 막힌 듯 웃고 만다. 날개도 없는 게 날려고 드는 몰골이 가증스러워 붓을 놓고 눈을 감는다. 절을 하라, 절을 하라. 몇 번이나 다짐을 하고 다시 붓을 고른다.

시작에 못지않은 끝맺음을 위해 붓끝을 반대로 돌이켜 세우는 필봉筆法을 회봉回鋒이라 한다. 기필起筆은 역입逆入이요, 행필行筆은 절折이요, 수필收筆은 회봉回鋒이다. 반대로 시작하여 걸음걸음 절을 하고 다시 반대로 거두어들이라는 말이다.

가고 오고, 주고받고, 심고 거두는 자연의 이법理法이 번득인다. 예로부터 서書를, 예藝와 도道와 법法으로 대한 이유가 여기 있지 않겠는가. 선현들의 심오深奧한 정신세계에 감탄이 절로 난다.

가로 세로 선만 긋다가 한일 자― 한 자를 진종일 썼다. 가로로 긋기만 하면 한일 자가 되는 줄 알았는데, 한일 자 한 자 쓰기가 이토록 어렵단 말인가. 기필처起筆處와 수필처收筆處가 칼로 자른 듯해야 하고, 절折 한 마디마디 혼신의 힘이 들어 있어야 한다는 가르침에, 그만 주눅이 들 정도다.

한일 자 한 자를 몇 년을 쓴들 어떠랴. 한 자만 제대로 쓸 수 있다면 백 자百字도 천 자千字도 못 쓸 리 없다.

하늘 천天 따지地를 삼 년 읽었다는 사람이 지은 시다.

天地玄黃 三年讀 (천지현황 삼년독)
焉哉乎也 何時讀 (언재호야 하시독)

'천지현황만 삼 년을 읽었으니, 언재호야는 어느 때에 읽을고' 하는 탄식이다. 언재호야는 천자문 맨 끝에 있는 글자다. 글자를 배운 것이 아니라 이치理致를 깨달은 사람이 아니던가.

내 언제쯤 한일 자 한 자를 제대로 쓸 수 있을까. 설령 그날이 내 생전에 오지 않는다 해도, 먹을 들어 나를 갈고 붓을 들어 나를 쓰면서 그윽한 묵향墨香에 젖어 살 수만 있다면, 무엇을 더 바라겠는가. (1996)

해학 속담諧謔 俗談

우스갯소리 같은 속담이 많다. 상민常民들이 직설적으로 응어리를 풀던 비속어卑俗語들이, 여간 흥미로운 게 아니다. 포복절도할 해학諧謔과 옷깃을 여미게 하는 풍자諷刺도 있고, 귓속말로나 주고받으며 키득거릴 수밖에 없는 음담淫談도 적지 않다.

'꼴에 수캐라고 다리 들고 볼일 본다'고 했다. 히덕거리는 여인들의 시선이 섬뜩하다. 꼴 같지 않은 사내들이 얼마나 많은가. 나 같은 위인도 오십보백보다.

얼핏하면 폭력을 휘두르는 사내일수록 '북어와 계집은 두드려야 부드러워진다'고 항변한다. 콩과 보리도 구분을 못하는 숙맥菽麥이, 어찌 두드림의 의미를 알 수 있겠는가. 무지렁이와 살아도 부드러운 계집이 있고, 탕건 쓴 샌님과 살아도 뻣뻣한 아낙이 있다. 이래서 '여자 팔자는 뒤웅박 팔자'라 했는지 모른다.

사내들을 향한 곱지 않은 시선도 줄을 잇는다. 짓눌린 한이 얼마나 컸던지 '나라님도 여자 앞에는 무릎을 꿇는다' 했다. 딴은 맞는 말이다. 어찌 무릎뿐이랴. 나라님을 낳아 젖 물려 기른

게 여자 아니던가. '사내는 다 늑대다', '아내가 죽으면 뒷간에서 웃는다', '열 계집 마다하는 사내 없다'는 경멸도 있고, '두 계집 거느린 놈의 똥은 개도 안 먹는다', '여러 계집 거느린 놈은 늙어서 혼자 죽는다'는 경고도 있다.

조강지처糟糠之妻를 버리고 바람 따라 살다가, 늙고 병들어 혼자 죽는 처절한 몰골을 자주 보았다. '우선 먹기는 곶감이 달다'고 내일을 모르고 오늘을 즐기는 부나비들이 결코 잊어서는 안 될 금언金言이 아니던가.

사내들이 이죽거리는 소리도 만만치 않다. '구멍 속의 뱀 길이와 여자 속마음은 아무도 모른다'거나, '열녀전烈女傳 끼고 서방질한다', '우는 과부 개가改家하고 웃는 과부 수절守節한다'는 등, 가늠하기 어려운 여자의 마음을 꼬집기도 하고, 남편 잘못 만나면 당대 원수요 아내 잘못 만나면 삼대 원수라는 자조自嘲와 탄식도 있다. 일생이 아니라 자식, 손자까지 영향을 미치는 게 여자라는 역설적인 말이다. '아들 잘못 두면 한 집이 망하고, 딸 잘못 두면 두 집이 망한다'는 말이 긴 여운으로 가슴에 남는다.

'계집 말 잘 들으면 남을 도둑 만들고, 계집 말 안 들으면 집안 망신한다'고 했다. 태조 이성계는 너무 잘 들어서 왕자의 난을 만들었고, 폭군 연산은 너무 안 들어서 정사政事를 망치고 말았다. 듣기도 어렵고 안 듣기도 어려운 게 베갯밑공사公事가 아니던가. 칠칠맞은 행실을 빗대는 말로 '미친년 속차리면 행주로 요강 닦는다' 했다. 늙은 부모 제쳐두고 강아지만 안고 노는 잘난 며느리, 심심해서 외간남자를 만난다는 바람난 계집, 우리말보다 외국 말 먼저 가르치려 드는 똑똑한 엄마, 행주로 요강 닦는 짓거리와 무엇이 다르랴.

'배부르면 평양감사도 조카로 보인다'는 소박한 지족知足, '제집

개도 밟으면 문다'는 불굴의 긍지, '상놈도 꿈에는 양반 볼기를 친다'는 자위와 희열, 질경이 같은 민초_{民草}들의 밑바닥 삶이 질펀하게 깔려 있다. 효_孝를 일컬어, '살아선 서푼인데 죽으면 만냥인 게 어머니'라 했고 배은망덕을, '호미 빌려 간 놈이 감자 캐 간다'고 했다. 이 얼마나 소탈한 표현인가. 주절주절이 된장에 풋고추 맛이다.

'내 말부터 잡고 아버지 말 나중에 잡으랬다'거나, '형제간도 큰 고기는 제 그릇에 담는다'는 사람의 욕심을 풍자한 말도 있고, '딸은 쥐 먹듯 하고 며느리는 소 먹듯 한다'거나 '남편 돈은 내 돈인데 자식 돈은 사돈네 돈'이라는 사람의 심리를 빗댄 말도 있다. 달아나는 말 때문에 부자간에 다투고, 큰 고기 앞에 놓고 형제끼리 싸운 게, 어찌 어제오늘 일이겠는가.

백성이야 죽든 살든 제 배만 채우려 드는 정치인도 그렇고 기업이야 망하든 말든 제 주머니만 챙긴 기업주도 그렇다. 아버지 없는 자식이 어디 있으며 형 없는 동생이 어찌 있으랴. 나라가 아버지라면 아들은 백성이요, 전체가 아버지라면 개체는 아들이 아니겠는가.

높고 귀한 분들이 달아나는 말고삐를 잡겠다고 팔을 걷고 나섰다. 겉은 아버지 말인데 그 속은 제 말이 분명하다. 잡힐 말이 하필 진흙밭이라, 너도나도 뛰어들어 너 죽고 나 살자고 물고 뜯는 꼴꼴이 가관이다. 나는 깨끗한데 너는 더럽고 나는 비웠는데 너는 가득하다고 목청을 돋운다. 참으로 모를 일이다. 아무리 '한 번 가나 두 번 가나 화냥은 마찬가지'라 하지만, 마치 '가랑잎이 솔잎보고 시끄럽다고 나무라는 것' 같아 차마 눈뜨고 보기가 민망할 정도다.

어느 게 콩이고 어느 게 보린지 알고 싶지도 않다. 행여 흙탕

물이 튀길까 저만큼 거리를 두고 옷깃이나 여미고 싶을 뿐이다.

딸은 출가외인出嫁外人이요 며느리는 입가入家한 식구다. 그런데도 딸은 안 먹어서 밉고 며느리는 먹어서 밉다면 이에 더한 아이러니가 어디에 있으랴. 참으로 간사한 게 사람의 심리가 아닌가 싶다. 부부夫婦는 무촌無寸이요 자식은 일촌一村이다. 자식이 번 돈이 사돈네 돈이라니, '한 다리가 천리' 라는 말은 이래서 있는 것일까.

번갯불에 개 뛰듯, 미친년 널뛰듯, 불 맞은 멧돼지 뛰듯, 걸쭉한 표현들이 많다. 불 맞은 멧돼지는 앞만 보고 달리고 천둥에 놀란 개는 어디로 뛸지 아무도 모른다. 불경스럽게도 나라님 뽑는 날을 두어 달 앞둔 오늘의 정치판이 떠올라, 씁쓸한 웃음을 삼켜야 했다.

'낫 놓고 기역자도 모른다' 가 아니라, 기역은 알아도 낫은 모르는 세상에, '아이 못 낳는 년 밤마다 태몽만 꾼다' 고 너스레만 주워 모아 원고지 칸을 메꾼 꼴이다. 어줍잖게 끄적거려 놓고 누가 읽어 주기를 은근히 바라는 몰골이, 웅담 없는 곰 잡은 포수 신세 영락없다.

'햇비둘기 어찌 영마루 넘으랴' 만 날갯짓을 하다 보면 언덕이라도 오를 날이 없지는 않으리라. (1997)

무장공자無腸公子

서화전書畵展 구경을 가끔씩 하는 편이다. 서우書友들과 더불어 묵향墨香을 즐기는 홍복 중의 하나다. 시詩는 물론이요, 보아도 모르는 게 글씨와 그림인 줄 모르는 바 아니나, 때로는 문외한의 객기로 우월을 가리려 들기도 한다.

선현先賢들의 명시名詩를 절구絶句해서 임서臨書하는 경우가 많은데, 시의 음미는 언감생심이요 글자의 모양새에 끌려다니는 초학初學의 수준을 맴돌고 있다. 갓 상투를 튼 유생儒生같이 단정한 해서楷書, 어딘지 모르게 겉멋이 든 듯한 예서隸書, 진서眞書란 이런 것이다고 잔뜩 교만해 보이는 전서篆書, 달관의 경지에 이르러 붓끝이 보이지 않을 정도로 휘날린 행초서行草書, 보는 것만으로도 마음이 포근해진다.

당구삼년堂狗三年이면 음풍월吟風月이라 했던가. 수필가란 이름을 얻은 지 십여 년이요, 서당書堂에 드나든 지 서너 해가 넘었다. 그래서 그런지 내 주위 분들이 진서眞書깨나 읽은 줄 알고 있으니, 참으로 난감한 일이다.

한문漢文으로 기록된 조선祖先의 유적을 누구나 읽을 수 있도록 한글비도 세우자고 건의하여 그 비문을 지은 계기로, 정려旌閭를 받은 파조派祖의 영모비문永慕碑文도 짓게 되었다. 풍광이 수려한 곳이라 여러 분들과 인연이 닿아, 어느 문중門中의 재실齋室 중건기重建記도 서너 건 청탁을 받기도 했다. 한문문화가 한글문화로 이어지는 길목에서 나 같은 천학淺學도 작은 징검돌이 되는가 싶어 그저 민망할 뿐이다.

친목회란 이름으로 거나해진 그렇고 그런 자리에서 이백李白의 주중취酒中趣라는 시를 한 수 읊는 호기를 부려 보았다.

"천약불애주天若不愛酒면 주성부재천酒星不在天이요, 하늘이 만약 술을 좋아하지 않았다면 주성酒星이 하늘에 없었을 것이요, 지약불애주地若不愛酒면 지응무주천地應無酒泉이라. 땅도 만일 술을 좋아하지 아니했다면 땅이 주천酒泉을 두지 않았을 것이다. 천지기애주天地旣愛酒하니 애주불괴천愛酒不愧天이라. 하늘도 땅도 이미 술을 좋아했으니 내가 술을 좋아하는 것도 하늘에 한 점 부끄러움이 없노라. 기문청비성旣聞淸比聖이요 복도탁사현復道濁似賢이라. 내 듣기를 맑은 청주는 성인에 비했고 다시 이르기를 텁텁한 탁주는 현자賢者 같다고 하였네. 성현기기음聖賢旣己飮하니 하필구신선何必求神仙이리요. 성인과 현자聖賢을 불문하고를 이미 마셔 왔으니 내 어찌 신선을 바라리요. 삼배통대도三盃通大道하고 일두합자연一斗合自然이라. 석 잔을 마시면 대도大道를 통하고 한 말을 마신 후 자연과 하나가 되노라. 단득취중취但得醉中趣를 물위성자전勿爲醒者傳하라. 다만 내가 얻어 즐기는 이 취함의 멋과 즐거움을 술이 뭔지도 모르고 맨송맨송 깨어 있는 자들에게는 말도 하지 말아라."

'자……, 어떤가 이래도 술잔을 앞에 놓고 사양을 하겠는가' 라는 내 호기에 '카……, 술 맛 난다. 내가 취해 사는 깊은 뜻을 이제는 알겠느냐.' 두주斗酒를 불사하는 판기형의 너스레가 질펀하게 흘렀다. 평소 술자리를 멀리하던 위인이 불경스럽게도 주선酒仙을 들먹인 죄로, 대도大道는커녕 하마터면 열반涅槃에 들 뻔도 했다. 그날 이후 발 없는 말이 천리를 간 덕에 지우들을 만날 때마다 석잔 술을 피할 수 없게 되었으니, 속인이 주선을 들먹인 대가를 톡톡히 치르고 있는 셈이다.

스승으로부터 필력筆力은 주력酒力이라는 말을 자주 들었다. 어시호 진적珍籍의 완상玩賞도 대도와 거리가 멀지는 않으리라. 동문수학同門受學인 근재近齋형과 어울려 백세주를 삼배三盃하고 도력道力을 힘입어 작품을 힐끔거리는 호사를 누리고 있다.

안진경이나 구양순체의 해서楷書는 고결한 여인 같아서 은연중 거리감이 드는데, 거칠거칠한 육조체六朝體는 기운이 넘치는 시골 아낙처럼 금세 낯설지 않다. 파책이 늘어진 사신史晨과 조전비曹全碑체를 눈여겨보다가, 대고구려의 기상이 엿보이는 호태왕비好太王碑의 거침없는 예서체隷書體에 숨이 멎는다. 파격이다. 파책이 전혀 없다. 위려하면서 질박하고 호방하면서 힘이 넘쳐 글자마다 우렛소리가 나는 듯하다. 천년하고도 수백 년의 세월이 더 흐른 먼 옛날, 우리 조상들의 기백이 자획마다 살아 숨쉬고 있다. 말 그대로 문자향文字香이다. 긍지 높은 문화민족임을 어느 누가 부정할 수 있으랴. 비록 모형이지만 독립기념관에 우뚝 서 있는 장엄한 돌을 우러러, 경련이 일던 기억이 새롭다.

중국 은殷나라 왕조에서 사용했다는 갑골문甲骨文도 눈에 뜨인다. 뼈가 드러난 물고기, 앉아 있는 새, 기어가는 거북이, 지팡이를 짚고 서 있는 사람, 더듬더듬 찾아보는 재미에 희열을 느낀다. 문인화文人畵도 둘러본다. 흔히 일컫는 사군자四君子와 산수山水가 주를 이루고 민화民畵도 몇 점 구색을 맞추고 있다. 이전엔 주마간산走馬看山으로 그림만 보다가, 이제는 화제畵題에 눈길이 자주 멎는다. 그 유명한 추사秋史의 세한도歲寒圖도 화제로 인해 더욱 빛나고, 안견安堅의 몽유도원도夢遊桃源圖도 당대의 기라성 같은 문사文士들의 화제가 금상에 첨화가 아니던가.

금방이라도 기어 나올 듯한 크고 작은 두 마리의 게가 낙관이 선명한 화제 한 수를 데불고 있다.

공자무장진가선 (公子無腸眞可羨)
평생불식단장수 (平生不識斷腸愁)

작가가 절구絶句해서 인용한 윤우당尹于堂의 시다. 짧은 실력으로 한참을 헤매다가 어렴풋이 눈치를 채고 쾌재를 부른다. "창자 없는 그대를 참으로 부러워하느니, 평생 애간장 끊어지는 근심은 모르고 살겠구려." 게라고 어찌 창자가 없으리요만, 사람으로 끌어올려 세태를 풍자한 것 같아 헤실헤실 웃는다.

쓸개 없는 막역이 하나 있다. 못쓰게 된 담낭膽囊을 수술로 떼어버리고 간과 위장의 소화액 통로를 직접 연결했다는 것이다. "내 어쩌다 쓸개빠진 놈하고 친구를 하게 되었다"고 빈정대면 "쓸개 없이 사는 이 가벼움을 너희들이 어찌 알겠느냐" 며 이죽거린다. 과연 우문愚問에 현답賢答이다.

쓸개빠진 놈, 창자 없는 년, 배알도 없는 위인……. 누구를 타하랴. 무장공자는 게가 아니라 바로 이 못난 내 꼴인 것을……. (2000)

창랑滄浪에 물 맑으면

'창랑에 물 맑으면 내 갓끈을 씻고 창랑에 물 흐리면 내 발을 씻는다.' 중국 고사에 나오는 창랑가滄浪歌다. 포은圃隱을 달래던 하여가何如歌 같기도 하고, 세상살이에 초연한 삶 같기도 하여 조용히 읊을 때가 많다. 창랑은, 양자강 지류인 한수漢水 유역 어느 고을 이름이다. 골 깊고 물 맑은 곳인 듯싶다.

굴원屈原이 창랑에 유배되어 자신의 심기心氣를 시로 읊었다. 한 어부漁夫가 이를 듣고 그 뜻을 묻자 "세상이 다 흐린데 나는 맑으며, 뭇사람이 다 취했는데 나만 깨어 있다"고 했다.

"성인은 사물에 구애받지 않고 더불어 산다. 세상이 흐리면 왜 그 흐림을 휘저어 같이 하지 않으며, 뭇사람이 다 취했으면 어찌 그 찌꺼기를 같이 하지 않느냐"고 어부가 다시 물었다.

"머리를 감으면 갓을 털고 몸을 씻으면 옷을 터는 법이다." 굴원의 대답이다.

"창랑에 물 맑으면 내 갓끈을 씻고 창랑에 물 흐리면 내 발을 씻는다." 어부가 뱃전을 두드리며 부른 노래다.

굴원과 어부, 누구를 옳고 누구를 그르다 하랴. 어부가 있음으로 굴원이 빛나고 굴원이 있음으로 역사가 빛난다. 굴원의 삶은 역사의 샘물이요 굴원의 정신은 역사의 등불이 아니던가.

우리에게도 굴원 못지않은 샘물과 등불이 많다. 사육신死六臣, 생육신生六臣이 그렇고, 하여가何如歌를 단심가丹心歌로 화답하던 포은이 그렇다. 굴원과 어부가 공존하는 게 역사다. 빛이 있으므로 그림자가 있고 악이 있음으로 선이 빛나는 것과 같은 이치다. 어찌 보면 창과 방패 같은 역사의 영원한 모순인지도 모른다.

나는 무엇인가. 굴원은 가당치도 않고, 그렇다고 어부도 못 된다. 이도 아니요 저도 아닌 얼치기에 불과하다. 날짐승 앞에서는 날개를 펴고 길짐승 앞에서는 날개를 접는 박쥐라 해도 할 말이 없다.

나는 명색이 신앙인이다. 믿음으로 거듭남을 제일 큰 덕목으로 살았다. 그런데 이 어찌된 일인가. "믿음이란 무엇인가." 이 화두話頭가 갈수록 떠나지를 않는다. '믿음 천국' '불신 지옥', 이 섬뜩한 구호를 대할 때마다, 나도 모르게 눈을 감는 버릇이 생겼다. 이것 아니면 저것을 택하라는 엄포다. 아니 협박이다. 신앙인들이 더 편협하다는 말이 떠올라 심한 자괴自愧를 느낄 때가 많다. 믿음이란 무엇인가. "믿음은, 바라는 것들의 실상이요 보지 못하는 것들의 증거다." 히브리인들에게 설파한 사도 바울의 말이다. 소망을 실상으로 나타내고 안 보이는 것들을 드러내 증거하는 삶이 곧 믿음이라는 뜻이다.

그러므로 내가 예수를 믿는다 하면, 내 삶을 통하여 예수의 실상을 증거해야 하는 책임이 뒤따른다. 어찌 믿음을 가벼이 말할 수 있겠는가. 예수의 실상 —, 이 또한 가당치 않다. 실상은커녕 이름만 망령되게 일컬으며 살아온 꼴이다.

20여 년 전, 부평 다다구미에서 몇 년을 살았다. 일제 때 붙여진 이름인 듯한데, 지금껏 스스럼없이 불려지는 곳이다. 지금은 아니겠지만 그때만 해도 그 일대는 홍등가였다. 그 골목 어귀에 있던 2층 공간이 내가 기거하던 곳이다.

부득이 그 골목을 지나야 할 때는 곽란에 약방 가듯 뛰고, 혹 길을 막고 옷깃이라도 끄는 날이면, 징그러운 벌레 털어 버리듯 했다. 너는 더럽고 나는 깨끗하다는 굴원의 심리였을 게다.

간음한 여인에게 돌을 던지려는 군중을 향해, 조용히 들려오는 음성이 있다. "누구든지 죄 없다고 생각하는 사람이 이 여인에게 돌을 던지시오." 불쌍한 사람을 긍휼이 여길 줄 아는 예수의 나지막한 목소리다.

너는 더럽고 나는 깨끗하다는 교만 —, 위선이다. 가증스러운 위선이다. 이게 내 몰골이다. 지금껏 그 태를 벗지 못하고 있다. 무슨 인간미가 있겠는가.

"믿어요." 이 한마디로 탁발승을 돌려보내는 게 믿는다는 사람들이다. 나도 그랬다. 속으로 수많은 우상을 숨기고 살면서 말이다. 돈도 우상이 될 수 있고 권력도 우상이 될 수 있다. 심지어 마약을 우상으로 섬기는 사람도 있다.

3·1절 날, 관악산 연주암에서 흐뭇한 광경을 목격했다. 내 몸 하나 오르기도 힘겨운 산사에서, 헤일 수 없이 많은 등산객들에게 점심을 공양하고 있었다. 이른바 무차공양無差供養이다. 이쪽 저쪽을 가리는 이도 없고 그렇다고 묻는 이도 없다. 간혹 공양 그릇을 들고 잠깐 눈을 감는 이들이 눈에 띄는 것을 보면, 믿는 이들도 더러 있는 듯했다.

신앙의 편견을 버리기로 했다. 나는 옳고 너는 그르다는 아집이 있는 한, 아무리 종교인이 많아도 이 땅에 평화는 없다.

모든 종교는 다 그 나름대로 훌륭한 교리를 가지고 있다. 그러나 실천이 따르지 않는 교리는 공허한 이론일 뿐이다. 무엇을 믿느냐보다, 어떻게 믿느냐가 더 중요한 이유가 여기에 있다.

먼지를 쓴 채 갓을 터니 굴원도 아니요, 취한 세상 깬 체 했으니 어부도 못 된다.

아서라, 갓을 털고 옷을 털어 무엇하랴. 맑으면 맑으니 좋고, 흐리면 흐린 대로 사는 게 삶이 아니던가.

창랑에 배를 띄워 이백李白의 명정酩酊을 흉내라도 내고 싶다.

삼배三杯에 통대도通大道하고 두주斗酒에 합자연合自然의 경지를…….

(1995)

천도天道

도天道는 도대체 있는 것이냐 없는 것이냐.” 사마천司馬遷이 기록한 사기史記에 가끔씩 나오는 말이다. 그도 그럴 것이 평생을 학문으로 살던 안연顔淵은 먹을 것이 없어 굶어 죽었고, 사람의 간을 회쳐 먹을 정도로 포악한 도척盜跖은 호의호식하며 천수天壽를 누렸으니 사가史家의 탄식이 나올 만도 하다. 천도가 무심치 않다는 말을 곧잘 듣는다. 그런가 하면 천도가 무심하다는 한탄도 적지 않다. 어찌 보면 있는 것 같고 어찌 보면 없는 것 같은 게 천도란 말인가.

천도란 무엇인가. 그대로 풀이하면 ‘하늘의 길’이라는 의미다. 철새도 길이 있고 달도 별도 제각기 길이 있다. 이를 천도라 하는가. 벼락을 천도로 알던 때가 있었다. 호랑이 담배 피던 옛얘기다. 어느 고을의 아무개가 불효를 하다가 벼락을 맞았다는 등, 황소가 벼락을 맞았는데 배 안쪽에 어느 죄인의 이름이 있었다는 등, 하기사 지금도 벼락치는 날이면 꿇어 엎드려 염주를 굴리는 순박한 할매가 없는 것도 아니다.

별들의 운행도 천둥번개도 자연의 법칙일 뿐이다. 이를 어찌 천도라 하겠는가. 피뢰침을 만들 줄 아는 영특한 현대인들은 하늘의 불칼을 정복한 지 이미 오래다.

'하늘의 길' 하늘의 뜻도 다르고 길의 의미도 쉽지 않다. 저 푸른 공간도 하늘이요, 막연하나마 천도를 주관할 것이라는 하늘도 하늘이다. 바르게 살면 복을 내리고 죄를 지으면 재앙을 내리는 하늘이 있다고 믿는다. 하늘에 순응하면 살고 역행하면 죽는다는 게, 연면히 흘러온 우리 민족의 신앙이 아니던가.

길은 무엇인가. 일음일양지위도一陰一陽之謂道라 했다. 주역周易에 나오는 말로 음양의 법칙이 곧 도道라는 뜻이다. 도야자언야道也者言也라 했다. 도는 곧 말씀이라는 의미다. 무엇을 말씀이라 하는가. 철학적인 술어로 로고스Logos요 우주를 통괄하는 이법理法이라고 한다. 우주를 주관하는 하느님의 이법, 나 같은 위인은 쥐어 줘도 모른다.

수백만 명의 유태인들이 독일의 나치당에 의해 죽어가면서 하늘을 찾았다. 그 절규가 오죽했겠는가. 부르다 부르다 원망도 하고 저주도 했을 것이다. 그들이 부르던 하늘은 어디에 있었는가. 독일이 패전을 했다. 천도가 무심치 않다고 감격했다. 목숨을 연명한 유태인들은 잃어버린 땅에다 나라를 세웠다. 그런데 이 어인 일인가. 가해자 독일은 여전히 번영의 축복을 누리고, 피해자 유태인은 오늘도 통곡의 벽에서 흐르는 눈물이 마르지 않는다. 사면초가四面楚歌다. 울면서 싸우고 싸우면서 우는 게 유태인의 현실이다. 돈 많은 거부巨富도 많고 명석한 석학碩學이 많으니, 이를 천도라 한다면 할 말이 없다.

미 대륙에 먼저 터를 잡아 살던 인디언들은 뒤늦게 상륙한 백인들의 은인들이다. 그들의 도움으로 첫겨울을 났고 그들의 협

조로 첫 농사를 지었다. 물에 빠진 자 구했더니 보따리 내놓으라는 격인가. 가까스로 목숨을 연명한 백인들은 생명의 은인들을 씨를 말리려 들었다. 제일 먼저 교회를 세우고 감사예배를 드렸다는 자들의 짓거리다. 그들이 믿는 하늘은 도대체 어떤 하늘인가. 아프리카 밀림에서 평화롭게 살던 흑인들을 사냥질하여 수천 명씩 배 밑창에 던져 넣고 그 위에서 감사기도를 드리던 자들이다. 지금도 그들은 위에서 군림하고 흑인들은 그들의 발아래 엎드려 살고 있다. 흰색만 좋아하고 검은색은 싫어하는 하늘이란 말인가. 하늘을 모르니 천도는 더욱 알 길이 없다.

"천도는 도대체 있는 것이냐? 없는 것이냐?" 이 탄식이 어찌 사마천뿐이랴. 대동아 공영을 앞세운 일본의 만행은, 흔한 말로 하늘이 알고 땅도 안다. 하와이의 진주만은 그들이 저지른 범죄 현장이다. 지금도 내 눈을 의심하고 있다. 범죄자들이 그 범죄의 현장에서 우쭐대는 아이러니를 보았기 때문이다.

진주만을 비롯한 하와이의 주인은 미국이 아니라 일본인들이다. 그뿐이 아니라 동남아시아는 물론 세계의 유수한 나라들이 그들이 내미는 달러 앞에 오금을 못 펴는 게 오늘의 현실이다. 역사는 지금 어디로 가고 있는가.

이 세상에 누구보다도 일본을 잘 아는 게 우리다. 씻을 수 없는 아픈 상처, 성姓도 이름도 빼앗겼던 치욕의 역사를 어찌 잊을 수 있겠는가. 일본이 망했다. 히로시마가 원자폭탄으로 잿더미가 되었다. 천도가 무심치 않다고 감격의 만세를 불렀다. 그 천도는 도대체 무엇이란 말인가. 천도를 감사하던 우리는 국토와 민족이 분단되어 동족상쟁의 전쟁터가 되었고, 그들은 우리의 피흘림을 이용하여 큰돈을 벌었다.

유전有錢이면 사귀使鬼라 했다. 돈만 있으면 귀신도 부릴 수 있다는 말이다. 그래서일까, 어른들은 가라오케에 다리가 풀렸고 아이들은 드레곤볼에 정신을 잃고 있다. 서울인지 도쿄인지 구분이 어려울 정도다.

원수도 사랑하라는 기독인들이 많기 때문인가. 아니면 사랑도 말라, 미움도 말라는 불자佛者들이 많기 때문인가. 천도天道는 결국 인도人道요, 인도人道는 역도力道라는 생각이 맴을 돈다.

당장 벼락을 맞아도 시원찮은 위인들은 희희낙락하는데 착하디 착한 민초들은 주리고 병들어 죽는 자가 적지 않다. 이를 어찌하랴. 사마천의 탄식이 시공을 초월하여 허허로울 뿐이다.

핀 꽃은 지고 진 꽃은 다시 피는 게 자연의 흐름이다. 초승달은 날이 갈수록 살이 붙고, 보름달은 시간이 흐를수록 사위어 가는 게 자연이다. 낮이 가면 밤이 오고 겨울이 오면 봄 또한 멀지 않다. 빛과 어둠 흐림과 맑음이 맞물려 흐르는 게 역사 아니던가. 오늘 맑다고 영원히 맑음도 아니요 오늘 흐림이 내일도 흐리라는 법이 없다. 아서라, 천도를 탓해서 무엇하랴. 힘들고 어려우면 보일 듯 말 듯 동산에 뜨는 초승달로 알고 오늘을 살 것이요, 배부르고 등 따시면 곧 사위어 갈 보름달로 알고 고개 숙여 겸손할 따름이다.

안연顏淵은 군자君子로 존경을 받고 도척盜跖은 도적으로 저주를 받고 있으니, 이를 천도天道라 한다면 이 또한 할 말이 없다.

(1996)

옛 돌들의 이야기

마음이 포근하다. 처음 보는 곳인데도 전혀 낯설지 않다. 늘 그리던 고향 마을을 들어선 느낌, 죽마竹馬를 함께 타던 옛 동무가 금방이라도 달려올 것만 같다.

용인의 산수山水가 다 그러하듯, 풍광風光이 유정하다. 높거나 낮지도 않고, 어느 한 구석 허한 데도 없다. 만여 점의 옛 돌조각 유물들이 별유세계別有世界를 이룬 곳, '세중 돌 박물관'이다. 하루 나들이에 알맞은 거리여서 더욱 좋다. 상수리나무 뿌리를 타고 갯도랑이 돌돌돌 흐르는 어귀, 익살스러운 장승내외長丞內外가 나그네를 반긴다.

희로애락喜怒哀樂의 언덕, 천태만상의 석상石像들이 숲을 이뤘다. 만조백관滿朝百官의 하례를 받는 제왕帝王이라도 된 듯한 환상에 젖는다. 오금이 저려 발걸음이 쉽지 않다. 그도 그럴 것이 복건幞巾에 홀笏을 든 문관文官과 갑옷을 입고 칼을 쥔 무관武官들이 공손하게 도열해 있다.

다듬잇돌로 계단을 쌓고 맷돌을 깔아 길을 내었다. 옥양목을 매만지던 누나들이 떠오르고 가난을 이 갈리게 갈아대던 주름진 오매의 얼굴이 어른거려, 발부리를 보다가 하늘을 본다. 내가 지금 꿈을 꾸고 있는가. 장자莊子가 나비 되듯, 한 덩이 돌이 되어 이끼 낀 세월을 넘나든다.

조상의 숨결이 살아 있다. 고개 숙인 조선의 벼슬아치, 입을 다문 고려의 무사武士, 살며시 웃는 신라의 화랑, 합죽한 할배와 할매, 소박하다. 한결같이 너그럽다. 차디찬 돌이 이토록 따스하게 다가올 줄이야. 언제 어디서 누구를 지키다가 예 왔는가. 주인은 간데 없고 지킴이만 남아 흐름의 무상無常을 반추反芻하는 이 언덕에, 이명耳鳴처럼 맴도는 말이 있다.

부질없이……, 부질없고……, 부질없다…….

돌을 우러러 돌고 돌아 동자童子마을에 발길이 멎는다. 달덩이 같은 얼굴들, 천진天眞스럽기 그지없다. 순수 무구한 아이들의 자화상이 어우러졌다. 무에 그리 좋은지 입이 찢어지도록 웃는 놈, 무슨 일로 골이 났는지 입을 꼬옥 다문 아이, 뿔난 머리에 막대기를 든 골목대장(?), 땋아 내린 댕기머리가 앙증맞은 대갓집 아이, 모락모락 피어나는 평화의 동산에 온갖 시름은 봄눈이 된다.

마을이나 사찰 입구에 서서, 오가는 길손에게 친근감을 주던 벅수들이 정겹다. 수호신의 역할도 했으니, 험상궂게 생길 법도 하건만 그와는 정반대다. 아내의 방에 침입한 간부姦夫를 노래와 춤으로 물리쳤다던 처용處容의 모습이 이러했을까. 수더분하고 어수룩해 보이면서도, 어딘지 모르게 태산 같은 무게가 배어난다.

누군가 우리를 보고 불가사의不可思議라 했다던가. 강대국들의 틈바구니 속에서 천여 번의 외침을 겪으면서도, 하나의 민족이 하나의 언어로 하나의 문화를 반만년이나 연면히 이어왔다. 불사조 같은 그 끈질긴 저력은 나변에 있는가. 부드러움으로 강함을 포용하던 우리 민족의 순후하고 질박한 삶과 정신이, 여기 이렇게 담겨 있음을 어찌 알랴.

돌절구, 돌확 그리고 맷돌, 잊고 살던 오두막 풍경들이 널려 있다. 어느 하나 예사롭게 보이지 않는다. 손이 부르트도록 찧고 갈아, 허기를 달래던 그 시절이 아련하다. 뚝배기보다도 더 투박한 내 고향 갈마을 이웃들이 불현듯 그립다. 지금은 어디서 무엇이 되어 어느 유역을 흐르고 있는지, 먼산을 바라보는 눈가에 뿌우연 안개가 어린다.

해학이 넘치는 디딜방아, 빻고 찧는 게 어찌 곡식뿐이랴. 아낙네들의 입방아에 오르내리면 도덕군자라도 견디기 어렵다. 걸쭉한 입담으로 시름을 풀고, 밟고 또 밟아 설움을 달래던 곳이기도 하다. 이슥하도록 까르르 까르르 자지러지던 웃음소리가 어디선가 들릴 것만 같아, 몇 번이고 뒤돌아본다.

어느 철인哲人은 사람을 일컬어, '도구를 사용할 줄 아는 고등동물'이라고 했다. 여부與否를 떠나, 문명의 발달은 곧 생활도구의 발달이라 해도 과언이 아니다.

정미소가 들어서면서 물레방아와 디딜방아가 자취를 감추고, 절구와 맷돌은 믹서기에 밀려서 천덕꾸러기가 되고 말았다. 상상도 못할 정도로 편리해진 정보화시대, 머지않아 먹지 않고도 사는 날이 올는지도 모른다. 그 다음은 무엇이 올까.

속된 말로 '호강이 겨우면 요강에 O싼다'고 했다. 맞는 말이다. 온 나라가 몸살을 앓고 있는 러브호텔, 걷잡을 수 없이 파고드는 원조교제, 인면수심人面獸心의 인신매매, 이 모든 게 호강에 겨운 현대인들의 배설물이 아니겠는가.

인간과 도구의 함수관계가 참으로 묘하다. 거칠고 힘들 때는 여유도 있었고 인정도 훈훈했다. 모든 도구가 쉽고 빠르고 편리해진 지금은 어떠한가. 괴이하게도 빠를수록 조급해 하고 배부르고 편할수록 인정이 메말라, 본성本性을 잃어 가는 현실을 부정하기 어렵다. 문명文明은 지금 어디로 가고 있는가.

돌부처, 뜬 듯 감은 눈, 열린 듯 다문 입―, 천 년의 침묵이 고요히 흐른다. 부처는 말이 없다. 나무도 말이 없다. 푸르른 하늘도 말을 하지 않는다. 참말은 말이 없다. 말없는 말은 가슴으로 듣고 말의 말은 귀로 듣는다.

말없는 돌, 옛 돌조각의 따스한 숨결이 메마른 가슴에 봄비로 젖는다. 수몰지구 혹은 무너진 집터 여기저기 흩어진 것들을 한 자리에 모았다. 돈만으로 되는 것도 아니요, 아무나 할 수 있는 일은 더욱 아니다. 뜻이 있는 곳에 길이 있다 하던가. 스무 해가 넘도록 온 누리 구석구석을 찾아 나선 설립자의 소박한 뜻과 그 집념에, 감사와 찬사를 보낸다.

지친 나그네, 한 덩이 돌이 되어 삽상한 가을날 하루해를 돌과 돌을 돌고 돌다가 가슴 가득 돌을 안고 가벼워진 걸음으로 갯도랑을 건넌다. (2000)

야단법석

야단법석野壇法席, 야외에 임시로 설치한 법회法會를 일컫는 불가佛家의 술어다. 음은 같으나 해석이 다른 야단법석惹端法席도 있다. 시끄러울 야惹에 끝 단端을 썼으니, 야단법석野壇法席의 주변은 질서가 없고 시끄럽다는 뜻이다. 그렇다면 야단野壇에서 야단惹端이 나온 게 아닌가. 어시호! 야단이 야단이요 법석은 법석이다.

요즈음 한국불교 조계종이 말 그대로 야단법석이다. 대 그림자 뜰을 쓸어도 먼지 하나 일지 않아야 할 조계사 뜰이 연일 난장판이다. 그 옛날 평양성을 탈환하던 승군僧軍들의 용맹을 보는 듯하여 몇 번이고 마른침을 삼켜야 했다.

이 어인 일인가. 백보를 양보하여 '불교중흥의 진통'이라 해도 차마 눈뜨고 보기가 민망할 정도다. 절간에 뭐가 있길래 저 야단들인지, 알다가도 모를 일이다. 어려운 말로 종권분쟁이요, 쉬운 말로 밥그릇 싸움이란다. 삭발을 하던 날 모든 걸 다 버린 분들이 종권宗權에 마음을 매일 리도 없고, 바리때 하나면 족한 이들이 밥그릇 싸움을 할 까닭이 있겠는가. 가뜩이나 어려운 때에 답답한 가슴을 어쩔 수가 없다. 어리석은 범부凡夫가 출가한 산문의 세계를 어찌 알랴만, 아무튼 뭔가 있기는 있는 모양이다. 쥔 것을 놓지 않으려는 쪽과 기를 쓰고 빼앗으려는 편이 이 판사판이다. 도대체 그게 뭘까.

권력과 부패의 함수관계를 신물이 나도록 보아왔다. 절대권력은 절대 부패한다는 법칙은 예나 지금이나 변함이 없다. 종교의 세계도 예외는 아니다. 권력에는 반드시 돈이 따르고 돈이 있는 곳에는 온갖 것들이 들끓기 마련이다. 여래如來의 미소가 잔잔히 흐르는 도량에서 설마 그럴 리야 없을 테고…….

흔히 사람 하나를 소우주小宇宙라 한다. 삼라만상이 종합 축소된 게 사람이요 무한대로 확대된 것이 우주라는 의미다. 맘과 몸 정신과 육체, 마음은 무형의 존재요 몸은 유형의 실체다. 안 보이는 존재와 보이는 실체, 어느 게 주체요 어느 게 객체인가. 육체는 건강해도 정신이 이상하면 사람으로 대접받기 어렵다. 비록 형체는 없어도 사람의 주인은 몸이 아니라 마음이라는 증거다. 사회와 국가도 사람 하나 모양에 지나지 않는다. 종교와 문화는 정신세계로 내적인 마음과 같고, 정치와 경제는 현실세계로 외적인 몸과 비슷하다. 몸의 병보다 마음의 병이 더 고치기 어려운 것처럼, 종교와 문화가 잘못되면 돌이킬 수 없는 지경에 이르기 쉽다. 종교를 이 말법시대末法時代에 최후의 보루로 믿는 소이도 여기에 있다.

선악의 기준도 없고 우정도 의리도 없는 게 정치판이다. 주권이 바뀌면 어제의 선이 오늘엔 악이 되기 예사요 오늘의 악이 내일이면 선이 되기 일쑤다. '평생동지'가 조금만 불리하면 등을 돌리고 사생결단 싸우다가도 유리하다 싶으면 손을 잡고 활짝 웃는 게 정치꾼들이다. 아이들은 싸우면서 자란다 했던가.

아직도 어린 티를 벗지 못한 우리의 정치, 그래도 별로 걱정을
않는 것은 조금씩 조금씩 나아지고 있는 모습이 보이기 때문이다.
  빚을 내어 빚을 갚는 거덜난 경제라 해도 보릿고개를 넘어온
저력이 있는데 이 정도에 주저앉을 우리가 아니다. 맘만 먹으면
그까짓 배 좀 고픈 것쯤이야 그리 어려울 것도 없고, 빌린 돈이
다소 버거운 듯싶지만, 부채도 자산이라는 게 경제논리다. 그렇
다면 무엇이 문제인가.
  요즈음 '아우성' 이라는 성교육 프로그램이 화제다. '아름다운
우리들의 성' 이라는 긴 제목의 준말이라 하는데, 그 내용이 충
격적이다. 세계에서 두 번째로 높다는 성폭력 범죄, 동방 군자
의 나라가 어쩌다가 이 지경이 되었는가. 순박한 시골 찻집에
'티켓' 은 웬말이며, 도시 뒷골목에 '폰팅' 은 또 무엇인가. 봇물
로 터져 버린 퇴폐문화, 어느 돌림병이 이에 더하랴.
  필요악必要惡이라는 묘한 의미의 말이 있다. 경우에 따라서는
악도 필요하다는 뜻인 듯한데, 그중 하나가 뒷골목 문화라는 말
을 들은 적이 있다. 그게 어찌 필요악이 되는지는 알 길이 없으
나, 이제는 그 뒷골목이 앞골목을 넘어 안방까지 기어들었다고
야단이 났다. 그도 그럴 것이 컴퓨터, 핸드폰, 비디오까지 탈선
과 타락에 크게 한몫을 한다지 않는가. 제구실을 못한 종교 탓
이라 해도 과언이 아닐 듯싶다.
  참으로 편리한 세상, 너 나 할 것 없이 과분한 호강에 파묻혀
산다. 호사다마라, 이 넘치는 호강의 대가가 인류의 종말을 재
촉하고 있는지도 모른다. 상처투성이의 산과 들이 산업의 배설
물에 중병을 앓는 것은 말할 것도 없고 호강에 겨워 동공이 반
쯤 풀린 듯한 정신세계, 분명 예사로운 일이 아니다. 뭐라고 할
까. 물가에 버린 아이 같다고나 할까. 제 함정에 제가 빠지는

어리석은 모습이 보이는 듯하다.

정신세계는 어디까지나 종교의 몫이다. 종교를 가르침의 마루라 하는 이유도 여기에 있다. 인구보다 종교인이 더 많은 나라, 불자佛子가 삼천만에 가깝고 기독인은 천만이 넘는다고 들었다. 그렇다면 정토淨土와 낙원樂園이 따로 없지 않겠는가.

모를 일이다. 뜨고도 못 보는 소경이 되었는지, 내 이제껏 듣기는 했으나 본 일이 없다. 구경꾼들이 줄을 잇는 명산대찰이 정토요, 장엄하고 화려한 교회가 낙원이라면 할 말이 없다. 그래서 그토록 서로 빼앗으려고 야단들일까.

들여다보면 기독도 거기서 거기다. 무슨 장이나 감독을 뽑는 자리는 야단도 아닌데 법석이다. 없는 말도 만들고 편도 가르고, 입만 열면 주의 종을 자처하는 분들이 종이 아니라 지체 높은 상전들이다. "화 있을진저 외식하는 자들이여, 회칠한 무덤 같으니 겉은 아름답게 보이나 그 안에는 모든 더러운 것들이 가득하구나." 유대 땅을 뒤흔들던 예수의 음성이 어찌 오늘이라고 들리지 않겠는가.

정신 위에 물질이 있고 본능 아래 이성이 깔린 괴이한 이 시대, 앞을 보나 뒤를 보나 기댈 언덕은 그래도 종교 외에 다른 대안이 없다. 그래서 더욱 종교를 향한 애증의 골이 깊은 지도 모른다. 어쩌겠는가. 비 온 뒤에 땅이 굳듯, 이 땅의 모든 종교가 스스로 돌이켜 환골탈태할 그날을 기다려 볼 수밖에……

(1998)

북향화北向花

북향화北向花, 목련의 또 다른 이름이다. 반개半開한 꽃망울이 북쪽을 바라보고 있다는 의미다. 꽃샘추위에 사람도 움츠러드는데, 화사한 햇살이 싫은지 고개를 돌리고 있는 게 기이할 정도다. '찬바람을 맞아야 꽃이 곱게 피는 법을 아는 게죠'. 도봉산 망월사 어느 스님의 말이다. 과학적 근거가 있는지 없는지는 알 길이 없다. 다만 이 말이 화두話頭가 되어 산사山寺의 목련을 눈여겨본다.

가지 끝에 맺힌 꽃눈을 두꺼운 껍질로 몇 겹씩 감싸 놓고 겨울을 맞는다. 긴 겨울이 가고 해동解凍이 되면 지심地心을 뽑아 올려 조심스럽게 꽃심을 키운다. 개나리, 진달래 해맑은 웃음에, 봉긋이 벙그는 꽃망울, 영락없는 사춘기 소녀의 미소다. 어쩔 수 없이 드러낸 우유빛 속살이 차마 부끄러워 꼬옥 여민 모습이 앙증맞다.

물 한 모금 입에 물고 흰 구름을 쳐다보는 병아리들인가. 고사리 손길로 임을 향해 기도하는 동자승들인가. 북향한 화심花心

이 예사롭지 않다.

북향화, 칠성七星님을 향한 어머니의 소복素服이다. 정안수에 합장한 어머니의 손길이다. 행주치마 입에 물고 입만 방긋거리던 내 누나들이다. 칠성님은 어머니의 신앙이었다. 칠성님의 은공으로 얻은 아들이라는 말을 귀가 닳도록 들으며 자랐다. 칠성님이 어디에 있느냐는 물음에, 북두칠성을 가리키며 수줍게 웃었다.

어느 절이나 칠성각七星閣이 있다. 북두칠성의 칠원성군七元星君을 모신 곳이다. 불교와 민족신앙이 접목된 게 아닌가 싶다. 북두칠성의 정기를 받고 태어나 엉덩이에 흉이 있다는 구실암 보살의 말에, 골백번도 더 절을 하던 어머니다. 자식을 향한 그 순수한 신앙을 어찌 미신이라 탓할 수만 있겠는가.

아버지가 탄광 광부로 끌려간 북녘 땅, 북향北向한 어머니의 칠성신앙, 내가 태어난 함경도 아오지, 얽히고 설킨 나와 북쪽과의 인연이다. 예부터 우리 민족은 북쪽을 신神이 있는 곳으로 신성시했다. 지금도 모든 제단祭壇은 북쪽에 둔다. 북향화, 그래서 더욱 눈길을 끄는 꽃이다.

불가佛家에, 동체대비同體大悲라는 법어法語가 있다. 삼라만상은 큰 사랑으로 얽혀 있는 한몸이라는 뜻이다. 마음이 어찌 사람에게만 있겠는가. 길가에 구르는 돌멩이 하나, 길섶에 핀 들꽃 한 떨기에도 사람보다 더 순수한 제나름의 본심이 있는지도 모른다.

작게는 미생물에서부터 크게는 광대무변한 우주에 이르기까지 서로 관계 속에서 질서 있게 움직이고 있다. 양자陽子와 전자電子는 물론이요 지구와 달도 마찬가지다. 심지어 여인의 생리까지도 달과 관계가 있다지 않는가.

손목시계를 들여다본다. 시침, 분침, 초침이 모양도 다르고 걸음도 다르지만 서로 관계를 갖고 질서 있게 움직이면서 시간을 전해 준다. 이를 어찌 우연이라 하겠는가. 기술자의 의지意志가 빚어낸 필연이다. 사람을 비롯한 존재하는 모든 것은 관계와 질서와 법칙 속에 움직이고 있다. 우주에 운행하는 의지, 이를 곧 동체대비라 하는가 보다.

'너는 곧 나니 나를 위하듯 너를 위하라.' 말은 쉽지만 실천은 어렵다. 너 죽고 나 살자고 덤비는 세상에, 입에 담기도 어려운 말이다. 내 발등에 떨어진 불도 감당키 어려운 속물이니, 사람살이는 탓할 자격도 없다.

가난은 나라도 못 구한다는 핑계를 대고 배고픈 북녘은 내 힘이 미치지 못한다고 자위를 하면서도, 문득문득 불안하고 두려운 까닭은 무엇인가. 고통받는 지옥이 있는 한 진정한 천국은 없다. 자연이 병들면 사람이 건강할 수 없고, 이웃이 불행하면 내 행복도 오래가기 어렵다. 너를 위함이 곧 나를 위함인데, 나만을 위하려는 이기심에 심한 자괴自愧를 느낄 때가 많다.

한 잎의 낙엽에 천하의 가을을 느낀다 했던가. 북향한 꽃망울에 경이로운 자연의 의지를 본다. 동물은 말할 것도 없고 식물까지도 감정이 있다고 들었다. 여러 가지 실험으로 증명이 되고 있다니 실로 놀라운 일이다. 암실에서 기르던 선인장이 피아노 소리가 들리는 벽 쪽으로 가지를 뻗고, 꺾으려는 사람이 다가오면 꽃들도 두려워 떤다는 것이다.

포연砲煙이 휩쓸고 간 계곡에 들국화의 애잔한 미소, 어느 평화의 웅변이 이에 비하랴. 살벌한 형무소 담장 아래 바람에 날려와 뿌리를 내린 민들레꽃, 어느 위로가 이보다 나으랴. 산행길에 무심코 꺾어 버린 나뭇잎 하나, 발부리에 이지러진 들꽃 한 송이, 생각할수록 부끄러운 일이다.

망월사가 내려다보이는 능선에 앉아 예쁘다, 장하다, 고맙다는 말을 되풀이했다. 이름도 모르는 어린 꽃들이 너무 예쁘고 귀여워서다. 그 혹독한 추위를 이기고 소나무 숲 정갈한 곳에 노오란 융단을 펼쳐 놓았다. 산들산들 방긋방긋, 발걸음이 떨어지지 않아 몇 번이고 뒤돌아보았다.

내려오는 발걸음이 가볍다. 만산에 두견화杜鵑花 붉고 물가에 갯버들 푸르다. 잠 깬 다람쥐 재롱이 예쁘고, 철만난 산새들 몸짓이 고운데, 구름은 어디에 머물며 물은 흘러 어디로 가는가.

장자莊子가 나비인지 나비가 장자인지, 바위는 돌아앉아 말이 없고 늙은 소나무 히죽이죽 웃음만 흘린다. 불입문자不立文字요 교외별전敎外別傳이다. 진리가 어찌 경전經傳에만 있겠는가.

산사山寺의 북향화가 배시시 웃는다. 칠성님을 향한 어머니의 소복이다. 정안수에 합장한 어머니의 손길이다. 찬물로 빗어 넘긴 어머니의 낭자머리다.

북향화, 어머니의 굽은 허리가 아른거려 눈을 감고 마음으로 보는 꽃이다. (1997)

모 과

겨울이 시작되는 날, 모과 한 꾸러미를 구했다. 건널목 한약 방 옆에서 합죽한 할머니 한 분이 팔고 있었다. 뜰에서 거두어 그중 몇 개를 며느리 몰래 가지고 나온 듯했다.

주고 싶은 대로 달라며 얼굴도 못 드는 노인에게 지폐 몇 장을 쥐어주고 들고 있던 봉지를 통째로 건네받았다. 어젯밤 꿈에 감을 땄는데, 오늘 생각지도 않은 모과를 만날 줄이야.

쟁반에 담아 거울이 달린 탁자 위에 놓으니, 먹다 남은 사과와 어울려 한 폭의 멋진 정물화로 변한다. 코끝이 감미로워 가까이 들여다본다. 어쩌면 이리도 못생겼을까. 울퉁불퉁 찌그러지고 오그라들고, 설상가상으로 그 맛은 시다못해 떫기까지 하다. 오죽했으면 '과일 망신은 모과'라 했겠는가.

그런데도 모과를 좋아하는 사람이 의외로 많다. 나 역시 그중 하나다. 투박한 모양새가 싫지 않고 노르스름한 색깔이 어쩐지 정겹다. 무어라 표현하기 어려운 그 은은한 향기는 또 어떤가. 서너 개만 있어도 방안 구석구석이 새큼하고 향긋하다. 어느 값진 향순들 이에 비하랴.

　보기 좋은 떡이 먹기도 좋다고 했다. 그러나 모과는 다르다. 불거지고 찌그러지고, 이래야 제맛을 지닌다. 사람의 장기臟器를 보호하고 특히 간장肝臟과 신장腎臟에 좋다는 약효는 차치하고라도, 사르륵 함박눈이 내리는 밤 오순도순 둘러앉아 모과차를 나누는 정감—, 생각만 해도 가슴이 훈훈하다.

　모과를 잘게 썰어 설탕에 재어두었다가 한약을 달이듯 은근한 불씨로 십여 분 끓이면, 그 감칠맛 나는 향기에 지나가는 길손도 군침을 삼킬 정도다. 어찌 겨울밤이 춥기만 하겠는가.

　지게미와 쌀겨로 끼니를 때우며 가난한 살림을 꾸려 온 아내를 조강지처糟糠之妻라 한다. 못생긴 모과를 보고 문득 떠올린 말이다. 가난과 고생에 찌든 몰골이 눈에 선하다.

　골 깊은 주름, 등 굽은 허리, 살빠진 엉덩이로 움직일 때마다 뼈마디 소리를 내는 게 내 아내의 모습이다. 꽃피는 아침, 바람 부는 저녁, 한결같은 내 순한 그림자가 적지 않은 세월을 먹었다는 증거다.

　산전수전山戰水戰, 골골이 깊은 정을 어찌 그 흔한 사랑이란 말로 표현할 수 있으랴. 웅크리고 앉아 뜨개질을 하는 소탈한 모습이 모과를 닮았다는 생각에 살며시 웃는다. 털털거리는 재봉틀에 앉아 틈틈이 옷가지를 깁고, 오리도 넘는 큰시장까지 억척스레 걸어다닌다. 약수터 빗자루는 남보다 먼저 들고 골목길 휴지도 그냥 지나치지 못한다.

　멋 부릴 줄도 모르고 교태는 더욱 모른다. 그저 수더분하고 살가운 아낙, 내 눈엔 영락없는 모과다. 겉보다 속이 좋아 사랑받는 모과가 아니던가.

　제 몸 하나 추스르기도 어려운 소아마비 환자가 더 어려운 장애자를 돌보는 이도 있고, 하체가 절단되어 흉물스런 외모로 행상을 하고 구걸도 하여 불우한 노인들을 부모처럼 모시는 사람도 있다. 겉은 비록 일그러졌어도 그 속은 비단결보다 더 아름다운 사람들이다.

못난 계집 남의 잔치에 물동이 인다는 말이 있다. 수도가 없던 시절 여인의 물동이는 여간 힘든 일이 아니다. 추운 겨울이면 더 말할 것도 없다. 누가 선뜻 나서려 하겠는가. 질박하고 우직한 아낙네의 몫일 수밖에 없다.

그를 어찌 못났다 하랴, 살신성인殺身成仁이 따로 있는 게 아니다. 남이 싫어하는 일 먼저 하는 것도 그중 하나다. 이 세상 구석구석 훈훈한 정이 흘러 우리를 살맛 나게 하는 것도, 그 잘난 사람들의 은혜보다 못난이들의 덕이 더 크다면 누가 믿겠는가.

행길 건너 철도청 관사 울안에 사과나무와 모과나무가 나란히 있다. 지날 때마다 눈여겨본다. 늦은 봄 수수한 꽃잎이 진 자리에 풋콩만 한 열매를 맺는 것은 비슷하다.

지루한 여름이 가고 파아란 하늘에 빠알간 고추잠자리가 날기 시작하면, 한쪽은 탐스러운 능금이, 한쪽은 핼쑥한 모과가 얼굴을 내민다.

이때부터 능금은 개구쟁이들의 표적이 된다. 뿐만이 아니라 온갖 벌레도 기를 쓰고 덤빈다. 먹음직한 열매를 맺은 대가다.

밤나무는 장대로 맞고 감나무는 가지를 꺾인다. 상수리나무는 바윗돌에 상처를 입고 예쁜 꽃은 제명대로 살기가 쉽지 않다.

모과는 어떤가. 시고 떫고 못생긴 덕으로 제맛을 지닐 때까지 무사하다. 아이들은 물론이요 심지어 벌레들도 외면을 한다. 쓸모는 도리어 해가 되고 쓸모 없음이 오히려 덕이 되는 자연의 아이러니다.

사람도 다를 바 없다. 식자우환識字憂患이라 했다. 아는 게 병이라는 말이다. 아는 게 병이라면 모르는 게 약이다. 아는 게 병이 되어 고통받는 사람이 어디 한둘이던가. 꾀 많은 자 제 꾀에 속고, 말 잘하는 자 말로 망하기 쉽다. 모난 돌 정 맞는 격이다.

유용지해有用之害요 무용지덕無用之德이다. 살얼음판 같은 난세亂世를 살아가는 지혜가 여기에 있지 않겠는가.

쟁반 위에 모과가 히죽이죽 웃음을 흘린다. 일그러진 속을 번지르하게 위장한 내 몰골이 가증스럽기 때문인가. 유용지해도 모르는 인간사 가소可笑롭기 때문인가.

머리에 서리가 내렸는데 이제껏 제맛도 지니지 못한 채, 악취만 풍기며 살아온 삶이 허허롭고 부끄러울 뿐이다. (1997)

소걸음

소걸음을 한자漢字로 우보牛步라 한다. 느릿하고 듬직한 걸음이다. 꼬리에 불이라도 붙었다면 몰라도 여간해서 뛰는 법이 없다. 밭갈이를 할 때나 수레를 끌 때나 한가로이 방천 둑을 걸을 때나 한결같은 걸음이다. 화급한 사정이 있어 주인이 고삐를 쥐고 뛰어도 그저 뛰는 시늉만 할 뿐, 느리기는 거기서 거기다. 얼핏 종종걸음을 치는 사람에 비하면 유유자적한 군자 같다고나 할까. 온순하고 우직한 성품이 그 걸음걸이에서부터 드러난다.

사람도 마찬가지다. 교만한 사람은 교만하게 걷고 겸손한 사람은 겸손하게 걷는다. 대인大人은 무겁고 정중한데 소인小人은 가볍고 경망스럽다. 늘 쫓기듯 걷는 사람도 많고 흐느적흐느적 걷는 이도 더러 있다. 거북이 걸음, 오리걸음, 팔자걸음, 걸음도 가지가지다.

정치인들이 소걸음 흉내를 내는 일이 가끔씩 있다. 우보투표牛步投票라는 코미디다. 바다 건너 일본의 예로 국회에서 어느 의안을 무기명 투표로 가결할 때, 소수 정파가 그 의안을 반대할 경우 의사일정을 지연시키기 위해 소걸음으로 투표권을 행사하는 웃지 못할 진풍경이다. 한 걸음 옮기는데 몇 십 분씩 소비하는 그 애국충정(?)에 연민의 정을 금할 길이 없다.

소는 덕물德物이다. 농가에 농우는 가축이 아니라 든든한 가족이기에 하는 말이다. 소를 앞세운 발걸음은 언제나 힘이 솟고, 듬직한 엉덩이를 바라보는 눈길은 늘 흐뭇하다. 그 누렁이가 송아지를 쌍둥이로 낳는 날이면 조상의 음덕陰德까지 들먹이며 어쩔 줄을 모른다. 며느리보고, 사위보고, 논 사고, 밭 사고, 소를 대하는 농부의 마음이 오죽했겠는가. 살아서는 든든한 가족이요 죽어서는 뼛속의 기름기까지 피가 되고 살이 되니, 어느 살신성인이 이보다 더하랴. 힌두인들이 성물聖物로 숭배하는 것도, 불자佛子들이 심우도尋牛圖로 진리를 깨우치는 것도 이 때문이 아니겠는가. 살신성인의 소걸음을 때문은 정치꾼들이 흉내를 내는 것은 어쩐지 걸맞지 않다는 생각이 든다. 혹 구보龜步아니면 만보漫步라면 몰라도…….

불법佛法은 어찌하여 소를 찾는 그림으로 해탈을 가르치는가. 무심코 지나친 고찰古刹의 심우도가 눈에 어린다. 소를 찾아 소를 길러 그 소를 타고 돌아와 소는 없고 나만 있다가 결국은 나도 없고 소도 없는 해탈의 경지에서 본연의 모습으로 돌아가는 반야역정般若歷程이다.

며칠 전, ○○구치소 보안계장으로 있는 분의 간증을 들었다. 지키는 자의 눈으로 본 갇힌 자의 얘기다. 어느 대목에선 전율戰慄을 느꼈고 어느 대목에선 뜨거운 것을 수없이 삼켰다.

죽을 줄 알면서도 사는 게 삶이다. 형장에 끌려가면서도 웅덩이를 피해 가고 마지막 음식도 기를 쓰고 먹는 게 본성本性이다. 누가 이를 비웃겠는가. 최후까지 흙탕물을 피하려 하고 마지막까지 먹고살려는 것이 생명이다. 비참해도 살아야 하고 괴로워도 살아야 하고 비굴하면서도 사는 게 목숨이다. 애국지사가 하루아침에 변절자가 되는 것도, 양반(?)이 족보를 팔아 끼니를 연명하는 것도 다 이 때문이 아니겠는가.

고사古史에, 문왕文王은 주왕紂王의 비위를 맞추기 위해 제 자식의 고기를 씹었고, 월왕越王 구천은 오왕吳王 부차의 배설물까지 먹었다는 기록이 있고 보면, 다한 말이다. 대의大義를 위해 한목숨을 초개와 같이 버리는 의인도 있다. 대의와 명분이 목숨보다 더 크다고 믿는 위인偉人들이다. 그러나 범부에게는 목숨보다 귀한 것은 아무것도 없다. "천하를 얻고도 네 목숨을 잃는다면 무슨 유익이 있겠느냐" 는 그리스도의 가르침이 이를 증명하고도 남는다. 무엇을 믿느냐 안 믿느냐가 중요한 게 아니다. 모든 생명을 얼마나 귀하게 여길 줄 아느냐 이것이 더 중요한 일이다. 생명을 가벼이 여기는 종교가 있다면 분명 사이비似而非요, 생명을 해치는 가르침이 있다면 물론 거짓이다. 선·악의 기준도 가치의 기준도 생명에 있음을 누가 부정하랴.

사람을 위해 법을 만들었다. 그 법에 의해 또 사람이 죽는다. 사형수들을 일컫는 말이다. 살인자 사殺人者 死는 예부터 있던 법이다. 사형제도가 없는 나라도 있다. 무엇이 더 바람직한지는 그 판단이 쉽지 않을 것 같다.

사형수와 무기수는 얼굴빛이 다르다고 한다. 사형수가 지옥이라면 무기수는 천국이라는 의미다. 평생을 감옥에 살아도 살고 싶은 것이 생명의 본질이다. 사형수의 낮과 밤은 지옥과 천국이다. 기상 나팔소리에 심장이 멎고, 취침 나팔소리에 안도의 한숨을 쉬는 게 그들의 하루다. 그 처절한 심정을 누가 알랴. 생각해 보면 사람은 누구나 다 사형수들이다. 10년, 20년 아니면

기껏해야 백년 안에 다 죽을 목숨이기에 하는 말이다. 그런데도
천년만년 살 줄로 안다. 여북했으면 인무백세인人舞百歲人이나 왕
작천년계枉作千年計라 했겠는가. 백년도 못 살면서 천년의 꿈을 꾼
다는 말이다. 일생을 꿈속에 사는 이도 많고 한순간 그 꿈을 깨
는 사람도 있다. 꿈인지 모르고 꿈속에 사니 내 언제쯤 꿈에서
깰 날이 있을는지…….

 마지막 날, 형장에 끌려가는 그 짧은 거리가 그를 붙들어 주
는 생명의 끈이다. 개풀어진 다리로 소걸음을 걷는다. 고무신
한 짝을 벗어 놓고 다시 신으며 단 몇 초의 생명을 얻으려 하
고, 물웅덩이를 피해 가며 단 1초라도 더 살려고 한다.

 뜨거운 응어리를 울컥울컥 삼켰다. 아이들 앞에 체면도 없이
눈시울을 적시고 말았다. 생명이 이토록 귀하고 내 이토록 살고
싶은데 왜 남의 생명은 그토록 가볍게 여겼단 말인가. 사람은
말할 것도 없고 하찮은 미물도 마찬가지다.

 사형수의 소걸음……. 눈이 번쩍 뜨인다. 자다가도 벌떡 일어
날 때가 많다. 무슨 불만이 있으며 무슨 절망이 있겠는가. 아무
리 괴로워도 아무리 어려워도 사형수의 소걸음에 비하면, 소망
이요, 행복이요, 천국이다. 이 고귀한 생명 한번 가치 있게 살
아야 할 당위성이 분명하지 아니한가.

 소걸음, 정치꾼이 걸으면 코미디요 사형수가 걸으면 처절한
생명이다. 내 남은 생명, 꿈에서 꿈을 깨고 한 걸음 한 걸음 소
걸음으로 살 수는 없겠는가. (1996)

바 람

바람이 분다. 가로수를 금방이라도 부러뜨릴 기세다. 제주도로 상륙했다는 태풍의 영향인가 보다. 천재天災의 피해는, 어려운 농촌이나 가난한 서민들이 더 입기 마련이다. 자연과 인간의 묘한 함수관계다. 어찌하랴, 별 피해 없이 지나기를 바랄 수밖에.

태풍이 다 해로운 것만은 아니다. 바다를 크게 흔들어 생태계를 살리는 구실도 하고, 거목의 가지를 꺾어 자연의 질서를 바로잡는 역할도 한다. 때로는 단비를 동반하여 가뭄을 해갈하는 경우도 있다. 해보다 이로움을 남기는 고마운 태풍이었으면 싶다.

이름도 많은 게 바람이다. 때에 따라 다르고 곳에 따라 다르고 부는 정도에 따라 다르다. 봄에는 춘풍春風, 여름에는 열풍熱風, 가을바람은 추풍秋風이요, 겨울바람은 동풍冬風이다. 산바람, 강바람, 솔바람은 시원하고 꽃바람은 향기롭다. 약하면 미풍, 강하면 강풍, 훈훈한 훈풍, 매서운 설한풍, 심지어 미친바람 광풍狂風도 있다.

바람의 종류도 가지가지다. 기압의 변화에 따라 대기가 움직이는 바람, 사람의 마음과 행동을 들뜨게 하는 바람, 무슨 일에 덩달아 일어나는 바람, 속으로 드는 바람, 겉으로 내는 바람, 몸으로 맞는 바람, 부지기수다. 나이 들어 바람을 맞으면 수족手足을 못쓰기 예사요 목숨을 잃는 경우도 적지 않다.

천지가 바람이다. 돈바람, 춤바람, 서양바람, 투기바람, 치맛바람, 정치바람, 일일이 헤아리기조차 어렵다. 사랑에 속고 돈에 울던 시대는 옛날이다. 이제는 바람에 속고 바람에 운다, 바람에 살고 바람에 죽는다 해도 과언이 아니다.

정치바람이 불면 온 나라가 가마솥이다. 영남과 호남은 물과 기름으로 겉돌고 혈연과 학연은 끼리끼리 무리를 짓는다. 금력과 폭력, 중상과 모략이 판을 친다. 흡사 이전투구泥田鬪狗다. 선거 때 거짓말을 못하면 언제 하느냐는 넉살이 먹혀드는 게 정치판이다. 복장服裝이 약한 나 같은 위인은 구경마저 쉬운 일이 아니다. 목숨이라도 부지하려면 가까이 해서는 안 될 것 같은 생각이 든다.

서민들의 살맛을 앗아 가는 바람이 있다. 이따금 일어나는 투기바람이다. 한번 일어나면 좀처럼 사그라질 줄을 모른다. 졸부들이 땅땅거리며 내려다보는데 주택은행 문턱이나 넘나드는 달동네 서민들이 무슨 살맛이 나겠는가. 초라한 몰골이 밉기까지 하여 큰맘 먹고 뛰어들었다가 막차의 함정에 걸려들기 일쑤다. 웃는 사람이 열이면 우는 사람은 백이요 천이다. 참으로 몹쓸 바람이다. 나 역시 그랬다. 주식 바람에 휩쓸려 결국 손해를 보고 말았다. 손해를 본 것이 도리어 다행한 일인지도 모른다. 만일 이익을 봤다면 쉽게 단념할 것 같지가 않다. 주식의 문외한이 어찌 되겠는가. 생각만 해도 현기증이 날 지경이다.

"땀 흘린 대가가 아니면 내 돈이 아니다." 입버릇처럼 되뇌이는 푸념이다. 졸부들이 들으면 한심한 친구라고 웃을 일이다. 그러나 어찌하랴. 내 딴엔 비싼 대가를 지불하고 터득한 지혜인 것을…….

옷걸이에 찢어진 청바지가 걸려 있다. 이것도 멋이라는 아이들의 대답에 할 말을 잃었다. 나그네 외투 하나 못 벗기던 바람이, 이제는 두꺼운 청바지에 구멍까지 내나 보다. 노랑머리 아이들이 배꼽까지 드러내고 다닌다. 만원 전철 속에서 속살을 보이는 여성을 만나면, 보는 눈이 민망해 얼굴을 돌리고 만다. 똑바로 보다가는 망신당하기 십상이다. 내놓은 몸은 당당하고 보는 눈이 도리어 피해야 하는 참으로 묘한 바람이 불고 있다.

어린 학생이 학교에서 아이를 낳았다는 해괴한 소문도 들리고, 유치원 원장이 아이들을 추행했다는 거짓말 같은 얘기도 날개를 단다. 서로 도와야 할 소녀 가장에게 번갈아 가며 몹쓸 짓을 했다는 수컷들의 세상에, 무료해서 뒷골목으로 나섰다는 암컷들도 한몫을 한다.

이 무슨 바람인가. 어디서 온 바람인가. 어디로 부는 바람인가. 분명 예사로운 바람이 아니다. 너무 어지러워 내 몸 하나 가누기도 쉽지가 않다. 중독상태가 한계를 넘으면 신경계통이 마비증세를 일으킨다. 부끄러움을 모르고 아픔도 모르는 인격파탄의 경로다.

사회는 어떤가. 부끄러움을 모른다면 그 증세가 심상치 않다. 부끄러움을 모르면 짐승과 다를 바 없다. 짐승 짓을 하는 사람이 적지 않은 이유도 이 때문이다. 의義가 없다고 개탄하는 소리가 높다. 무엇을 의라 하는가. 맹자孟子는, 수오지심羞惡之心이라고 갈파했다. 부끄러워할 줄 아는 마음이 곧 의라는 의미다.

무엇이 의를 앗아 갔는가. 해괴한 바람이 아닌가 싶다. 이 무슨 바람인가. 어찌해야 이 바람을 잠재울 수 있겠는가. 불로 불을 끄는 진화법이 있다. 이른바 맞불작전이다. 바람으로 바람을 막을 수는 없을까.

불수록 좋은 바람도 있다. 생기가 샘솟고 활기가 넘치는 신바람이다. 신바람이 나면 즐겁지 않은 일이 없다. 어찌해야 온 세상에 신바람이 일겠는가. 학생은 공부에 농부는 농사일에 노동자는 맡은 일에 저마다 신바람에 신명나는 세상이 그립다.

힘든 일 대접받고 약한 자 위함받고, 어른은 존경받고 아이들은 사랑받고, 높은 분 조금만 내려오고 가진 이 약간만 베풀고, 생각만 해도 신바람이 절로 난다. 아마도 지금 내가 꿈을 꾸고 있나보다.

바람이 분다. 가로수를 금방이라도 부러뜨릴 기세다. 무에 바람 들 듯, 사람 속까지 파고드는 몹쓸 바람을 밀어낼, 신바람이나 신나게 불었으면 좋겠다. (1996)

소나무

소나무 송松 자는, 나무 목木에 귀 공貴公을 했다. 아마 나무의 귀공자라는 뜻일 게다. 그래서일까. 낙락장송의 자태는 범상치 않다. 땅의 지기志氣를 뽑아 올려 하늘로 토해 내는 용트림은 장부丈夫의 기개요, 세한삭풍歲寒朔風에도 의연한 모습은 군자君子의 기상이다.

소나무 화제畵題에 적갑창발赤甲蒼髮을 자주 쓴다. 붉은 갑옷을 입고 검푸른 머리를 하늘로 들었다는 의미다. 예전에 이영구李營丘라는 이는 소나무를 용번봉저龍蟠鳳翥로 그렸다. 줄기는 꿈틀꿈틀 몸을 서린 황룡이오, 솔잎은 날개를 솟구쳐 하늘로 날려는 봉황이라는 뜻이다. 나무의 기氣를 통찰한 그 안목에 감탄이 절로 난다.

비록 어려도 어딘지 모르게 예스러운 풍치가 배어 있고, 해묵어 늙을수록 상서로운 게 소나무다. 덕스럽고 어른스러워 노송이 무리를 이루고 있는 곳은 그 어디나 고향 마을 사랑방 같은 아늑함을 느끼게 한다. 과연 나무의 귀공자라 할 만하다.

내 고향 마을 어귀를 밤섶이라 부른다. 동네를 감싸고 있는 나지막한 언덕인데, 언제부턴가 밤나무는 간데 없고 해묵은 소나무가 숲을 이루고 있다. 서너 아름이 넘는 둥치로 보아 적어도 이삼백 년은 됨직한 것들이 서로 어우러져 장관을 이룬다.

어떤 것은 여윈 듯 메마르고 어떤 것은 새악시처럼 단아하다. 위로 휘익 솟았다가 멋들어지게 휘기도 하고 등 굽은 할매가 손자를 업고 어르듯 아래로 굽었다가 위로 쳐들기도 한다.

한 해에 겨우 한두 번 들리는 무정한 길손을 변함없이 반겨주는 정겨운 내 고향 친구들이다. 때로는 너무 고맙고 반가워 눈맞춤도 하고 은근슬쩍 보듬어 보기도 한다.

바람서리 찰수록 푸르름을 더하는 게 소나무다. 하얀 눈 속에 청청한 위용, 추사秋史의 세한도歲寒圖가 선연하다. 세한연후지송백지후조歲寒然後知松栢之後凋라 했다. 온 세상이 찬서리를 맞은 후에야 소나무와 잣나무가 나중까지 푸르름을 알리라는 말이다. 서리가 찰수록 푸름이 빛나는 소나무, 역사를 밝힌 충신열사들이 이 아니랴.

그런데 이 어인 일인가. 애국가로 부르는 충절의 사표 소나무가 이 땅에서 점점 사라져 가고 있다. 철갑을 둘렀다던 남산 위의 소나무도 그 청청한 빛을 잃은 지 이미 오래다. 꼴 같지 않은 왜송에게 자리를 빼앗기고, 거머리 같은 아카시아에 맥을 못 쓰고 있다. 어찌 이뿐이랴. 그 잘난 사람들의 골프놀이에 베이고 뽑힌 수가 부지기수다.

우리의 기상 소나무가 그 청청한 빛을 잃어 가는 이 나라, 임금다운 임금도 없고 신하다운 신하도 없다. 조금만 불리하면 등을 돌리고 조금만 이로우면 당을 바꾸는 정치꾼들이 이름도 생소한 떡값정치로 떡을 치는 게 오늘의 세태다. 푸른 기와집에서

녹祿을 먹던 장 모라는 사람이 상고배商賈輩들로부터 이십칠억을 거두어들였는데, 그중 이십 억은 대가 없는 떡값이요 뇌물은 겨우 칠 억이라는 기상천외한 판결을 내린 새나라, 신한국新韓國이다.

넝마주의를 만나면 꼬리를 치고 개기름이 번들거리는 신사(?)를 만나면 기를 쓰고 덤비는 이상한 개가 있다. 그 유명한 '청대문집 개' 얘기다. 누구를 보고 짖어야 할지, 개 노릇도 쉽지 않은 묘한 세상이 되고 말았다.

나도 '떡값'을 받아 본 기억이 있다. 명절 때, 윗분이 수줍은 듯 건네준 촌지寸志다. 사과 한 상자, 쇠고기 두 근, 큰아이 색동옷 한 벌 살 정도였다. 그 따뜻한 정에 온 가족이 얼마나 흐뭇했는지 모른다.

이 얘기를 들은 막역한 지우는 껌값도 안 된다며 웃는다. 대가만 없다면 오천만 원까지도 떡값이라는 게 이 나라 정치법이라는 것이다. 오천만 원이면 지금 시세로도 쌀 삼백 가마가 넘는 거액이다. 심청이 생명과 맞바꾼 공양미 삼백 석 값이 떡값이라니, 이 세상에 이보다 더 위대偉大한 사람들이 어디에 있으랴. 점심 한 끼 대접받아도 그보다 더 갚고자 하는 게 인지상정이다. 하물며 대가 없는 떡값이 어디에 있겠는가. 그것도 서민들 억장 무너지는 억대라면, 말할 것도 없다.

떡값이라는 이름으로 거액을 주고받는 이유는 너무도 뻔한 일이다. 받는 쪽은 반드시 무소불위無所不爲로 권력을 휘두를 수 있는 높고 귀한 분들이다. 주는 쪽은 어떤가. 하나를 주고 열을 얻으려는 음흉한 계산이 깔려 있기 마련이다. 그런데도 대가 없는 떡값이라고 바득바득 우겨대는 철면피들이 가소롭기 그지없다.

'특별히 좋은 사과를 준비했으니 절대로 남에게 주지 말고 집에 가서 드시라'며 그 유명한 사과상자를 안고 온 재벌의 정,

'거절하면 의욕을 잃을 것 같아서 받았다'는 권력의 아량, 악어와 악어새의 찰떡궁합이, 한마디로 가관可觀들이다.

이제는 웃을 힘도 없다. 쳐다볼 마음도 없다. 그렇다고 절 싫은 중처럼 떠날 수도 없다. 마음 고픈 민초의 머리 둘 곳은 어디란 말인가. 낙향선비의 흉내라도 내고 싶다. 대나무골, 대나무, 밤섶의 소나무, 앞뒷문 열어 놓고 바람으로 살고 싶다. 오늘은 솔바람 데불고 대밭으로 몰려가고, 내일은 대바람 따라 솔밭으로 마실 가고, 솔바람 솔솔, 대바람 쇄쇄 꿈같은 밀회를 흘리면서…….

산은 절로 높고 물은 스스로 흐르고 가진 게 없으니 걸림이 적고 늙음도 때로는 친구가 되나니, 있음을 즐김도 무진한데 없음을 찾아서 무엇하랴. 해묵어 늙을수록 상서롭고 서리가 찰수록 청청한 내 고향 밤섶의 소나무, 내 늘그막에 이보다 더 좋은 친구가 어디에 있겠는가.

떡 같은 자들이 떡치는 세상, 떡이 좋은 자 떡으로 살고 칼이 좋은 자 칼로 살고, 나 같은 위인은 적갑창발赤甲蒼髮한 노송을 벗하며 바람으로 살고…….

누가 나에게 그것도 삶이냐고 묻는다면, 그저 히죽이 웃고 말자. (1997)

옷깃을 여미고

죽음보다 못한 삶이 허다한 세상에
　　　죽음으로 영생을 얻은 의인이 여기 있다.
평안도 선천골에서 1888년에 태어나
　　　열여섯 되던 해에 청운의 뜻을 품고 태평양을 건넜다.
나라와 겨레가 왜적에게 짓밟히던 1907년
　　　공립협회 일원으로 돌아왔다.
매국노 이완용의 가슴에 비수를 꽂아
　　　식어가던 민족정기에 불씨를 지핀
대한국인 이재명 의사
　　　왜구의 종이 되어 비굴한 삶을 잇느니
장렬한 의거로 죽음을 택한
　　　애국의 붉은 횃불이 여기 이렇게 타고 있다.
몸은 비록 형장의 이슬로 사라져 갔으나
　　　“야만의 섬나라 불학무식한 자야,
너는 흉兇 자만 알고 어찌 의義 자는 모르느냐.

　　　　나는 흉행兇行을 한 것이 아니라
의행義行을 한 것이다.
　　　　내 목숨은 빼앗을지 몰라도
내 충혼만은 결코 빼앗지 못할 것이다.“
　　　　사자후를 토하던 대한청년의 그 푸른 기개는
우리의 가슴에 영원히 살아 있다.
　　　　오호라! 삶은 무엇이며 죽음은 무엇인가.
잘못 살면 죽음만 못하고
　　　　잘 죽으면 도리어 길이 사나니
목숨을 던져 대의大義를 얻은
　　　　늠연한 생전의 그 모습을
임의 관향貫鄕인 이 고을에 새겨 세워
　　　　천추의 사표로 삼으려 한다.

　짧은 이 한 편의 글을 인연으로 짧고 굵은 의사의 삶을 돌이
켜본다. 꿈 많던 풋풋한 나이에 미국 땅을 밟았다. 기독基督을
인연으로 선교사가 인도했다는 설도 있고 하와이 농업이민선을
탔다는 얘기도 있다.
　끼리끼리 모여 시름을 달래다가 간간이 들려오는 암울한 고국
의 소식에 울분을 삼켰다. 고향을 떠나 보아야 고향을 알고, 조
국을 떠나 보아야 조국을 안다고 했던가. 그 시절에 평양 일신
학교를 졸업했으니, 모임의 중심이 되었을 만도 하다.
　외로워 모였다가 조국의 명운命運이 누란의 위기에 처했음을
알고 은밀히 돌아와, 뜻을 같이한 김정익, 이동수 등과 먼저 친
일파를 제거하기로 결의를 했다.
　1907년 12월 22일 명동성당에서 벨기에 황제 추도식에 참석하

고 나오는 이완용을 군밤장수로 가장하여 그의 옆구리에 비수를 꽂아 거꾸러뜨리고 대한독립만세를 목놓아 외쳤다.

민족의 원흉 이토히로부미가 만주 하얼빈에서 안중근 의사의 총탄에 사살된 지 두 달 만의 일이다. 이로써 세계만방에 우리의 울분과 의기義氣를 천명했으니 이 아니 통쾌한 일인가.

듣기만 해도 속이 후련한 의거, 가뭄에 단비를 이에 비하랴. 암흑에 서광을 이에 견주랴. 왜적의 앞잡이가 되어 거들먹거리던 같잖은 것들에게 짓밟혀 속병을 앓던 민초民草들의 가슴에, 뜨거운 피돌기가 용솟음쳤다.

마땅히 죽어야 할 그 위인은 구차한 목숨을 연명하게 되었고, 살아야 할 의인은 침략자의 법정에 서야만 했다. 부릅뜬 눈망울로 동포들을 향해 "목숨을 바쳐 나라를 구하라"고 외치고, 오만한 도적들의 가증스러운 조소嘲笑를 노려보며 "나는 죽어 수천 수만의 이재명으로 다시 태어나 반드시 너희들을 망하게 할 것이다"고 준엄하게 꾸짖었다.

슬프다! 1910년 9월 13일 나라를 빼앗긴 의사는 약관 스물넷에 형장의 이슬로 스러져 갔다.

생명의 본질은 살려 함이 아니겠는가. 하물며 만물의 영장인 사람에 있어서랴. 천하와도 바꿀 수 없다는 목숨을 대의大義를 위해 초개와 같이 던진 선열들의 영전에, 옷깃을 여민다.

역사는 오늘의 거울이요 내일의 이정표라 했다. 밝음과 어둠이 얽히고 설킨 긴 이야기, 지난일을 돌이켜보는 까닭은 밝음에서 긍지를, 어둠에서는 불변의 교훈을 얻으려는 데 있다.

칠흑 같은 질곡의 터널에서 한줄기 횃불이 된 의사 이재명, 혈손은 물론 형제도 없다. 그 무도한 일제의 칼날에 목숨을 부지한 권속들이 몇이나 되랴. 설상가상으로 분단된 조국 저 북녘에 있으니, 있어도 있는 게 아니다.

진안골 유림儒林들이 무심치 않아 광복 그 이듬해부터 이산묘餌山廟 영광사永光祠에 배향하여 그 얼을 기리어 오고, 나라에서는 1962년 3월 1일 '대한민국 건국훈장'이 추서되었다.

가문은 물론이요 민족의 긍지인 상훈賞勳을 받아 가는 주인이 없이 마흔 해를 넘겼다. 뒤늦게 평안도 선천 일가의 파보波譜를 근거로 진안 이씨鎭安 李氏 문중에서 인수를 했다.

추모사업회가 결성이 되어 2001년 6월 보훈의 달에 내 고향 마이산 어귀에 생전의 모습으로 우뚝 섰다. 어찌어찌 인연이 닿아 의사를 기리는 글을 짓게 되었으니, 창천創天의 일월日月에 누가 된 듯하여 송구한 마음을 금할 길이 없다.

의사의 짧은 생애, 그러나 그 자취는 너무 굵다. 백 년을 살고 천 년을 산들 그게 무슨 대수랴. 죽음보다 못한 삶이 지천인 세상에 옷깃을 여미고, 귀밑에 서리를 인 내 몰골을 돌이켜본다.

개구리가 태산을 진들, 이보다 더 무거우랴. (2001)

제3부

·

개 같은 이야기

할머니와 개

뒷집에 강아지가 또 자지러진다. 할머니의 심화가 참는 한계를 넘은 모양이다. 무슨 사연일까. 고운 얼굴에 언제나 말이 없는 분이어서 궁금증이 더하다. 무릎에서 재롱을 떠는 강아지가 할머니의 무료함을 달래주기도 하련만, 그러나 그게 아닌가 보다. 그렇다고 개를 싫어하는 성미도 아니다. 이웃집 강아지를 만나면 무척 좋아하든 분이다. 그렇다면 무슨 곡절이 있지 않을까. 문득 시집살이의 한을 개에게 풀던 옛얘기가 떠올라 고개를 갸웃거렸다.

'맹인 3년·벙어리 3년·귀머거리 3년'이라는 말이 있다. 고추보다 더 맵다는 시집살이를 일컫는 말이다. 그런 때가 있었다. 호랑이 담배 피던 옛얘기다. 하기사 어제가 옛날이란 말도 있을 정도니, 옛날은 옛날이다. 내 막내 누나 시집살이가 그랬다. 배고프던 시절 밥술 깨나 먹는 집으로 시집을 간 것이, 그만 호랑이 시어머니를 만나고 말았다. 친정이 든든해야 시집살이가 좀 가벼운 법인데 그러지를 못했으니 어린 나이에 주눅이 들만도 했다. 누나의 속울음은 어머니의 가슴앓이가 되어, 결국 모녀가 함께 시집살이를 한 셈이다.

"너는 이제부터 죽어도 그 집 귀신이다." 시집갈 때 들은 이 말을 숙명으로 받아들인 조선여인들은, 죽음으로 그 가문을 빛낸 열녀烈女도 많았다. 골골마다 으레 서 있는 퇴색한 열녀문이 이를 말한다. 지금은 어떤가. 효자·효부라는 말은 가끔씩 들어도 열녀라는 말은 잊혀진 지 오래다. 세상이 변했다. 변해도 너무 변했다. 상전벽해요 천지개벽이다. 늙은 시어머니가 젊은 며느리에게 시집살이(?)를 한다는 요즘 세태를 두고 하는 말이다. 남존여비男尊女卑는, 남녀평등男女平等이 되다가 이제는 여성상위시대女性上位時代라는 말이 낯설지 않다. 가히 개벽천지다.

의정부에 있을 때 노인학교를 몇 년 운영한 기억이 새롭다. 며느리 눈치를 살피며 조심스럽게 사는 노인들이 의외로 많았다. 세 아들을 고발하고 싶다던 할머니가 있었다. 그 잘난(?) 자식들이 밉기도 하지만 이 세상에 경종을 울리기 위해서 그렇다고 했다. 일제日帝 때 여학교를 나왔으니, 신교육을 받은 이른바 인텔리 여성이다. 열아홉에 결혼하여 셋째 아들을 낳던 해 일어난 6·25 전란에 남편을 잃었다. 천신만고로 큰아들은 고등과, 둘째 셋째는 대학까지 공부를 시켰다. 도둑질과 서방질 외에는 안 해 본 일이 없다고 했다. 큰아들은 가게를 하면서 근근히 사는데 둘째는 학원 강사, 셋째는 대학교수로 잘살게 됐다.

어른의 자리가 흔들리면 안 되는 줄 알기에 어려워도 큰아들 집에 머물러 살았다. 그러던 어느 날, 매달 이자를 무는 것이 안쓰러워 쓰던 방을 세를 놓도록 권유하고 작은아들 집으로 옮기면서부터 가정불화가 일어나기 시작했다. 결국 양로원으로 보내고 매달 얼마씩 부담하기로 의견이 모아지는 것을 보고, 도망

치듯 뛰쳐나와 혼자 산 지 한참 되었다던 깐깐한 노인이다.

　며느리보다 그 잘난 자식들이 더 밉다며 먼산을 바라보던 그 할머니의 모습이 선연하다. 자식이 부모를 버렸다는 말은 이제 뉴스거리도 못 된다. 역사는 지금 어디로 가고 있는가. 개를 좋아하면서 미워하는 뒷집 할머니를 만났다. 차 한잔을 나누며 노인 학교에서 만난 할머니의 애기로 말문을 열었다. 동병상련인가. 할머니의 말문도 열렸다.

　청상靑孀으로 아들 하나 믿고 의지하며 이제껏 살았다. 누구나 다 그렇겠지만, 유독 이 아들은 곧 할머니의 목숨이었다. 대학을 나와 유학까지, 그 뒷바라지에 그 노인의 목숨도 그믐달처럼 사위어 갔다. 서른이 넘어 돌아온 아들은 똑똑하고 잘난 며느릿감을 데리고 왔다. 이때부터 이 할머니는 새 세상을 살게 되었다. 송충이가 하루아침에 갈잎을 먹어야 하는 새 세상이 된 셈이다. 아침은 우유에 빵이요, 저녁은 수프에 햄버거다. 숭늉은 쓰디쓴 커피요 부침개는 피자다. 쉬는 날이면 해가 중천에 이르러 중국요리를 부르고 저녁엔 돈까스로 외식을 하기 예사다. 어찌하랴. 자식들의 시대니, 늙은 것이 참고 이해할 수밖에……

　쓸고, 닦고, 집 지키고, 그러면서도 손자 안아볼 소망으로 살았다. 그런데 어찌된 영문인지 몇 년이 지나도 소식이 없다. 생활기반이 잡힐 때까지 아이를 갖지 않기로 했다는 며느리가, 밉다못해 무서워졌다.

　미운 강아지 부뚜막에 오른 격인가. 이름도 이상한 강아지 한 마리를 안고 왔다. 평소 개를 좋아하는 성미라서 심심파적으로 기르려 했으나, 며느리의 개 사랑은 오장육부를 뒤집어 놓았다. 안아주고 만져 주고 목욕에 이발까지, 얼핏하면 병원이요 먹는 것은 깡통이다. '개만도 못한 어미' 라는 생각에 어지럼병이 도

지고 말았다. 옛날 시집살이의 한을 삽살개에게 풀던 며느리들 같이 개에게 분풀이를 하고, 네가 무슨 죄냐며 붙들고 운다는 것이다.

개만도 못한 삶이 어찌 이 할머니뿐이랴. 귀부인(?)의 품에 안겨 호식하고 호강하는 견공들이 얼마든지 있다. 사람의 족보는 없어도 개 족보는 있고, 제 부모 무덤의 꽃보다 개 무덤의 꽃이 더 크다는 나라가 있다. 선진을 자랑하는 미국 얘기다. 우리도 이제 선진이 되었다고 자랑이다. 무엇이 선진인가. 미국사람 흉내나 내는 게 선진인가. 가장 한국적인 것이 가장 세계적이라는 말이 긴 여운으로 남는다.

'개에게 쏟는 정성, 그 십분+分이래도 제 부모에게 들이면 효자 소리 들을 것'이라며 말끝을 흐리는 할머니 앞에 무슨 할 말이 있으랴.

우유에 후레이크를 말아 먹고 반바지 차림으로 커피를 마시는 과년한 딸아이를 보면서, 언젠가 사돈이 될 분들의 얼굴을 상상해 본다. 갑자기 심장병이 도졌는지 얼굴이 붉어지고 숨이 가쁘다. 가지 많은 나무 바람 잘 날 없다는데, 딸 많은 부모 마음 편할 날 있겠는가.

아서라, 시대의 흐름을 어찌하랴. 지금이라도 빵을 먹고 우유 마시는 연습을 해야겠다. 남은 여생이 조금이라도 가볍기 위해서 말이다. (1995)

개 같은 이야기

덥다. 조금만 움직여도 등줄기가 후줄근하게 젖는다. 이토록 힘겹고 지루한 여름은 내 이제껏 처음 겪는다. 그도 그럴 것이 보도 듣도 못하던 괴이한 병이 찾아와, 그를 달래느라 짧은 여름밤을 하얗게 지샌 날이 적지 않다.

약 기운 탓인지 눈까풀이 저절로 내려앉는다. 견디다 못해 자리에 누우면 비몽사몽非夢似夢, 밑도 끝도 없는 악몽에 시달리기 일쑤다. 이 여름 하루해가 이토록 길 줄이야.

삼계탕에 수박까지 곁들인 초복初伏날, 벌레에 쏘인 듯 오른쪽 옆구리가 따끔거렸다. 흔히 듣던 담痰이려니 하고 며칠을 견디다가, 내자의 성화에 떠밀려 골목의원을 찾았다.

여기저기 두드려 보고 만져 보던 의사는 좁쌀만 한 붉은 반점 하나를 가리키며, 대상포진帶狀疱疹이라는 진단을 내린다. 수두手痘의 일종인 바이러스 균이 늑간신경肋間神經에 감염되었다는 것이다. 대수롭지 않다는 표정으로 며칠 걸릴 거라며 잘 먹고 편히 쉬라는 덕담도 잊지 않는다.

넘어진 김에 쉬어간다 했던가. 핑계삼아 읽고 싶었던 책을 펴들었으나, 시쳇말로 장난이 아니다. 움찔움찔 근육이 움직이면서 찌르는 통증은, 소름이 끼칠 정도다. 의사의 지시대로 꼬박꼬박 약을 먹는데도 며칠이 지나자 예정된 수순인지 겨드랑 밑이 자운영꽃밭처럼 부풀어올랐다.

민망스러워 덥다고 벗을 수도 없다. 스멀스멀 벌레가 기어다니는 느낌, 여기저기 찌르고 쑤시는 통증, 눕다가 앉다가 좌불안석坐不安席이다. 털 빠진 날갯죽지를 늘어뜨리고 할딱거리는 노계老鷄, 이 여름 깔축 없는 내 몰골이 그렇다.

엎친 데 덮친 격으로 '의권 쟁취'를 한답시고 동네의원들마저 문을 닫고 거리로 나섰다. 어쩌겠는가. 목마른 자가 샘을 파듯, 대학병원에서 원치도 않은 특진까지 받았다. 세 시간 기다려 삼 분 진료는 차치하고라도 무슨 검사가 그리도 많은지 위아래 층을 몇 번이나 오르내리다가 해거름에 이르러 처방전을 받을 수 있었다. 준비된 약국을 찾아 다시 한참을 헤매다가 약봉지를 받아들기까지 말 그대로 기진맥진, 파김치가 되었다.

걸리긴 쉬워도 낫기는 어려운 게 병인 줄 모르는 바 아니나, 며칠 걸릴 거라던 그 며칠이 중복을 넘기고 결국 말복을 맞게 되었으니, 삼복이 아니라 내 딴엔 삼에 삼복을 겪은 꼴이다.

덥다. 만사가 귀찮다. 수은주가 삼십오 도를 넘고 불쾌지수가 구십에 가깝다는 앵커의 목소리마저 짜증스럽다.

문득 '개 같은 날의 오후'라는 영화의 한 장면이 떠오른다. 오늘같이 늘어진 오후, 서민들이 모여 사는 아파트단지에서 일어난 '개 같은 사건'을 그린 영화다. 날이면 날마다 술에 취해 마누라를 복날 개 패듯이 두들겨 패는 개 같은 남자를 동네아줌마들이 달려들어 어찌 어찌하다가 그만 그 위인이 숨을 거두게 된

다. 사건은 걷잡을 수 없이 커져서 옥상으로 올라가 여권女權을
외치는 아줌마들과 이를 진압하려는 경찰과의 긴박한 대치, 시
종일관 배꼽을 쥐다가 주먹을 쥐고 주먹을 쥐다가 다시 배꼽을
잡는다.

 덥다. 어디선가 개 짖는 소리가 늘어진 정적을 깨우고 있다.
무료한 오후 마실에서 돌아온 아내가 생글생글 웃으며 이바구를
한다. 송아지만 한 개를 기르며 이웃들로부터 눈총을 받는다는
행길 건너 이층집, 젊은 아낙이 이재에 눈이 밝아 이자놀이로
재산을 늘렸다는 소문은 이사오던 날부터 날개를 달았다. 사촌
이 논 사면 배아픈 격인가. 유독 그 집은 사소한 일까지도 사람
들의 입에 자주 오르내린다. 이층에 세들어 사는 신혼부부를 기
한도 되기 전에 내보내고 시골에 혼자 사는 시아버지를 모셔온
것까지는 흉될 게 없다.

 유난히 작은 체구에 빈틈이 없어 보이던 깐깐한 노인, 그러고
보니 길에서 한두 번 봤음직도 하다. 딸 셋에 아들 하나 다 짝
지어 내보내고, 두 내외가 오손도순 살다가 얼마 전 안노인이
먼저 불귀의 먼길을 가게 되었다. 사십구재가 되던 날, 그토록
바쁘다든 며느리가 내려와 작심한 듯 말문을 열었다.

 '아버님, 이제는 저희에게 효도할 기회를 주셔야지요, 아버님
이 따로 계시면 저희들이 어떻게 얼굴을 들고 다니겠어요. 그리
구요 아버님도 아시겠지만 이번에 집을 늘려 이사를 하면서 빚
을 좀 지게 되었는데 쥐꼬리만 한 애비 월급으로는 이자도 못
갚을 지경이에요. 언젠가 아버님 돌아가시면 어차피 저희들이
관리해야 할 아버님 재산, 지금 도와 주시면 아버님도 좋고 저
희도 좋고…….'

 말이야 백 번 맞는 말이다. 마다할 명분도 이유도 없다. 서둘

러 논밭을 정리한 노인은 적지 않은 돈을 싸들고 말년에 호강하겠다는 이웃들의 인사를 받으며 올라오게 되었더란다. 처음은 그토록 살갑던 며느리가 달포도 못되어 본색이 드러나 소 닭 보듯, 찬밥신세가 되고 말았다. 아들은 얼굴 한번 보기가 쉽지 않고 무에 그리 바쁜지 날마다 집을 나서는 며느리에게 집이나 잘 보라는 훈계(?)를 들어야 했다. 마당에는 개가 졸고 있고 이층에는 하릴없는 노인이 누워 있고 어쩌다 며느리가 집에 있는 날이면 손님이 왔다며 자장면 한 그릇 올려보내고, 이게 아니다 싶었으나 이미 흘러버린 물이다.

들며 나며 개를 끌어안고 정을 나누는 아들놈의 해괴한 짓거리를 눈여겨보다가 개만도 못한 아비라는 생각에 장이 뒤집혀 보이는 게 없었다는 것이다. 그 잘난 아들이 돌아올 시간에 개를 끌어다 뒤켠에 매어 놓고, 개집에 들어가 누워 있었다는 희대의 비극, 그 뒷얘기는 차마 입에 담기조차 민망스러울 정도다.

개 같은 이야기다. 웃어야할지 울어야할지 그 판단이 쉽지 않다. 개만큼도 대접을 못 받는 노인이 어찌 그 어른뿐이랴.

사람 같은 개, 개 같은 사람, 개만도 못한 사람…….

덥다. 아물기 시작한 옆구리의 포진이 다시 스멀거리기 시작한다. 벼락이 내리치고 장대 같은 소나기가 시원하게 퍼붓기라도 한다면 미친 듯 뛰어나가 춤이라도 추고 싶은 개 같은 날이다.

(2000)

수안보 가는 길

관광버스가 흥겨운 노래방이 되었다. 과연 문화인(?)들이다. 흘러간 노래에서부터 요사이 유행하는 가요에 이르기까지 모르는 노래가 없고 못 부르는 이도 없다. 하나같이 가수 뺨칠 정도의 실력들이다. 노래가 끝날 때마다 발표되는 심사평이 한층 더 흥을 돋운다. 잘했다 싶으면 낮은 점수에 '좀더 노력하시오' 라며 충고를 하기도 하고, 고래고래 고함만 친 듯싶은데 신인가수가 탄생했다고 팡파르가 울려 퍼진다. 이래서 즐겁고 저래서 흥겨운 노래판 한 마당이 질펀하게 펼쳐진다.

호가도 창창불락好歌唱唱不樂이라 했던가. 이제 막 싫증이 나려던 참인데 초등학교 교사로 명퇴를 했다는 초로初老의 신사가 너스레를 떤다. 여러분들의 노래 실력이 별무신통이라는 식이다. 본인은 노래를 잘 안 하는 편이나 불렀다 하면 적어도 푸치니의 가극 나비부인 중에서 '어떤 개인 날' 이나, 베르디의 오페라 춘희 중에서 '꿈에 그리는 그대' 정도를 부른다는 것이다. 오늘은 특별히 사랑하는 이가 그리울 때에 즐겨 부르던 '사랑의 아리아'

를 부르겠다며 뜸을 들인다.

이쯤 되면 모든 이목耳目은 그의 입으로 집중될 수밖에 없다. 잔기침을 몇 번 하더니 몸까지 흔들며 내뱉는 소리가 "너 좋으면 나도 좋고 나 좋으면 너도 좋고 옹헤야 옹헤야……" 포복절도에 가가대소다. 근엄하게 웃기는 실력이 만만치 않아 속옷까지 저리고 말았다.

옆에 앉아 연신 헤실거리던 청초한 여인의 차례가 되었다. 명곡이나 가곡은 오늘 이 자리에 어울리지 않을 것 같아, 첫날밤의 사연이나 한 곡 부르겠다며 고개를 떨군다. 첫날밤이라면 누구에게나 설레이는 추억이 있게 마련이다. 그래서 더욱 숨을 죽였는지 모른다.

"첫날밤에 …, 첫날밤에…." 유난히 가녀린 목소리로 그 애절한 봉선화 곡에 맞추어 반복해서 부르는 표정이 사뭇 진지하다. 행여나 하고 기대를 했으나 맨 마지막에 이르러 "그냥 잤다…." 며 허리를 굽힌다. 웃음바다가 또 한번 파도를 탄다. 부창부수다. 그 남편에 그 아내다. 이때부터 그 여인에게는 '첫날밤에 그냥 잔 여자'라는 별호가 따라다녔다.

나라고 질세라 넉살 좋아 보이는 남정네가 일어서서 이죽거린다. 친구들과 대만 관광을 갔다가 민망해서 얼굴을 들 수가 없었다는 것이다. 우리말로 형을 그들은 '닥거'라고 하는데 방형은 방닥거, 이형은 이닥거요 자기는 성이 조가여서 조닥거라 하더라며 느물거린다. 그렇다면 나는 신닥거가 아니던가. 조씨도 그렇지만 피씨는 더욱 낭패스럽겠다는 생각이 들어, 홍연대소哄然大笑를 금치 못했다.

자칭 음치협회 회원이라는 걸걸한 아낙이 치고 나온다. 음치도 급수가 있다며 능치는 품이 여간 아니다. 첫째 청중을 완전히 무시할 줄 알아야 하고, 둘째는 음정이나 박자에 구애받지 않아야 하며, 셋째 시작한 노래는 끝까지 부르고 자청해서 몇 곡 더 부를 수 있어야 겨우 음치의 반열에 낄 수 있다는 장광설이다. 듣고 보니 음치도 쉽지 않겠다는 생각에 고개를 끄덕거렸다. 이러저러 내 차례가 된 듯한데 아뿔싸 이를 어쩐단 말인가, 바로 앞에 분이 내 유일한 십팔번을 흥얼거리니 말이다. 낭패로다. 갑자기 맥박이 빨라지는 것으로 보아, 분명 음치는 면했나보다.

궁하면 통하는 법이다. 누가 뭐라 건 눈 딱 감고 '울고 넘는 박달재'를 접속곡으로 능청을 떨었다. 눈을 감았으니 청중이 보일 리도 없다. 다리가 풀려 겨우 자리에 앉는 나에게 당신이 최고라며 추켜세우는 수더분한 아내가 밉지 않다. 이래서 팔은 안으로 굽는다 했는가. 아내는 나보다 한술 더 뜬다. '봄이 오면 산에 들에 진달래 피고…' 무려 삼십 년이 넘도록 들어온 곡이다. 어찌 보면 아직도 소녀 같은 풋풋한 촌티가, 그저 좋게만 보일 뿐이다. 제 눈에 안경이라 한들, 내 눈이 그러니 어찌하랴.

노래와 패설稗說이 한 순배 돈 듯하다. 노래방 버스는 고속도로를 지나 음성골 장호원에 접어들었다. 갑자기 음악이 빨라지고 광란의 춤판이 요동을 친다. 누구랄 것도 없이 통로에 나와 몸을 흔들어 댄다. 토끼처럼 뛰는 사람, 원숭이 같이 비비꼬는 남자, 하늘을 향하여 삿대질을 하는 여인, 서로 엉덩이를 비벼대는 남정과 아낙, 배꼽을 마주 대고 실눈을 흘기는 사내와 계집, 참으로 가관이다.

가려진 신명이 봇물로 터졌다. 이 도도한 물결을 누가 막으랴. 모두가 제정신이 아니다. 다리가 풀리고 눈빛도 풀렸다. 무념무아無念無我의 경지다. 한자漢字의 춤출 무舞 자는 없을 무無에 어긋

날 천舛을 했다. 없을 무 자의 본디자는 사람이 양팔에 무엇을 주렁주렁 달고 춤을 추는 상형문자다. 춤을 출 때는 자기가 없다는 즉 무아無我를 내포하고 있다.

춤출 무 자는 그러한 무아의 경지에서 오른발과 왼발을 서로 어긋거리며 춤을 춘다는 의미로 무당 무巫 자와 함께 신내림의 샤머니즘에 기인된 글자들이다. 그러고 보면 먼 옛날부터 동방 민족인 우리 조상들은 무아의 춤을 즐겼다는 증거가 아니겠는가.

몽골반점이 연면히 우리를 따라다니듯, 무아의 신명도 우리의 잠재의식 속에 자리잡고 있는 것은 아닐까. 우상이라며 거부하는 교회도 무아의 신명에 놀아나는 꼴을 자주 보았다. 신령하다고 소문난 기도원은 말할 것도 없고, 성령을 앞세운 부흥집회도 거기서 거기다.

수안보 가는 길에 신명이 터졌다. 뒷전에서 손뼉만 치던 위인을 집요하게 끌어내는 손길이 있다. 에라 모르겠다, 춤사위는 애당초 모르는 게고 그저 뛰기나 하자. 뛰고 흔들고 돌다가 뛰고 시간도 잊고 생각도 잊고 그저 그렇고 그런 속물이 되어, 저 밑바닥 찌꺼기 한 덩이를 굽이굽이 풀어 내렸다.

희한한 일이다. 무거운 짐을 벗어 놓은 듯 가슴이 후련하다. 모든 배설은 쾌감이라 했던가. 살다보면 때로는 이런 짓거리도 목마른 갈증에 한 모금 해갈이 되는가 보다. (1998)

딴지 걸기

믿음에 취한 이들을 자주 만난다. 심하게 취한 탓인지 눈빛이 예사롭지 않아 시선을 마주하기가 민망할 정도다.

'믿음천국 불신지옥'이라는 섬뜩한 구호는 세월이 흘러도 변함이 없다. 금방이라도 세상의 종말이 올 것 같은 화급한 목소리, 복음이 아니라 공해에 가깝다.

믿음과 불신, 구원과 심판, 천국과 지옥, 내 편과 네 편, 흰둥이 아니면 검둥이로 가르려 든다. 사랑을 말하는 기독基督의 역사가 유독 피로 얼룩진 부분이 많은 까닭을 알 것도 같다.

딱한 일이다. 탓을 할 수가 없다. 한마디라도 참견을 하다가는 영락없이 마귀로 몰리고 만다. 한두 번 마음을 상한 후로는 무관심으로 일관하고 있으나, 개운찮은 기분은 어쩔 수가 없다.

벽안碧眼의 승려가 봉변을 당했다. 막 전철문을 들어서는데 '우상을 섬기려 한국까지 왔느냐'고 일갈이다. 잔잔한 미소로 화답하던 그 해맑은 얼굴, 차마 부끄러워 눈을 감고 말았다.

안하무인眼下無人이다. 오만방자 거칠 게 없다. 믿음에 취하면 상식의 기본도 모른단 말인가. 목잘린 단군상이 아른거려 눈을 감을 수도 없다. 돼지의 눈에는 돼지로 보이고 부처의 눈에는 부처로 보인다는 무학선사無學禪師의 고사가 떠올라, 쓴웃음을 삼켜야 했다. 뒤틀린 내 심사 때문인지 '인간시장' 이라는 소설의 한 대목이 스멀스멀 떠오른다.

"이 세상에 악한 자들이 얼마나 많습니까. 그들은 교묘하게 법망을 피해 가며 잘도 삽니다. 도대체 하느님은 무엇 하는 분입니까. 저들이 죽어서 지옥 가기만을 기다리고 있습니까. 제발 뭐 좀 보여 주십시오. 우리가 확신하고 믿을 수 있도록 말입니다. 벼락은 두었다가 어디에 쓰시렵니까. 벼락을 때릴 데가 얼마나 많습니까. 일년 내내 때려도 모자랄 텐데 왜 애꿎은 고목나무나 때리고 있습니까. 당신은 도대체 누구 편입니까. 더러운 부자들 편입니까. 아니면 가난하고 착하디 착한 백성들 편입니까. 제발 부탁합니다. 진실하고 성실한 사람, 정직하고 열심히 노력하는 사람들이 잘살게 말입니다."

답답한 일이다. '천도天道란 어디에 있느냐' 는 이 탄식은 예나 지금이나 끊이질 않는다. 천국을 자랑하는 저 전도자는 이토록 처절한 절규를 알고나 있을까.

'그 사람은 법 없이도 산다' 는 말을 흔히 듣는다. 의인이라 할 것까지는 없어도 누구나 인정하는 착하디 착한 내 이웃들이다. 안타까울 정도로 시련을 겪는 분들이 적지 않다. 아들의 교통사고 소식을 듣고 허둥지둥 달려가다가 허리를 다쳐 벌써 몇 년째 병원에 누워 있는 가족도 있고, 기도와 봉사로 칭송을 받던 지우知友는 한창 일할 나이에 바람을 맞아 수족手足을 못쓰는 불구가 되었다. 믿음이 없다면 또 모르거니와 기도로 새고 기도로 저무는 분들이어서 더욱 안타까운 일이다.

‘왜 의인도 고난을 받는가?’ 이 물음은 영원한 수수께끼인지도 모른다. 연단을 위한 시련이라는 대답도 있고, 가려진 죄의 대가라는 역설도 있다. 시련을 이기지 못하고 좌절하는 경우는 무엇이며 날 때부터 고난을 안고 태어나는 숱한 생명들은 또 무엇이란 말인가. 서로 인권人權이 다른데 조상이 지은 죄의 ‘대속’이라는 말도 공허할 뿐이다.

믿음이란 무엇인가. 유치원을 다녀오던 꽃봉오리가 불의의 사고로 목숨을 잃었다. 무너져 내리는 그 아이의 부모 앞에 믿음의 형제가 찾아와 흘리던 위로의 말, 너무 황당하여 지금껏 잊혀지지 않는다.

‘슬퍼하거나 눈물을 보이지 마십시오. 오히려 기뻐해야 합니다. 이 아이는 때묻지 아니한 순수한 모습으로 이 세상을 떠났기 때문입니다. 이 아이는 이제 애통과 고통이 없는 천국으로 갔습니다. 그러므로 우리는 감사를 드려야 합니다.’

하기사 숨을 거둔 아내 앞에서 북을 두드리며 노래를 불렀다는 노자老子 같은 성현도 있었으니 감사쯤이야 당연한 게 아니냐면 할 말이 없다.

믿음이란 이런 것인가. 수혈을 거부하고 기도만 하다가 목숨을 잃는 믿음도 있고, 공중으로 들리어 올라가 깨끗하게 산다고 모든 것을 다 버리던 별난 믿음도 없지 않다. 심지어 더러운 이 땅 위에 무슨 미련이 있겠느냐며 집단으로 목숨을 버리는 괴이한 믿음도 있었으니, 그저 어안이 벙벙할 따름이다.

기독基督의 사도 ‘바울’은 믿음을 일컬어 “보이지 않는 것들의 증거요 바라는 것들의 실상”이라고 했다. 구원의 실상을 보이는 게 믿음이요 보이지 않는 천국을 나타내 증거하는 게 믿음이라는 의미가 아니겠는가. 믿음을 쉽게 말할 수 없는 이유가 여기에 있다.

천도무친天道無親이라 했다. 그 깊은 의미를 나 같은 천학淺學이 어찌 알랴만 천법도天法道요 도법자연道法自燃이라 했으니, 천법 즉 자연의 법칙은 사사롭게 치우치지 않는다는 뜻이 아닌가 싶다.

지진이 일어나면 사찰도 무너지고 교회도 무너진다. 교통법규를 어기면 누구나 사고를 당할 수 있고, 총알이 총구를 빠져나가면 의인이든 악인이든 가리지 않고 맞을 수 있다는 말이다. 믿음을 만사형통이라고 내세우는 이들, 연민의 정을 금할 길이 없다. 나는 천사요 너는 마귀라는 아집만은 버렸으면 하는 마음 참으로 간절하다.

일선에서 근무를 하다가 지뢰를 밟아 다리를 잃고도, 두 손이 멀쩡하니 억세게 운 좋은 놈이라며 꿋꿋이 살아가는 막역莫逆이 있다. 입을 열어 믿음을 말하지 않아도 나는 그를 만날 때마다 태산 같은 그 믿음과 용기에 절로 고개를 숙이고 만다. 어찌 믿음을 쉽게 말할 수 있으랴.

태풍이 한바탕 휩쓸고 지나간 자리에, 맹인부부의 찬송가 가락이 흐느적거린다. 아서라. 누구를 탓하랴. 어차피 취해 살고 미쳐 사는 세상인 것을 ……. (2000)

넋두리

P형! 늘그막에 속앓이가 심하다 들었소. 동병상련_{同病相憐}이라, 허탈해 하는 모습이 보이는 듯하구려. 어쩌겠소. 가지 많은 나무에 부는 바람이야, 그러려니 해야지요. 내 푸념 좀 하리다. 홀아비 사정 과부가 안다고, 듣다보면 조금은 위안이 될는지도 모르오. 노인삼체라 합디다. 육십이 청춘인데 웬 노인타령이냐고 책망일랑 마시오. 노인이 어디 따로 있습디까. 젊게 사는 노인이 적지 않고 마음이 늙은 젊은이도 많은데 누구를 젊다 하고 누구를 늙었다 하겠소. 더욱이 가지 많은 덕으로 가슴을 앓는다면, 다한 말이요.

각설하고 삼체나 들어보소. 누구나 나이 들면 못 본 체, 못 들은 체, 알고도 모른 체, 어수룩하게 사는 게 좋다는 말이요. 얼핏 들으면 고추보다 더 맵다는 시집살이 얘기 같으나, 실은 싱겁기 그지없는 노인살이 지혜라 합디다. 말 같지 않다고 이죽거리다가 뭔가 가슴에 닿는 게 있어 고개를 끄덕이고 말았소.

P형! 우리 어수룩하게 삽시다. 가능하면 나서지 말고 한걸음

물러서서 술에 술탄 듯 물에 물탄 듯 그저 그렇게 사는 것도 괜찮을 게요. 남 듣기 싫은 소리, 징징 우는소리, 이것저것 참견하는 군소릴랑 잊어버리고 눈감고 귀 막고 청맹과니로 살자는 말이요. 형! 늙기를 원하는 이가 어디 있으며 그렇다고 늙지 않을 사람이 또 어디 있겠소. 혹 공중목욕탕에서 갈비뼈가 앙상한 어른을 만나면 그 느낌이 어떻던가요. 자신의 이러한 몰골을 '해골에 명주걸레' 로 표현한 박규환옹의 글을 읽고, 한동안 가슴이 시려 어쩌지를 못했소이다. 걸음걸음 다가오는 노을을 어느 누가 거역할 수 있겠소. 그러기에 삼체의 지혜로 가볍게 살자는 넋두리가 이처럼 길어지고 있는 게요.

일전에 K 선배를 만났소. 우리보다 십여 년 연배라 하지만, 굽은 허리 처진 어깨가 영락없는 노인입디다. 사업 수완이 좋아 돈도 많이 모았고 자식욕심이 유난히 많아 아들 오형제를 알토란같이 길러 낸 분이요.

맏며느리를 보던 날, 그 멋들어진 잔치에 많은 분들이 찬사를 보내던 기억이 생생하군요. 셋째며느리가 들어오면서부터 재산 문제로 불화가 일더니, 그 충격으로 실어증까지 걸렸다던 풍문은 들었으리라 믿소. 그토록 호방하던 분이 이제는 웃을 줄도 모르더이다. '무자식無子息이 상팔자上八字' 라는 묘한 말을 남기고 돌아서는 뒷모습이 잊혀지지 않는구려. 무자식이 상팔자라니, 이 무슨 말이요. 그렇다면 형이나 나는 하팔자下八字가 분명하군요.

내 하팔자 타령 좀 하리다. 딸이라도 하나 낳는 게 평생 소원인 상팔자(?)도 적지 않음을 내 모르는 바 아니나, 막둥이 외아들이 내리 딸만 낳았다면 그 또한 예삿일이 아니잖소. 예전 같으면 칠거지악七去之惡이라 하여 쫓겨나고도 남을 일이외다.

별별 비방秘方을 다하고 용하다는 의원은 다 찾아다니고 심지어 법으로 금하는 무슨 검사까지 서슴지 않았으니, 그야말로 노심초사勞心焦思 일구월심日久月沈이었소.

지성에 감천感天인지 조선祖先의 음덕인지, 불혹不惑에 얻은 아들을 안고 뜨거운 응어리를 밤새도록 삼켰더이다. 돌떡을 들고 제대로 걷지도 못하던 애물단지가, 이제는 아비가 올려다볼 정도로 장성을 했나이다. 자식이 온 만큼 아비는 가고, 뭐 그런 것 아니겠소. 형! 자식이 무엇이요. 공허한 물음이 허허롭구려. 형은 넘침으로 속을 앓고 나는 미치지 못하므로 멍이 들었나이다. 무슨 애증愛憎의 골이 이리도 깊은지요. 그렇다고 어찌하겠소. 내 멍에 내가 지고 팔자려니 할 수밖에요.

불같은 성깔로 질 줄을 모르던 형! 용의 꼬리보다 뱀의 머리가 났다는 지론은 지금도 변함이 없는지 묻고 싶소. 용이든 뱀이든 간에 한평생 머리로만 살다가 얻은 것이 무엇이요. 한 생을 바친 일터에서 밀려남은 차치하고라도, 자식 이기는 부모 없다며 고개를 떨구던 형의 모습이 처연합디다.

형! 내 문자文字하나 쓰리다. 노자老子 도덕경道德經에서 건진 말인데, 생이불유生而不有라 했소. 그 의미가 쉽지 않으나 '낳되 소유하지 말라' 는 뜻이 아닌가 하오. "낳았다고 소유하지 말라." 이 얼마나 준엄한 일갈이요.

생이불유가 어찌 자식에게만 이르리요. 돈도, 명예도, 권세도 생이불유면 그 삶이 얼마나 가볍고 빛이 나겠소. 우리 이제부터라도 그리 삽시다. 철나자 망령든다는 말도 있습디다만, 지명知命을 넘어 이순耳順에 이르렀으니 이제는 철이 들 때도 된 듯싶구려.

형! 병들면 안 되오. 부디 건강하시오. 병은 마음에서부터 오는 법이요. 반상盤常에 놓는 돌로 벗도 사귀고, 먹을 갈아 붓을 들어 그윽한 묵향墨香에도 젖어 보구려, 향기 나는 글 골라 읽고 삶을 돌이켜 틈틈이 원고지를 메꿀 수 있다면 더욱 좋을 것이요. 그리고 우리끼리 말이지만, 돈이 좀 있거들랑 가는 날까지 꼬옥 쥐고 있으시오. 옛친구 만나면 술 한잔 나누고 귀여운 손자들 용돈 한 푼 줄 수 있어야, 석양길이 외롭지 않을 게요.

추억에 사는 게 늙은이라 하지만 모두가 흘러간 물이라오. 아무리 아쉬워도 우리의 젊음은 이미 지난날이니, 너는 뜨는 해 나는 지는 해 그런 마음으로 살으시구려.

형! 넋두리가 길었소이다. 못 본 체, 못 들은 체, 알고도 모른 체, 어수룩하게 사는 것이 가볍고 편하다는 말, 잊지 마시오. 해거름에 무거우면 어찌 되겠소.

형!

생이불유生而不有요 생이불유……. (1998)

헌신짝

헌신짝 버리듯이……. 손끝에 가시처럼 걸리는 말이다. 신발 한 켤레를 버리고 난 일말의 양심인지도 모른다. 무려 5년이 넘도록 나를 위해 봉사한 고마운 친구를, 말 그대로 '헌신짝 버리듯이' 버리고 말았다.

그간에 정이 깊어, 구석구석 먼지를 털고 아무렇게나 나뒹굴 꼴사나운 몰골이 맘에 걸려 꼬옥 묶어 깊숙이 넣었다. 그런데도 마음 한구석이 개운치 않은 까닭은 무엇인가.

달면 삼키고 쓰면 뱉는 간사한 인간의 심리라고나 할까. 은혜를 입고도 등을 돌린 배은망덕이라고나 할까. 어쩐지 께름칙한 기분이 앙금으로 남는다.

모래알 하나에서 우주를 보듯, 헌신짝을 버리면서 인연을 생각한다. 인연이 어찌 사람에게만 있겠는가. 옷깃만 스쳐도 인연이라 하는데, 옷깃이 아니라 뒤축이 닳아 합죽이가 되도록 나를 위해 늙어간 분신分身 같은 존재다. 돌부리에 채이고 가시에 찢긴 상처가 도리어 정겨워 털어 주고 닦아 주던 그 깊은 정이,

결코 가볍지 않다. 어디서 왔을까. 무슨 짐승의 가죽일까. 어느 장인의 솜씨로 만들었을까. 생각할수록 구우일모九牛一毛의 인연이라 해도 과언이 아닐 듯싶다.

제법이 종연생諸法從緣生이라 했던가. 모든 것은 인연을 따라 생성된다는 불가佛家의 법어法語다. 그렇다면 신발 한 켤레도 인연을 따라 만나, 그 인연이 다하여 버리게 되었다는 말인가. 인연이 없는 만남이 어디에 있으랴. 사람은 물론이요 극히 작은 사물도 마찬가지라는 생각이 맴을 돈다.

며칠 전, 숙부께서 먼길을 가셨다. 아버지의 생전에 모습이 보이는 듯하여 늘 마음이 든든하던 어른이, 솔수率壽의 문턱에서 유명을 달리하고야 말았다. 실낱같은 숨결이 멎으면 장례라는 의식을 거쳐 내다버려야 한다. 그 절차를 지켜보면서 버릴 수밖에 없는 헌신짝을 떠올렸다. 인연이 다하여 한줌 흙으로 돌아가는 것은 사람이나 신발이나 하나도 다를 게 없다.

내 아직은 버리는 편에 서서 이제껏 꽤 많은 것을 버렸다. 입던 옷가지가 부지기수요 쓰던 물건이 헤일 수도 없다. 어찌 그뿐이랴. 헌신짝 버리듯이 작은아버지를 두 분이나 버렸고, 내 부모도 그렇게 버려야 했다. 화자정리會者定離라 그러려니 하면서도, 걸음걸음 다가오는 이별이 가슴에 걸린다.

나 또한 언젠가 그렇게 버림을 당할 수밖에 없다. 그날을 생각하면 내 어찌 인연이 다한 물건이라고 함부로 버릴 수 있겠는가. 헌구두 한 켤레를 버리면서 가슴을 앓는 소이가 여기에 있다.

가까운 이웃이 새집으로 이사를 하면서 손때 묻은 살림살이를 다 버리고 갔다. 새집에 새살림으로 새삶을 살겠다는 결연한 의지인 것 같으나 어딘지 모르게 졸부의 근성이 보이는 듯하여 실소를 금치 못했다. 새 출발한답시고 사람마저 바꾸려 든다면 어찌 되겠는가. 그러고도 남을 사람들이라는 생각이 지워지지 않는다. 올챙이 시절을 모르는 개구리들이 따로 있으랴.

학교마다 분실물 보관소에 주인 잃은 학용품이 쌓여 간다고 들었다. 잃어버린 연필이나 지우개를 찾아가는 아이들이 없다는 증거다. 일 년도 안되어 새차로 바꾸고 하루에도 몇 번씩 새옷을 갈아입는 귀한(?) 분들의 자녀일수록, 국산품은 아예 거들떠보지도 않는다는 것이다. 무엇이 자식 사랑인지, 몽당연필을 깍지 끼워 쓰던 쉰(?)세대는 그 판단이 쉽지를 않다.

수련修鍊의 일환으로 칠일금식을 해본 경험이 새롭다. 생수만 마시고 일주일을 견뎌야 하는 극기훈련이다. 무심코 버린 감자 한 쪽, 쉰 밥 한 덩이까지 되살아났다. 먹는 유혹을 피해 산속에 숨어 있어도 때만 되면 구수한 된장국 냄새에 숨이 멎는 듯했다. 팔 일째 되는 날, 흰죽 한 공기를 앞에 놓고 뜨거운 것을 연신 삼키면서, 밥 한 술이 곧 생명임을 골수에 새겼다.

쌀 한 톨에 농부의 손길이 여든여덟 번이나 간다는 사실은 차치하고라도, 음식이 되어 내 앞에 놓이기까지의 사연도 간단치 않다. 밥풀 하나라도 어찌 가벼이 여길 수 있겠는가. 조금만 생각을 넓히면 경이로운 인연에 감탄이 절로 난다. 소중한 만큼 조심스러운 게 사람의 인연이다. 그러나 자연과의 만남은 부담 없이 즐길 수 있으니 이 아니 좋은가.

삼성산 옛 성터, 달개비꽃 무리에 발목이 잡힌다. 담장 밑 어디에서나 흔히 볼 수 있는 닭으장풀이다. 녹색 잎에 청색꽃이 융단을 깔았다. 녹색과 청색의 절묘한 조화, 감미로운 미풍에 살레살레 흔드는 고갯짓이 너무도 앙증스러워 걸음을 멈추고 해찰을 한다. 어느 화가의 그림을 이에 비하랴.

저만큼 원추리꽃 한 떨기가 배시시 웃는다. 노오란 꽃잎이 시집간 누나의 얼굴빛이다. 노오랑 저고리를 즐겨 입던 누나들, 그 곱던 모습이 이제는 합죽한 할머니가 되었다. 큰누나 걸음걸이는 아버지를 닮고 작은누나 웃음소리는 어머니를 닮았는데 내 생김새는 막내누나와 비슷한 편이다. 동기同氣의 인연이란 이런 것인가. 여기도 누나 얼굴 저기도 누나 웃음, 초여름 하루해가 중천에 걸린다.

호암산 범바위 무등을 타고 땀내 절은 등산화를 벗어 놓는다. 서로 인연한 지 어언 칠 년, 그간에 흐른 세월이 만만치 않다. 주인을 따라 두류頭流를 넘고 설악雪嶽을 오르느라 여기저기 찢기고 할퀸 상처가 민망할 정도다. 듬직한 친구, 아직은 인연이 다하지 않아 오늘 이렇게 호암산 산행길에 나란히 앉는다.

쓰다 버린 헌신짝이 손끝에 가시가 되어 아직도 걸리고 있다. 지금쯤 어디만큼 갔을까. 이제야 짓무른 발 냄새 그 치욕의 굴레를 벗고 한줌 흙이 되어 대자유를 누리게 되었으니, 동체대비同体大悲란 이를 두고 한 말인가.

구름도 빗물 되어 바다에서 만나듯, 땅 위에 모든 것은 한줌 흙으로 돌아갈 수밖에 없다. 모래알 하나에 우주를 보듯 헌신짝을 버리면서 인연을 생각한다. 제법은 종연생이라, 경이로운 인연에 탄성이 절로 난다. (1998)

값하기

값하기 —, 값하다의 진행형 표기다. 얼핏하면 값이나 하라는 책망을 듣는다. 나이 값을 하라, 덩치 값을 하라, 배운 값을 하라, 심지어 밥값이라도 하라는 데는 말문이 막히고 만다.

내 값은 얼마며 내가 해야 할 값은 또 얼마나 되는가. 모든 상품이 지니고 있는 가치의 화폐 단위를 '값'이라 한다. 상품의 가치도 간단치 않다. 칼 마르크스1818~1883는 상품에 내포되어 있는 노동량勞動量을 가치로 보았다. 소위 노동가치설勞動價値說이다. 이로 인하여 얼마나 많은 자본가들이 피를 흘렸던가.

"모든 상품의 가치는 그 상품을 생산한 노동자의 노동량이다." 마르크스의 이론이다. 과연 그럴까. 아무리 노동량이 많이 든 상품도 효용성效用性이 없으면 쓰레기로 변하는 것이 현실이다. 생산이 적고 소비가 많으면 값이 오르고, 소비보다 생산이 많으면 값이 떨어지기 마련이다.

사람은 어떤가. 언필칭 사람의 생명은 그 무엇과도 바꿀 수 없다고 한다. 기독基督은 "천하를 얻고도 목숨을 잃으면 무슨 유익이 있겠느냐”고 했고, 공자孔子는 “하늘과 땅 만물 가운데 사람이 제일 귀하다”고 했다.

사람의 생명이 이토록 귀하단 말인가. 귀하다는 데 싫어할 사람이 어디 있으랴만, 그런 것 같지가 않다. 걸리는 게 사람이다. 아침저녁 경인선 전철을 이용한다. 전철 속의 사람은 사람이 아니다. 서로 밀고 밀리는 귀찮은 존재에 불과할 뿐이다. 지식도, 지위도, 아무런 의미가 없다. 너를 압박하는 나, 나를 압박하는 너, 여기에 무슨 인격이 있겠는가. 젊은 여성 뒤에서 치근덕거리는 치한도 있고, 남의 지갑을 엿보는 도둑도 있다. 가장 가까운 사람에게 괴로움을 주고, 가장 가까운 사람으로부터 미움을 받는다. 어찌 전철뿐이랴. 시장도 거리도 다를 바 없다. 슬프고도 부끄러운 오늘의 현실이다.

사람의 무엇이 그토록 귀하단 말인가. 생각할수록 아리송하다. 개는 작을수록 값이 있고, 소는 클수록 제값을 받는다. 사람은 어떤가. 젊고 예뻐야 잘 팔린다는 말이 낯설지 않다. 이 무슨 해괴한 소린가. 사람의 값도 겉에 있다는 말인가. 그렇다면 나 같은 몰골은 서푼어치도 못 된다.

뒷골목 얘기라고 웃어넘길 일이 아니다. 앞골목이 없으면 뒷골목도 없다. 사는 사람이 없는데, 어찌 파는 사람이 있겠는가.

사람과 짐승이 어떻게 다른가. 인면수심人面獸心이라는 말이 있고 보면, 귀신도 그 구별이 쉽지 않을 것 같다. 내가 나를 알기도 어렵다. 겉 다르고 속 다르기 때문이다. 겉은 사람인데 속은 늑대도 되고 구렁이도 되기 일쑤다. 서리를 몇 번이나 더 맞아야 스스로 부끄럽지 않는 날이 있을는지……

사람과 짐승은 헝겊 한 장 차이라는 말이 있다. 가릴 곳을 가릴 줄 아는 것과 모르는 것의 차이밖에 없다는 해학이다. 헝겊

한 장 차이, 오십보백보요 거기서 거기다. 그런데도 유독 사람만이 제일 귀한 이유를 알 길이 없다.

"사람이면 다 사람인가, 사람다워야 사람이지." 어릴 때부터 귀가 닳도록 듣던 말이다. 들을수록 당연하고 생각할수록 모호하다. 말이야 쉽다. 부모는 부모답고 자식은 자식답고, 스승은 스승답고 제자는 제자답고. 어떤 것이 '—다운' 것인가.

답다는 것은 격格을 말한다. 사물에도 격이 있듯, 사람도 격이 있다. 사람의 격은 규격이 없다. 대인의 격 다르고 소인의 격이 다르다는 의미다. 큰그릇은 큰그릇대로 격이 있다. 크다고 귀한 것도 아니요 작다고 천한 것도 아니다. 작을수록 귀한 것도 얼마든지 있다. 나다운 내 격은 무엇인가. 평생이 걸려도 이루지 못할 영원한 미완성이 될는지도 모른다.

사람의 가치는 무엇일가. 상품의 가치가 효용성에 있듯, 사람의 가치도 효용성에 있는 것은 아닐까. 어느 곳이나 없으면 안 될 사람이 있고 있어서 안 될 사람도 있다. 꼭 있어야 할 사람, 있어도 그만 없어도 그만인 사람, 차라리 없으면 더 좋을 사람으로 구분되기 마련이다. 누가 더 가치 있는 사람인가.

나라에 필요한 사람은 애국자요 인류에 필요한 사람은 성인聖人이다. 필요는 주관이 아니라 객관이다. 내가 필요하다고 필요가 아니라는 말이다. 그런데 이 어인 일인가. 선거철만 되면 무슨 애국자가 그리도 많은지, 너무 감격해서 눈물이라도 흘릴 지경이다. 그 훌륭(?)한 인물들이 제각기 그 자리에 자기가 꼭 필요하다는 항변이다.

내가 아니면 안 된다는 애국자들 때문에 얼마나 많은 백성들이 피를 흘렸던가. 전직 대통령 두 분이 죄수복 차림으로 법정에 섰다. 입만 열면 구국충정을 외치던 분들이다. 그 자리에 있어서는 안 될 사람들이라는 생각에, 연민의 정을 금할 길이 없다.

 겨우 식솔들의 울타리 노릇이나 하고 있는 나 같은 위인을, 어디에 쓰겠는가. 이제껏 내 보호를 받던 식솔들이 이제는 도리어 나를 보호하려 든다. 세월을 먹었다는 증거다. 내 가정 밖에서는 그 어디에도 없다고 안 될 것도 없는 그저 그런 존재다. 효용이 없는데 가친들 있겠는가. 그러나 어찌하랴. 나이를 먹었으니 나이 값이라도 할 수밖에.

 제자리를 지키는 것도 나이 값이다. 어른이 제자리를 지키지 못하면 그 가정의 질서가 무너진다. 가정이 무너지면 사회가 무너질 수밖에 없다. 오늘 이 사회가 이토록 혼란스러운 것은 어른들이 나이 값을 못한 데에 그 원인이 있지 않겠는가. 사람과 짐승의 형겊 한 장 차이는 사고思考의 차이다. 사고의 차이는 하늘과 땅만큼 멀다.

 사람의 가치는 사고에 있다. 사고는 곧 존재存在다. "나는 생각한다. 고로 존재한다"는 파스칼의 철학적 명제는 사람의 가치를 일깨우는 영원한 진리다. 무엇을 생각하는가. 사람으로서 바른 생각이다. 원고지 앞에서 피를 말리는 소이가 여기에 있다. 생각을 모아 원고지 몇 장 메꾸기가 이토록 어렵단 말인가.

 앞산에 물든 노을이 메마른 내 가슴에 포근히 젖는다. (1996)

쇠머거리

'쇠머거리'가 있다. 내 살던 시골 사투리로 '진둥개'라 불렀다. 소의 사타구니 무른 살에 서식하는 기생충이다.

직접 확인해 본 일은 없지만, 먹는 입은 있어도 배설하는 항문은 없다고 들었다. 욕심 많은 사람을 빗대는 말 같기도 한데, 아무튼 흥미로운 얘기가 분명하다. 들숨이 있으면 날숨이 있다. 호呼가 있으면 흡吸이 있는 게 생명의 법칙이다. 흡만 있고 호가 없다면 어찌 되겠는가. 풍선처럼 점점 커지다가 끝내는 터질 수밖에 없다.

쇠머거리가 그렇다. 한번 자리를 잡으면 그곳에서 점점 배를 불리다가 죽음을 당한다. 아주까리 열매만큼 큰 것도 자주 보았다. 이쯤 되면 주인의 눈에 띄게 되는데, 쇠머거리의 최후는 이렇게 온다.

참으로 불경스럽게도 전직 대통령을 보고 쇠머거리를 떠올렸다. 옛날 같으면 능지처참을 당하고도 남을 일이다. 숨겨 놓은 검은돈이 몇 천억이 된다고 온 나라가 가마솥이다. 요사이 술집

매상고가 부쩍 늘었다는 말이 나올 정도니, 더 말해서 무엇하랴. 살맛 안 나는 세상일수록 술맛은 나는가 보다.

어디든 사람이 모이는 곳이면 온통 그 얘기뿐이다. 단군할아버지가 1년에 1억씩 지금까지 모아야 되는 돈이라는 등, 대통령 월급을 몇 만 년 모아야 되는 돈이라는 등, 대통령이 아니라 대도령大盜領이라는 등, 현기증이 날 정도다.

하늘보고 침 뱉기란 말이 있다. 뱉은 침이 제 얼굴에 떨어진다는 말이다. 존경받는 전직 대통령이 없다는 나라는 누가 뭐래도 분명 불행한 나라다. 대통령을 놓고 입방아를 찧는 백성 또한 다를 바 없다. 우리가 어쩌다 이리 되었는가.

권좌에 오래 있었던 몇 분의 귀하신 분들이 있다. 처음 분은 노욕老欲이 노추老醜가 되어 오명汚名을 남겼고, '잘살아 보세'를 외치던 분은 아집과 과욕으로 일관하다가 궁정동 지하에서 비운의 주인공이 되고 말았다.

유신維新이 무너진 후 역사의 새봄이 오는 듯했다. 왕도王道의 새 시대가 열릴 줄 알았다. 그런데 이 어찌된 일인가. 왕도가 아니라 패도覇道의 연장이었다. 못 보던 새 별이 갑자기 나타나 눈을 부라리며 정의사회를 외쳤다. 어찌하겠는가. 힘없는 민초民草들은 말똥말똥한 눈망울로 지켜볼 수밖에……

닭의 목을 비틀어도 새벽이 온다고 했다. 흐르는 역사는 탱크로도 막을 수 없다. 역사는 한 편의 드라마가 아니던가. 10·26도 드라마요, 12·12도 5·18도 한 편의 드라마다. 맡은 배역이 끝나면 누구나 무대 뒤로 물러갈 수밖에 없다. 영광의 주연이 비운의 조연이 되었다. 가려 둔 범죄가 하나 둘 머리를 들면서 '죄송하다'는 말을 남기고 백담사로 떠났다. 역사는 이래서 무섭다.

무대가 바뀌고 새로운 주연이 등장했다. 나는 그와 다르니 믿어 달라고 목청을 높였다. '보통사람이 보통사람의 보통시대를 열겠다'고 했다. 귀가 여린 민초들은 '보통'이라는 말에 친근감을 가졌다. 산사山寺에서 승복차림으로 참회하는 모습을 봐서라도 뭔가 다르리라고 믿었다. 무대 앞에서 나는 깨끗하다고 항변을 했다. 참는 데도 한계가 있다고 근엄한 표정을 짓기도 했다. 제발 그 말이 진실이기를 바랬다. 우리에게도 깨끗한 전직 대통령이 있다고 자랑하고 싶어서도 그랬다.

그런데 이 어인 일인가. 이분은 한술 더 떴다. 앞에 분이 아마추어라면 이분은 프로였다. 그토록 믿어 달라고 외치던 분이, 국민 앞에 고개를 떨구고 용서를 빌었다. 숨겨 둔 통치자금(?)이 몇 천 억이 된다고 울먹였다.

참으로 부끄러운 일이다. 돌팔매도 달게 받겠다는 그분이 아니라, 내가 부끄럽고 우리가 부끄럽다. 아직껏 자랑할 만한 전직 대통령 하나 없는 나라의 백성이기에 하는 말이다.

백화점이 무너진 것도, 한강 다리가 동강난 것도, 가스가 폭발하고 여객선이 전복된 것도 이보다 더하지는 않을 것 같다. 이 세상 어디에 얼굴을 들 수 있으랴. 지지리도 복 없는 백성들이다. 좋은 부모는 자식의 복이요, 어진 군왕은 백성의 복이기에 이르는 푸념이다.

장부일언丈夫一言은 중천금重千金이라 했다. 그렇다면 군왕의 일언은 무엇인가. 거짓말을 잘해야 군왕이 된다는 말인가. 초롱초롱한 눈망울들이 지켜보고 있는데, 이를 어찌하랴.

이제 그는 살았으나 산 게 아니다. 산 게 아니라면 더 말할 나위도 없다. 다만 순박한 민초들의 이 아픈 상처를 누가, 무엇으로, 어떻게, 치유할 것인가 이것이 문제다.

국고에서 지원하는 연금 같은 것 사양하고, 선대로부터 물려 받은 유산까지도 그 일부를 정리하여 그늘진 이웃에 돌리고, 자연인으로 자유롭게 살 수는 없었을까.

낮아질수록 높아지고 작아질수록 커지고 가릴수록 드러나는 게 그분들의 삶이다. 그런데 이 무슨 꼴인가. 연희동은 두 전직 대통령이 사는 마을로 유명하다. 골목 어귀에서부터 오가는 사람을 감시하는 특별한 곳이다. 무에 그리 두려운지 알 길이 없다. 백보를 양보해서 간첩 때문이라고 치자. 그러나 꼭 그렇다고 믿을 사람은 아무도 없을 듯싶다.

대통령 —, 분명 귀한 자리다. 예부터 군왕은 하늘이 낸다는 말이 있으니 더욱 그렇다. 그러나 백성이 두렵다면 그를 어찌 귀하다 하랴. 이웃집 아낙네들까지 떼를 지어 삿대질을 한다면, 다한 말이다. 인심은 천심이라 했다. 백성이 곧 하늘이라는 말이다. 손바닥으로 하늘을 가릴 수 없듯, 백성도 마찬가지다.

"참담한 심정"이라며 고개를 떨구는 높고 귀하신 두 분을 보면서, 불경스럽게도 쇠머거리가 떠오르는 것은 웬 조환가.

역사는 이래서 무섭다. 누구를 탓하랴. 복 없는 이 나라 백성으로 태어난 내 꼴을 탓할 수밖에……. (1995)

멧새의 푸념

황새동네에 멧새 꼴, 요사이 내 삶이 그렇다. 그 잘난 황새들 등살에 별로 못날 것도 없는 멧새는, 마치 개밥에 도토리 신세다. 그렇다고 절 싫은 중처럼 떠날 수도 없다. 어쩌겠는가. 바람에 흔들리는 풀잎이 되어 이리저리 밀리면서 푸념이나 할 수밖에…….

문밖을 나서기가 두려울 정도다. 웬 잘난 사람들이 그리도 많은지 조금만 방심하면 가차없이 봉변을 당한다.

명색이 글쟁이라고 쓰던 문장이 막히면 길을 가도 그 생각뿐이다. 꿩은 콩밭에 마음이 있듯, 감으나 뜨나 망망대해 같은 원고지만 아른거린다. 누구를 탓하랴만, 이런 날이면 으레 마른하늘에 날벼락이다. 부라린 눈으로 경적을 울려 대는 것은 예사요, 된 발음에 금방이라도 결단을 낼 것 같은 험악한 상황도 자주 겪는다. 그 퍼어런 서슬에 주눅이 들어 자식 또래의 젊은이한테도 움츠러드는 몰골이 가증스럽다.

쌀독에 인심 난다는 말이 있다. 맞는 말이다. 쌀독이 그득하면 배고픈 이웃에게 밥 한술 나눌 줄 아는 훈훈한 인정이 넘치기 마련이다. 걷는 이보다 탄 분들이 훨씬 더 여유가 있지 않겠는가. 서서 걷고 앉아서 가는 그 자체만 봐도 그렇다. 그런데 여유가 있어야 할 귀한 분들이 왜 그리도 조급하고 인색한지, 참으로 모를 일이다. 좁은 골목길만이라도 타고 다니는 분들이 좀 더 너그러울 수는 없는 것일까. 많이 가질수록 인색하고 빠를수록 조급하다면, 이는 분명 예삿일이 아니다. 셋방에 살아도 자가용이 있어야 된다는 묘한 세태를 모르는 바 아니다. 아빠 차와 엄마 차, 누나 차와 동생 차가 있다는 말도 익히 들었다.

비록 좁지만 내 집이 있고 받을 것은 있어도 줄 것은 없으니 그 흔한 중고차 한 대쯤 못 굴릴 처지도 아니다. 수송병과로 군을 마쳤고 기십 년 무사고 면허증이 서랍에서 놀고 있다. 그런데도 고집스레 걷기를 즐기는 것은, 누구보다도 내가 나를 잘 알기 때문이다.

누울 자리 봐서 발뻗는다 했다. 제 주제를 알라는 말일 게다. 강단講壇에서 물러나 가난한 선비를 자처하며 원고지나 끄적거리는 위인이, 어찌 가당키나 한 일인가. 내 만일 허세를 부린다면, 아마 골목 강아지도 웃을 일이다. 구태여 핑계를 하나 더 든다면, 두려움이 없는 것도 아니다. 얼핏하면, 'ㅇ새끼야! 야이 ㅇ할 년아!' 어찌 그리 표독하고 저질스러운지 차마 눈뜨고 볼 수가 없어 고개를 돌리고 만다. 부모 죽인 원수라고 만난 듯 눈에 불을 켜고 대드는 데는, 당할 재간이 없다. 내 굳이 큰 차를 이용하는 소이가 여기에 있다면, 아마 불출不出이 따로 없다고 웃을 일이다. 웃는 게 무슨 대수랴. 큰 차에 흔들리며 즐기는 나른한 여유, 조급한 분들은 쥐어줘도 모른다.

이왕 시작한 푸념이다. 며칠 전 일이다. 고향행 고속버스에

묘령의 여인과 동석을 했다. 책을 펴든 다소곳한 모습이, 막 피
어난 한 송이 백합이었다. 문학을 징검돌 삼아 아름다운 인연이
될 수 있겠다는 설레임은, 그녀의 핸드백 속에서 울리는 전화벨
소리에 산산이 부서지고 말았다. 그저 그렇고 그런 얘기가 끝날
줄을 모른다. 시시콜콜한 너스레와 수다, 백합이 아니라 속 빈
강정이었다.

 나라고 질세라 뒷자리에 젊은 청년이 '여보세요'를 외쳐 댄다.
앞에서, 저만큼 뒤에서 전화기를 꺼내들고 키득거리는 문화인(?)
들, 잠시도 쉴 틈이 없다. 공해가 어디 따로 있으랴. 길을 걸으
면서도 '여보세요' 버스 속에서도 '여보세요' 변소에 앉아서도
'여보세요' 시도 때도 없이 잘 터진다는 그들의 광고처럼 앉은자
리 누운 자리 가리지 않고 터지고 있다. 조용해야 할 교실에서
도 의료기계가 민감한 병원에서도, 총알같이 달리는 운전석에서
도 거침없이 터져 대는 핸드폰, 이건 공해를 넘어 횡포에 가깝다.

 아무리 말 타면 종 부리고 싶고 앉으면 누우려 드는 게 사람
의 욕심이라 하지만, 거리거리 걸리는 게 전환데 꼭 손에 들고
다녀야만 마음이 놓이는 것일까. 업무상 꼭 필요한 사람도 없지
는 않으리라. 그러나 편리하다는 이유만으로 너도나도 들고 다
닌다면, 이 또한 예삿일이 아니다.

 수백만 명의 근로자를 거리로 몰아낸 국가부도위기도, 결국
그 잘난 허영심의 산물이라면 억설일까. 우리의 휴대폰 보급율
이 미국이나 일본을 능가한다는 사실에 경탄을 금치 못한다.

 6·25 이후 최대의 난국이라는 이 어려운 고비에 꼭 이래야만
하는가. 이래저래 멧새의 어안은 그저 벙벙할 따름이다. 자기
과시를 위해 몸을 부풀리는 파충류가 있다. 겉은 그럴 듯한데
속은 텅 빈 허풍선이, 숨길 수 없는 오늘 우리의 자화상이 아닌

가 싶다.

청백한 삶이 아니었다면 황희 정승이 이제껏 존경받기 어려울 것이요, 아름다운 시 몇 편을 남기지 못했다면 요절한 시인 소월을 누가 기억이나 하겠는가. 황새 등살에 이리 밀리고 저리 쫓기면서도 알찬 멧새로 살려는 까닭이 여기에 있다.

한 달에 기백은 예사요 심지어 몇 천만 원짜리 고액과외가 요즈음 화제가 되고 있다. 모 대학총장은 그로 인하여 물러났고 내로라하는 귀한 분들이 줄줄이 쇠고랑을 찼다. 더욱더 놀라운 것은, 뒷골목에서 돈을 벌어 자식들 과외를 시킨 엄마도 있다는 얘기다. 이 위대(?)한 모정母情에, 울어야 할지 웃어야 할지, 그 판단이 쉽지가 않다. 참으로 놀라운 현대판 맹모孟母들이다.

어차피 시작한 푸념에 불출不出이의 자식자랑이 빠질 수 있겠는가. 아이들 다섯이 대학에 들어갔다. 서울과 그 주변이어서 신통하고, 그중 하나가 그토록 어렵다는 S대에 합격을 했으니, 방통하다. 과외는커녕 학원도 제대로 못 다닌 아이들이다. 아직은 겉보다 속을 중히 여기며 풋풋한 들꽃으로 자라고 있다. 이 아니 고맙고 대견한 일인가.

황새동네에 멧새 꼴, 요사이 내 삶이 그렇다. 그 잘난 황새들 등살에 밴댕이 속만 한 심사가 편치를 않다. 그러나 어찌하랴. 맹인 개천 나무라듯, 푸념이나 질펀하게 할 수밖에……. (1998)

별 하나 나 하나

"**별** 하나에 추억과 별 하나에 사랑과 별 하나에 쓸쓸함과 별 하나에 시와 별 하나에 어머니, 어머니……."

소년 시절 별을 헤이며 꿈을 키우던 애송시다. 오매와 둘이 살던 오두막 뜰안에 밤마다 별빛이 쏟아져 내렸다. 멧방석에 누워 하늘을 보면 그 영롱한 빛깔에 취하고 만다. 낙원이 어디 따로 있으랴. 별빛에 취하던 그 숱한 밤들이 동화의 세계로 아른거린다.

측간 지붕 위에 하얀 박꽃, 채마밭 울타리에 퍼어런 개똥불, 매캐한 모깃불에 개구리 소리 자지러지는데 삭신이 쑤신다던 오매는 어느새 잠이 들고 잠 못 이룬 두견이를 벗삼아 초롱한 눈망울은 별나라에 박힌다.

어느 게 네 별이고 어느 게 내 별인가. 잘근잘근 씹고 싶은 사탕별, 주렁주렁 달고 싶은 보석별, 예쁜 소녀의 눈빛 같은 별, 바르게 살라시던 스승 같은 별, 밤마다 소년은 별사탕 먹고 별보석 달고 별 희망 별 꿈을 다 키웠다.

그런데 이 어인 일인가. 십 년이면 강산도 변한다 했는데 사십 년 세월에 하늘도 변했단 말인가. 벌써 며칠째 그 꿈 많던 별들을 볼 수가 없다. 내 부실한 시력 탓인가 싶어, 눈을 씻고 다시 봐도 마찬가지다.

은가루를 뿌린 듯한 은하수는 흔적도 없고 칠석날 오작교에서 정한情恨의 눈물을 흘린다는 견우와 직녀도 행방이 묘연하다. 삼태성, 북두칠성, 북극곰자리, 어디에 숨었는지 알 길이 없고 물간 생선 눈 같은 맥없는 별, 겨우 일곱을 세고 눈을 감았다. 괴이한 일이다. 하늘에 이변이라도 일어났다는 말인가. 별 없는 하늘, 상상도 못한 일들이 목전에 벌어지고 있다.

그게 무슨 대수냐며 비웃는 사람들이 적지 않다. 별 볼일 없는 하늘을 왜 보느냐며 놀리는 친구, 그럴 시간 있으면 고스톱이나 치자는 패거리, 주변머리 없는 이유를 알겠다고 이죽거리는 지우知友, 아마도 내가 더위를 먹긴 먹은 모양이다.

덥다. 뜰 앞에 나뭇잎이 까닥도 않는다. 가만히 있어도 금세 등줄기가 후줄근하다. 쪽빛 하늘은 잿빛이 되었고 산도 들도 희뿌연 매연에 몸살을 앓는다. 지척咫尺의 앞산이 십 리만큼 보이고 인왕에서 남산이 백 리보다 멀어 보인다. 설상가상으로 오존주의보까지 내려진 도시는 금방이라도 숨이 막힐 지경이다.

사천오백여 만 명이 북적대는 이 좁은 땅 위에 자동차 천만 대가 굴러다닌다. 산이고 바다고 어디 한곳 성한 데가 없다. 땅이 이처럼 중병을 앓는데, 어찌 하늘인들 온전할 수 있으랴.

자연은 질서의 세계다. 계절의 변화도 약육강식弱肉强食도 엄존하는 자연의 질서다. 만일 이 질서가 무너지면 어찌 되겠는가.

오수부동五獸不動이라는 말이 있다. 쥐, 고양이, 호랑이, 사자, 코끼리가 한 울안에 있으면 서로 움직이지 못한다는 뜻이다. 자연의 질서를 풍자諷刺한 흥미로운 얘기다. 고양이 앞에 쥐, 호랑이 앞에 고양이는 천적天敵의 관계다. 호랑이는 사자 앞에 운신運身이 어렵고 사자는 코끼리의 눈치만 살핀다. 그렇다면 코끼리가 백수百獸의 제왕帝王이라는 말인가. 생쥐는 코끼리를 두려워하지 않는다. 도리어 코끼리가 제일 경계하는 동물이 생쥐다. 코끼리를 무동 타고 희롱하는 생쥐, 오묘한 자연의 질서에 감탄이 절로 난다.

개구리가 뱀을 잡아먹는다고 온 나라가 난리다. 개가 호랑이를 문 것만큼이나 놀라운 사건이다. 한 자쯤 된다는 황소개구리다. 소처럼 운대서 붙여진 이름인데 이전에 못 보던 괴물이 분명하다. 뱀은 물론이요 개구리가 개구리를 먹고 그도 모자라 붕어, 메기, 미꾸라지, 닥치는 대로 씨를 말리고 있다는 것이다. 이대로 가다가는 생태계가 파괴되어 예기치 못한 일들이 일어날 것은, 불을 보듯 뻔한 일이다.

환경부장관까지 앞장서서 그 괴물과 한판 승부를 벌이고 있다. 예사로운 일이 아니다. 이심전심으로 터져 나오는 말세의 징조가 이렇게 나타나고 있는지도 모른다. 황소만 한 돼지, 코끼리만 한 황소를 만든다는 유전공학은, 사람까지 복제하기에 이르렀다. 사람의 교만이 어디까지 갈 것인가. 소 같은 돼지, 코끼리만 한 황소, 생각만 해도 소름이 끼친다.

별 없는 밤, 쳐다볼 하늘마저 잃어버린 민초는 답답한 가슴앓이에 기침만 콜록이고 있다.

아이들이 아이들 같지 않다고 개탄하는 소리가 높다. 학원 폭력은 공권력이 동원될 정도로 그 뿌리가 깊다. 바캉스 비용을 마련하기 위해 술시중을 드는 여학생, 명함까지 돌리며 여학생을 유흥가에 알선하는 남학생, 입에 담기조차 민망스러운 해괴한 비디오 촬영, 어른들도 상상하기 어려운 일들을 서슴지 않는다.

어찌해야 하는가. 어쩌다 우리 아이들이 이리 되었는가. 때리고 가둔다고 될 일이 아니다. 법이 발달할수록 범죄가 기승을 부리는 게 오늘의 현실이 아니던가. 밤하늘의 별, 뛰다 못해 달려야 겨우 살 수 있는 세상에 무슨 잠꼬대냐고 항변할는지도 모른다. 문제는 여기에 있는 것이 아닐까. 어머니 젖가슴 같은 자연의 정서를 하찮게 여기는, 그 잘난 문명인들의 자업자득이라는 생각이 지워지지 않는다.

덥다. 오존주의보가 지방도시까지 내려졌다는 소식에 현기증이 도진다. 임진강 물고기가 죽음으로 항변을 하고 뱀을 먹은 개구리가 왕방울 눈을 부라리고 있다. 우리는 지금 어디로 가고 있는가. 윗마당屋上에 돗자리 깔고 밤이 깊도록 별을 헨다. 별 하나 나 하나 별 둘 나 둘…….

오늘은 어제와 달리 내 나이만큼 셀 수 있어서 흐뭇한 마음이다. 별 하나에 추억과 별 하나에 시와 별 하나에 어머니, 어머니……. (1997)

어느 나라 풍습인가

잠자리에 들 시간인데도 창밖의 소란은 그칠 줄을 모른다. 무상한 세태를 탓하며 그러려니 하면서도, 뒤틀리는 심사를 어쩔 수가 없다.

오징어 가면을 앞세운 패거리들이 난장亂場을 치는데 초롱을 밝힌 집 대문은 반응이 없다. 그러면 그럴수록 더욱 목청을 높이고 마지못해 얼굴을 내민 쪽은, 올 테면 오고 갈 테면 가라는 식으로 강 건너 불구경이다. 뛰는 놈 위에 나는 놈 있다고, 버티기 수법에 김빼기 작전이 목불인견目不忍見이다.

술잔이 돌고 노래가 흐르고 밀고 당기기 무려 두어 시간, 하얀 봉투가 바닥에 깔리면서 괴이한 의식은 대단원의 막을 내린다. 도대체 어느 나라 풍습인가.

예부터 혼례婚禮는 인륜지대사人倫之大事라 했다. 백 번 맞는 말이다. 부부夫婦의 만남보다 더 크고 귀한 일이 사람의 일생에 어디 그리 흔하겠는가. 엄숙하고 성스러운 예식의 당위성이 여기에 있다.

‘웨딩홀’로 이름이 바뀌기 시작한 예식장은 공휴일만 되면 발디딜 틈도 없다. 축하를 받는 쪽이나 하는 편이나 성의가 없기는 거기서 거기다. 축의금을 내면 그 자리에서 다른 봉투 하나를 되돌려주는 지방도 있다. 국밥이라도 한 그릇 먹고 가라는 고마운 배려다. 도대체 어느 나라 예절인가.

빛바랜 조화造花, 앞사람이 쓰던 양초, 어수선한 분위기, 어느 한구석 성스러움이 보이질 않는다. 입장에서 행진까지 불과 십여 분, 모두가 밀물과 썰물이요 스치고 지나가는 바람결이다.

이로써 모든 게 끝난 것은 아니다. 함을 팔던 악동惡童들의 뒤풀이 무대가 기다리고 있다. 거꾸로 매달아 끌기는 예사요 신발짝에 술을 따라 신부에게 먹이고 신랑의 손을 묶어 승용차 뒤에 뛰게 하고, 별 희한한 짓거리가 질펀하게 펼쳐진다. 우리가 어쩌다 이 지경이 되었는가.

결혼 청첩을 자주 받는다. 겉봉은 부모 이름인데, 속은 그 자식의 인사말이다. ‘저희 두 사람이 사랑으로 하나를 이루려 하오니 부디 오시어 축복해 주십사’ 하는 내용이다.

청첩인이 누구인지 아리송하다. 더욱 기가 차는 것은, 아무개 씨의 장남 ○○군과, 아무개 씨의 차녀 ○○양이라는 문구다. 제 부모 함자에 씨를 붙이고 제가 저에게 군君이라는 칭호를 스스럼없이 쓰는 용기에 할 말을 잃고 만다.

자식은 부모의 함자를 함부로 쓰는 게 아니다. 객지에 있는 자식이 부모에게 서신을 올릴 때도 제 이름을 쓰고 ‘본가입납’이라 하는 게 예의다. 더욱이 씨氏는 부모에게 쓰는 존대어가 아니다. 우리의 예절이 어쩌다 이 지경이 되었는가.

큰아이를 출가시키면서 청첩장은 만들지도 않았다. 가까운 막역 세 분은 구두로 전했고 팔촌 이내의 일가는 인편으로 알렸다. 친가와 외가에서 찾아온 칠십여 어른들, 물보다 진한 피를 절실히 느꼈다.

"저희 가정에 맏아들 ○○이가 어언 자라 아무개 선생의 맏딸 ○○을 지어미로 맞는 혼례를 올립니다. 여가 있으시면 들리시어 덕담 주셨으면 하는 마음으로 이 소식 전합니다."

마음속에 그려 보는 청첩의 문안文案이다. 모르면 몰라도 받으시는 분의 마음에 기억되지 않을까 싶다.

지난 주 수요일97. 12. 3 둘째 사위를 맞이했다. 대학에서 강의를 하다가 할부금융업과 요사이 유행하는 생활한복을 제조하는 듬직한 청년이다.

교육문화회관 가야금실은 평일이어서 조용하고 아늑했다. 새로 단장한 생화 꽃길이 싱그럽고, 특별히 준비한 기념 초 세트는 산뜻했다. 존경하는 은사를 주례로 모시고 양가의 일가와 가까운 지우知友 오십여 분이 자리를 잡았다.

이채로운 혼인서약, 돌에 새길 주례사, 분위기 있는 만찬, 신랑신부의 인사말, 조촐하면서도 품위를 잃지 않아 그런대로 괜찮아 보였다. 잔치는 신랑 부모가, 다른 준비는 신부 부모가 맡기로 하고 축의금은 사양을 했다. 요사이 젊은이들 같지 않게 소박하고 검소한 예식을 원한 서방각시의 손을 꼬옥 잡고, 흐뭇해하는 양가 어른들의 눈길이 잊혀지지 않는다.

혼사가 성립되면 신랑댁 혼주婚主는 사성四星과 혼서婚書를 예단禮緞과 함께 정중히 보냈다. 신부댁 부모는 조상께 고하고 길일吉日을 택하여 허혼서許婚書와 함께 답을 하는데, 이를 연길涓吉이라 했다. 우리 전통 혼례의 절차다. 이 얼마나 아름다운 풍습인가. 출가하는 딸아이의 꽃가마를 앞세우고 아버지와 문중 어른 몇 분이 뒤를 따랐다. 신랑댁에서는 이 손님들을 상객上客으로 극진히 맞이했다. 돌아오기 전 사돈댁 안방에 들어가 정중한 인사를 나눴다. 남의 집 며느리가 된 어린 자식의 술잔을 받고, 속 깊은 말 한마디를 가슴에 심었다.

"너는 이제부터 이 가문의 며느리요, 한 남편의 아내가 되었다. 사람의 도리를 다하여 가문에 누가 되지 않도록 하여라." 시부모를 향한 공손한 부탁도 잊지 않는다. "어리고 불민不敏한 여식을 며느리로 받아주셔서 고맙게 생각합니다. 부디 어여삐 여기시어 자식으로 거두어 주시기 바랍니다."

품어 기르던 자식을 인계하고 인수하는 실로 엄숙한 의식인 셈이다. 교차되는 만감을 속으로 삼키며 문턱을 넘어서는 발걸음이 오죽하겠는가. 마당까지 따라나온 아이에게 눈길 한번 주지 않고 총총히 멀어지는 아버지의 바위 같은 뒷모습이, 어린 가슴에 한평생 태산으로 남아 있다.

이를 어찌 전 근대적이라 탓할 수만 있겠는가. 어언 세월을 먹어 안아 기르던 아이 둘을, 남의 집 며느리로 보냈다. 문득 속울음이 묻어나던 누나들의 꽃가마가 떠올라, 혼례의 어제와 오늘을 생각해 보았다.

망국병이라 개탄하는 과다 혼수, 호화결혼, 도대체 어느 나라 풍습인가. (1997)

견공오륜犬公五倫

사람이 지켜야 할 도리道理를 윤리라 한다. 크게 다섯 가지 덕목으로 나누어 오륜五輪이라 했다. 부모와 자식은 친親이요, 임금과 신하는 의義요, 남편과 아내는 별別이요, 늙은이와 젊은이는 서序며, 친구끼리는 신信을 일컫는다.

윤리와 도덕이 땅에 떨어졌다고 개탄하는 소리가 높다. 상전桑田이 벽해碧海되고 천지天地가 개벽開闢인데, 윤리와 도덕인들 온전하겠는가.

몇 년에 한 번씩 적선하듯 한 표를 던져 대통령을 새로 뽑는 세상에 임금과 신하가 어디 있으며, 부모와 자식이 따로따로 살기를 원하는 마당에 효孝와 친親이 어찌 옛날 같겠는가. 제 자식을 두려워하는 부모도 많고, 제 아비가 누군지도 모르는 아이들이 적지 않다. 밤보다 낮시간에 더 성업이라는 러브호텔이 우후죽순雨後竹筍이요, 늙을수록 젊은이 앞에 처신을 조심해야 하는 참으로 묘한 세상이 되고 말았다.

삼강三綱은 무엇이며 오륜五倫은 무엇인가. 우연한 기회에 견공

오륜太公五倫이라는 글을 읽었다. 개에게 공公을 붙인 발상에서부터 눈길을 끈다. 견공犬公이라~, 공公이라 해도 손색이 없나 보다. 하기사 개 대접도 못 받는 사람들이 얼마나 많은 세상인가. '우리 개 모욕하지 말라'며 독기를 품는다는 귀부인(?)들의 얘기도 심심찮게 들리는 것을 보면, 바야흐로 개판(?)의 시대가 열리는지도 모른다.

각설하고, 견공오륜이나 한번 들어보자. 첫째는 빈지기자頻舐其子요, 둘째는 불폐기주不吠其主요, 셋째는 교미유시交尾有時요, 넷째는 소불적대小不敵大요, 다섯째는 일폐군응一吠群應이라는 것이다. 진서眞書의 문자文字라 나 같은 무지렁이는 무슨 말인지 알쏭달쏭하다.

'빈지기자'란 제 새끼가 귀엽다고 자주 핥아 준다는 뜻으로 인륜人倫에 비하면 '부자유친父子有親'이요, '불폐기주'는 제 주인은 비록 어려도 짖지를 않고 복종한다는 의미로 '군신유의君臣有義'요, '교미유시'는 암수가 아무 때나 붙지 않고 번식기에만 교미를 하니 '부부유별夫婦有別'로 보아야 하고, '소불적대'란 어린 개는 늙은 개에게 덤비지 않는다는 것으로 '장유유서長幼有序'며, '일폐군응'은 한 놈이 짖으면 온 동네 개가 다 따라 짖는다는 말인데, '붕우유신朋友有信'에 해당된다는 뜻이란다.

허~, 한대 얻어맞은 기분이다. 개만도 못하다는 말의 의미를 알 것도 같다. 개의 제 새끼 사랑은 유별나다. 그렇게 온순하던 누렁이도 새끼만 낳으면 사나워진다. 주인도 조심하지 않으면 봉변을 당하기 쉽다. 새끼가 눈을 뜰 때까지 수시로 핥아 주며 귀여워한다. 부모와 자식의 사랑이 어찌 사람에게만 있겠는가.

불폐기주만 해도 그렇다. 낯선 사람은 발로 차이면서도 기를 쓰고 덤비다가, 제 주인은 세 살배기 아이한테도 꼬리를 치며 아양을 떤다. 개가 제 주인에게 사랑을 받는 이유 중 하나다.

골골마다 전해 오는 의견義犬이나 충견忠犬 얘기는 차치하고라도,
제 주인을 배반했다는 말은 들어 본 적이 없다.

요사이, 전직 대통령의 심복 중 한 사람이 인구人口에 회자膾炙
되고 있다. 몇 번이나 영어囹圄의 몸이 되면서도 끝까지 충성하
는 모습이, 조금만 불리하면 상사上司는 물론 제 스승까지도 배
반하기 일쑤인 세태에 화제가 될 만도 하다.

진돗개를 기르는 지우가 있다. 제 머무는 곳에 오물을 남기지
않는 것은 말할 것도 없고, 몇 백 미터 밖 주인의 발자국 소리
를 알고 일어서서 기다릴 줄 안다고 자랑이다. 어지럽게 뛰놀던
아이들이 개의 행동을 보고 아빠를 맞이할 준비를 하면 정확히
5분 후에 초인종이 울린다는 것이다.

'스캉'이라는 이름의 발바리를 한 마리 기른 적이 있다. 이웃
집 마실길을 따라와 문밖에서 기다리고 있다가 주인이 나오면
쫄랑쫄랑 앞장서던 모습이 지금도 눈에 선하다. 몇 백 리 밖에
서 제 주인을 찾아온 개가 광고모델로 출연 중이다. 모델model
이라는 말이 본보기라는 의미도 있고 보면, 견륜犬倫이 풍자만은
아닌 것 같다.

교미유시는 어떤가. 번식기가 되면 온 동네 수캐가 다 모여드
는 것과 아무 데서나 교미를 하는 꼴이 민망스럽기도 하지만,
벽 하나 사이에 시도 때도 없이 창남창녀가 되는 사람에 비해
나으면 나았지 못할 것 같지도 않다. 부부무별夫婦無別이 된 지 오
래다. 성性의 상품화는 옛말이요 심지어 성 오락, 성 스포츠라는
말이 낯설지 않은 세상이 아니던가.

넝마주이를 반기는 청대문집 개를 어찌 탓할 수 있겠는가. 겉
은 다른데 속은 오히려 저보다 나을 게 없다고 히죽이죽 웃을지
도 모른다. 뿐만이 아니다. 소불적대가 사실이라면 분명 예사로

운 일이 아니다. 늙을수록 젊은이를 조심해야 하는 세상이기에 하는 말이다. 폐일언하고, 담뱃불 좀 빌리자는 아이들에게 한마디하다가, 맞아 죽었다는 거짓말 같은 얘기를 신문에서 읽은 기억이 있다. 어쩌다 이 지경이 되었는가.

일폐군응은 개의 의리다. 한 마리가 짖으면 온 동네 개가 다 따라 짖는다. 지금도 시골에서는 무리를 지어 덤비는 광경을 쉽게 볼 수 있다.

사람은 어떤가. 사람 살리라는 비명이 들려도, 내 집 문고리만 붙들고 있는 비정한 현실이 아니던가. 어느 여인이 빌딩 계단에서 치한에게 성폭행을 당해도 구경만 했다는 부끄러운 얘기도 들리는 세상이다.

나 역시 그랬다. 버스 안에서 소매치기를 목격하고도 쏘아보는 그 눈빛에 오금이 저려 눈을 감고 말았다. 불의를 보고도 못 본 체 한 나약한 위선, 이게 솔직한 내 꼬락서니다.

어디선가 개 짖는 소리가 들린다. 인륜人倫은 갈수록 땅에 떨어지고 견륜은 연면히 남아 있다면, 개만도 못하다는 말이 욕도 안 되는 개판(?)의 시대가 오지나 않을까 걱정이다. 걱정도 팔자라면, 할 말이 없다. (1996)

제4부

·

차창에 흐르는 세월

차창車窓에 흐르는 세월歲月

창 밖을 내다보며 깊은 상념想念에 젖는다. 차창에 스치는 풍경은 예나 지금이나 별로 다를 바 없건만, 이전에 못 보던 것들이 어느 날 갑자기 내 눈에 띄면서부터 더욱 그렇다.

그렇다고 없던 것들이 새로 생겨난 것도 아니오, 어둡던 내 눈이 다시 밝아진 것도 아니다. 그러기에 더욱더 상념의 골이 깊은지도 모른다.

심불재언心不在焉이면 시이불견視而不見이요 청이불문聽而不聞이라 했다. 사서삼경 중 하나인 대학大學에 나오는 말이다. 마음이 없으면 보아도 보지 못하고 들어도 듣지 못한다는 뜻이다. 맞는 말이다. 마음에 달이 없으면 아무리 달이 밝아도 그 달이 보이지 않는다. 이제금 저 달이 설움인 줄을 예전엔 미처 몰랐다고 읊은 소월의 시심詩心은 이래서 만인의 심금을 울린다. 마음에 산이 없으면 산은 그저 산일 뿐이다. '마음이 천리면 지척도 천리'라는 말이 가슴에 닿는다.

흐르는 차창에서 무엇을 새로 보았다는 말인가. 무덤이다. 이제껏 안 보이던 무덤이 보였다. 사람이 사는 곳이면 어디든 무덤은 있다. 들이고 산이고 언덕이고, 무덤이 없는 곳은 없을 정도다. 그런데 무덤이 새로 보인다니…… 이 무슨 해괴한 소린가.

차를 타면 누구나 차창을 내다본다. 나도 그랬다. 산이 높아 하늘이 낮게 보이던 산골 소년 시절엔 차창에 서울만 보였다. 말은 나면 제주도로 보내고 사람은 나면 서울로 보내야 한다는 말을 들으면서부터 더욱 그랬다. 송림재를 넘어가는 자동차의 뽀얀 먼지 속에도 서울이 아른거렸다.

음성이 굵어지고 이마에 여드름이 하나 둘 생기면서부터는 단발머리 소녀만 보였다. 하얀 칼라의 교복을 입은 여학생이 검은색 가방을 들고 지나가는 모습이 차창에 스치면 붉어지는 얼굴을 어쩌지를 못했다. 그때는 산도, 들도, 졸졸졸 흐르는 냇물도, 보이지 않았다.

허물어진 조국강토 다시 세운다는 야무진 뜻을 품고, 하늘나라 건설을 위한 농촌계몽운동을 할 때는 일곱 색깔 무지개만 보였다. 하늘도 작게 보였고 온 천하가 내 손안에 있는 줄 알았다. 사랑과 평화와 행복과 이상이 출렁이는 새 세상만 보였다. 뜨거운 깃발을 앞세우고 새 사람, 새 가정, 새 역사를 외치며 살았다. 참으로 겁 없이 살던 시절이었다.

가정을 이루고 가장이 되면서부터 치열하고 진솔한 삶이 조금씩 보이기 시작했다. 아기를 업고 무거운 함지박을 머리에 인 아낙네의 땀방울을 통하여, 아빠를 기다리는 아가들의 눈망울을 보았다.

추석이 가깝던 어느 날 교우敎友의 도움으로 햇고구마 몇 개, 무 줄기 한줌, 그리고 쌀 한 되박을 싸들고 섬진강 뚝길을 걷던 그 밤에, 초라한 내 삶이 달빛에 비틀거리고 있었다.

하늘에서 이상을 노래하던 종달이도, 밀밭 둥지로 내릴 수밖에 없다. 이상과 현실의 함수관계다. 이 평범한 진리마저도 아가들의 해맑은 눈빛에서 깨달았으니, 숙맥이 어디 따로 있으랴.

세월이 물같이 흘러 지명知命의 언덕에 이르러서야, 하늘이 보이고 구름이 보이고 돌돌돌 흐르는 실개천도 보였다. 그런데 참으로 괴이한 일이다. 어느 날 갑자기 산기슭에 크고 작은 무덤들이 정겹게 느껴지니 말이다. 이 무슨 까닭인가. 아마 나이 탓일 게다. 내 이제껏 잊고 살던 수구초심首邱初心이 아니겠는가.

조상의 묘는 후손의 얼굴이라는 말이 있다. 문득 어머니의 초라한 무덤이, 못난 내 몰골로 보였다. 이를 어찌하랴. 성묘 때마다 마땅한 자리를 찾아 들로 산으로 헤맨 지 이미 오래다. 명당이 어디 있겠는가. 여름엔 시원하고 겨울엔 따듯하며 자손들이 쉽게 닿을 수 있으면 더없이 좋으련만, 이 또한 쉽지가 않다. 됐다 싶으면 주인이 따로 있고, 혹 내놓은 땅은 마음에 내키지를 않는다.

지성이면 감천이라 했던가. 면장어른으로 통하는 종숙宗叔께서 내 뜻을 알고 손수 가꾸던 자리를 선뜻 내놓는다. 산세가 아늑하고 발아래 그림 같은 연못도 있어 포근한 자리다. 아버지와 어머니의 뼈를 추슬러 나란히 모시고 돌도 한 벌 세워드렸다. 전면은 함자를, 옆면은 이 세상에 머물던 기간을, 그리고 뒷면은 두 분을 기리는 시 한 편씩을 새겼다.

> 억눌린 방랑길에 뜬구름 벗을삼아
> 큰시름 맺힌아픔 말술로 달래시다
> 물되고 바람되어 허허웃던 아버지.

반그릇 나물밥에 허리띠 조이시고
소쩍새 지샌밤을 속울음 삼키시며
정한情恨을 모정母情으로 꽃피우신 어머니.

비문의 전부다. 내 안에 남아 있는 두 분의 삶이다. 내 딴엔 주절주절 실타래 같은 삶의 잠세어潛勢語라 믿지만, 두 분께 송구스러운 마음 금할 길 없다.

시작이 반이라 했다. 그날 사촌들과 의견이 모아져, 그 이듬해 조부모祖父母와 증조부모曾祖父母까지 삼대를 한 자리에 모시고 똑같이 돌도 세워 드렸다. 여기저기 흩어져 계시던 조선祖先을 한곳에 모신 감회, 실로 무량할 따름이다.

소설小雪이 지났는데도 봄날같이 포근하다. 음력 시월 초 정일丁日에 드리는 시제時祭를 위해 고향으로 가는 열차를 탔다. 오늘도 차창에 스치는 풍경 속에 크고 작은 무덤들이 유독 내 마음에 남는다. 언젠가 선영 아래 나란히 묻힐 우리 부부의 무덤도 보이는 듯싶어, 눈을 감고 살며시 웃는다.

이전에 못 보던 것들이다. 차창에 흐른 세월이 내 속눈을 밝게 해 준 탓일 게다. (1995)

저 언덕을 넘으면

"저 언덕을 넘으면 너는 누구이며 나는 누구인가." 부개정富開亭 난간에 앉아, 어디선가 본 듯한 선시禪詩 한 구절을 되뇌어 본다.

부개정, 삶과 죽음·이승과 저승이 한눈에 내려다보이는 산마루에 원두막 같은 팔각정 이름이다. '초전박살'이라는 섬뜩한 구호가 하늘을 찌르던 시절 군 작전용으로 닦아놓은 헬기장이, 지금은 생활체육공원으로 탈바꿈을 했다. 꽃밭도 만들고 나무도 심고 여러 종류의 운동기구에 정자亭子까지 세워놓았으니, 그 후덕厚德한 치덕治德에 예전 같으면 송덕비라도 하나 세울 일이다.

각설하고, 부개정에 오르면 보이는 게 넘치는 무덤뿐이다. 몇 기나 될까. 한 오만쯤 되느냐는 물음에, 어떤 이는 십만도 넘을 거라며 고개를 돌린다. 그도 그럴 것이 제물포라는 큰 동네에 대표적인 북망北대이 바로 여기다. 묘산묘해墓山墓海, 하나의 도시를 이루고 있다.

그들을 조상弔喪하는 의미로 '묵언정默言亭'이라면 또 모르려니와, 부富를 연다는 부개정富開亭은 어쩐지 어울리지 않는다는 생각이 든다. 설상가상으로 나무를 흉내낸 시멘트 기둥과 서까래에 덕지덕지 분칠한 빛바랜 페인트는, 말 그대로 목불인견目不忍見이다.

아늑하고 수려한 풍광風光을 만나지 못하고 북망의 언덕에 파수꾼처럼 서 있는 부개정, 상가喪家집의 퇴기退妓가 떠올라 연민의 정을 금할 길이 없다.

그러나 어이하랴, 공원 하나 제대로 없는 삭막한 도시 부평의 민초民草는 싫으나 좋으나 갈데 없는 발걸음을 옮길 수밖에…….

언덕을 사이로 극명하게 대립되는 두 세계, 언덕 안岸 자를 붙이면 저쪽은 피안彼岸이요 이쪽은 차안此岸이 되는 셈이다. 피안과 차안의 사이, 시쳇말로 피차간이다.

피차간의 사잇길, 마음을 맑히면 사색을 겸한 산책로로 이에 더한 곳이 어디 그리 흔하랴 싶다. 모든 게 내려다보이는 세상, 마치 소인국을 방문한 거인이라도 된 듯한 기분이다. 올망졸망한 무덤 고만고만한 묘비에 눈높이를 맞춘다.

국가유공자, 부활을 믿는다는 집사, 만卍 자를 이고 있는 보살, 십자가를 앞세운 장로, 혹은 나란히 혹은 한 유택幽宅에 두 분이, 남자는 그나마 본관과 이름이 있는데 여자는 본관에 성姓씨뿐이다.

찾는 발길이 끊겼는지 아카시아가 키만큼 자란 곳도 많고, 봉분이 무너져 그 흔적을 찾기가 어려운 곳도 적지 않다.

영웅호걸은 아니라 해도 한때는 다 내로라하던 분들이 아니었던가. 언젠가 내 모습을 보는 것 같아, 어느 하나 예사롭게 보이질 않는다.

'사는 게 별게 아닌디…….,' 까마득히 잊고 살던 고향 아즈매가 찾아와 한숨 섞어 흘리던 말이다. 못 배운 게 한이라며 뼈가 빠지는 한이 있더라도 새끼들은 꼭 가르쳐야 한다고 고향을 등진 지 반평생, 들꽃 같던 그 풋풋한 모습이 하릴없는 할머니가 되었다.

청소부를 하다가 허리를 다쳐 바깥출입을 못하는 영감은 그렇다치고, 마흔이 넘도록 장가도 못 간 큰놈이 웬수라며 눈시울을 적신다. 죽자살자 살다가 죽어도 못 산다며 갈라선 딸년이 죽도록 밉고, 제짝 만나 사는가 싶더니 그놈의 아임에푼가 뭔가로 놀고 있는 작은놈이 안쓰럽고…….

한 편의 드라마를 실타래 풀 듯 풀어내던 아즈매는 한 웅큼이나 되는 알약을 털어 넣고, 앉아 있는 영감이 걸린다며 총총히 멀어져 갔다.

사는 게 별게 아닌디, 참으로 별 것도 아닌 이 말이 이명耳鳴처럼 귓가에 맴도는 까닭은 무엇일까.

살아 백 년 제 몸 지키기 어렵고, 죽어 백 년 제 무덤 지키기 어렵다는 말이 있다. 그래서일까. 재개발 바람이 북망北邙이라고 예외는 아닌가 보다. 평평한 끝자락은 가족묘지를 만든다고 이장移葬명령이 내린 지 오래다. 연일 괴물 같은 포크레인의 요란한 굉음에 혼비백산魂飛魄散, 구천九天을 떠도는 영혼들이 아른거린다.

미처 옮기지 못한 무덤들이 파헤친 절벽 위에 아슬아슬 걸려 있다. 금방이라도 노한 음성이 들릴 것 같아, 나그네 발걸음이 가볍지 않다.

계단식 묘역을 내려다본다. 뭐라고 할까, 교장선생의 훈시를 듣고 있는 학생들 같다고나 할까. 정연한 질서, 말로만 듣던 평등·평화·자유가 저편 언덕에 고요히 흐른다.

병들어 누워 있는 사람을 보면 병들지 않은 것만으로도 다행한 일인데, 내 아직은 이렇게 살아 있어 무상無常의 언덕을 관조觀照하고 있으니, 이 아니 즐거운 일인가.

"남의 무상無常을 보고 깨닫는 자는 지혜롭고, 스스로 깨닫는 자는 현명하다. 고통을 겪을 대로 겪어 피가 마르는 참혹한 참경을 당한 후에 만신창이가 되어 깨닫는 자도 있으니, 참으로 안타까운 일이다. 모든 것을 다 잃고 깨달을 수만 있다면 비록 어리석다 해도 서러울 것은 없으련만, 제 발부리에 제가 걸려 넘어지면서도 길가의 돌멩이만 탓하다가 무명無明 속에 한세상 헛매 맞다 가는 불쌍한 생명들이 얼마나 많은가."

인도의 승려 '구라마습'의 가르침이 메마른 가슴에 앙금으로 남는다.

노을이 곱다. 어디선가 날아온 산새 두 마리, 지친 날개를 접고 가지에 앉는다.

바람이 분다. 바람에 스치는 풀잎 소리, 풀잎에 묻어나는 풀벌레소리, 해거름 산그늘에 자욱히 젖는다.

새가 운다. 임이 그리워 운다는 저녁새다. 머슴이 죽어 새가 되었다는 머슴새, 불여귀不如歸의 한이 서려 피를 토하며 운다는 소쩍새, 어스름 휘장이 사르르 내린다.

차안此岸은 이제 막 불야성不夜城이다. 밝을수록 어두운 곳, 못 죽어 산다는 곳, 개똥밭에 굴러도 저승보다 낫다는 곳, 윤회輪廻의 강물이 유유히 흐른다.

"저 언덕을 넘으면 너는 누구이며 나는 누구인가……."(2000)

그 시절 그 노래

나이 탓인지 그 시절 그 노래가 가슴에 젖는다. 희한한 일이다. 까맣게 잊고 살던 정겨운 노랫말이 새록새록 떠오르고, 손장단이 절로 나는 구성진 가락들이 스멀스멀 살아난다. 지그시 눈을 감고 실타래 풀 듯 더듬더듬 흥얼대면, 어머니 땀내 같은 향수鄕愁가 살며시 스민다. 이래서 나이 들면 추억에 산다고 하는가 보다.

며칠 전 짧은 여름밤을 흘러간 노래에 취해 하얗게 지샌 기억이 새롭다. 흩어져 살던 초등학교 동무들이 영만이의 갑년甲年을 핑계삼아, 어릴 때 뛰놀던 진안골 백운동에 모였다.

계집애 열셋에 머슴애 열둘, 으레 그렇고 그렇듯이 걸쭉한 패설悖說이 몇 순배 돌다가, 걸걸해서 정이 가는 정자가 영만이 흉 좀 보겠다며 시선을 끈다.

이웃마을로 출가하여 새마을 지도자와 부인회 임원을 두루 거친, 오지랖이 꽤 넓은 친구다. 노래 얘기를 하다가 웬 정자를 들먹이냐고 의아해 할는지 모르나, 실은 잊고 살던 옛노래를 일깨워 준 동기가 되었기에 사족蛇足인 줄 알면서도 장광설이다. 예쁘다는 말을 밉다고 하듯, 끈끈한 우정을 흉으로 표현한 넉살이 미울 리 없다.

어느 화사한 봄날, 우체국 집배원인 영만이가 농주 한 사발 달라며 대문을 걷어차더라는 것이다. 늘씬한 키에다가 노래와 춤까지 일품이어서 넉넉한 시골 인심에 기분 좋은 발걸음이 가끔씩 있었다고 한다. 어느 잔칫집에 붙들려 노래라도 몇 곡 불렀는지 동공이 반쯤 풀린지라, 술은 그만하고 노래나 한 곡 땡기자는 제안에 의기투합해 '물새야 왜 우느냐'를 이중창으로 뽑았다는 거다. 아무튼 대단한 용기다. 아쉬운 듯 돌아서는 발걸음이 어쩐지 물가에 어린애 같다는 생각이 들었는데, 아니나 다를까 건넌 마을 모퉁이를 돌다가 그만 사고를 당했다니, 이 아니 황당한 일인가. 병상에 누워 신음하는 몰골을 보고 그 썩을 놈의 '물새' 때문인가 싶어, 가슴이 울컥했다며 이죽거린다.

그 천연덕스러운 입담에 가가대소를 금치 못하다가 가슴 한 구석에 뭔가 걸리는 게 있어 더 웃을 수가 없다. 그게 뭘까. 묵을수록 제맛 나는 간장 같은 정이 아닌가 하여, 곰삭은 얼굴들이 살갑게 다가온다.

'물새야 왜 우느냐, 유수 같은 세월을 원망 말아라, 인생도 한 번 가면 다시 못 오고 뜬세상 남는 것은 청산뿐이다. 아~물새야 울지를 마라.' 누구랄 것도 없이 손에 손을 마주잡고 목청을 높였다. 뜻도 모르고 부르던 노래가 이토록 가슴에 닿는 이유는 무엇인가. 그 풋풋한 잎들이 이제 빛바랜 낙엽이 되어 한 잎 두 잎 지고 있다. 메기와 재동이가 먼길을 간 지 어제 날인데, 오늘은 재만이가 시간을 재촉한다는 우울한 전갈이 명치끝에 걸린다. 이 우거지 같은 아이들을 몇 번이나 더 만날 수 있으랴.

‘인생은 나그넷길 어디서 왔다가 어디로 가는가……’ 최희준의
〈하숙생〉이 강물로 흐른다. ‘구름이 흘러가듯 떠돌다 가는 인생
정일랑 두지 말자 미련일랑 두지 말자……’ 이쯤 되면 아무리
목석이라도 가슴을 열지 않고는 견디지 못한다. 마음이 하나 되
어 부르는 노래, 강물이 되고 바다가 된다. 떠돌이 나그넷길,
얽히고 설킨 사연들이 얼마나 많겠는가. 노래마다 눈물이요, 가
락가락 설움이다. 목포의 눈물이 박달재를 울고 넘고, 나그네
설움은 번지 없는 주막에서 시름을 달랜다. 한도 많고 눈물도
많다. 누가 울어, 나는 울었네, 홍도야 울지 마라, 사랑에 속고
돈에 울고……, 우리를 일컬어 한恨의 민족이라 하던가.
 ‘우러라 우러라 새여 자고니러 우러라 새여 널라와 시름한 나
도 자고 니러 우니노라.’ 아득한 옛날 우리 조상들이 부르던
〈청산별곡〉의 한 구절이다. 이 땅에 터를 닦아 어언 반만년,
눈물의 역사라 해도 과언이 아니다. 그도 그럴 것이 강대국들의
그늘에서 무려 천여 번이나 외침外侵을 겪었으니, 어찌 한인들
없겠는가. 동족상잔의 그 쓰라린 상처를 달래던 노래는 말할 나
위도 없다. 미아리 눈물고개, 아~산이 막혀 못 오시나요, 한
많은 대동강아……, 아련히 멀어지는 지난 일들이 그 시절 그
노래에 끈적끈적 묻어난다.
 고향, 그리고 어머니……, 언젠가 가야 할 우리의 본향本鄕인지
도 모른다. 그곳이 어디인가. 고향에 찾아와도 그리던 고향은
아니드뇨, 두견화 피는 언덕에 누워 풀피리 불며 놀던 옛 친구
들……, 두고 온 고향이 가야 할 본향으로 아른거린다. 고향무
정, 고향만리, 고향설, 고향초, 꿈에 본 내 고향……, 잡힐 듯
잡힐 듯 멀어지는 고향을 목메이게 부르다가, 포근한 그리움의
어머니를 찾는다. ‘불러봐도 울어봐도 못 오실 어머님을 원통해

불러보고 땅을 치며 통곡해도 못 오실 어머니여 불초한 이 자식은 생전에 지은 죄를 엎드려 빕니다.'

 내 나이 열여덟에 환갑을 맞으시고 무에 그리 바쁘신지 서둘러 떠나가신 어머니, 하늘 아래 어디에서 다시 뵐 수 있으랴. 울컥울컥 뜨거운 것이 목에 걸려 어쩌지를 못한다.

 노래가 없다면 인생살이가 얼마나 삭막하랴. 기쁠 때 부르면 더욱 즐겁고 슬플 때 부르면 큰 위로가 된다. 여럿이 부르면 태산 같은 힘이 용솟음치고, 외로울 때 부르면 다정한 친구로 다가오는 게 노래다. 어머니 떠나가신 오두막에 밤마다 밀려드는 외로움을 노래로 달래던 기억이 아련하다. 텔레비전은커녕 라디오도 없던 시절, 희미한 등잔불 아래 밤이 깊도록 노래를 부르다가 잠이 들었으니, 어느 죽마고우를 이에 비하랴.

 '개꼬리 삼 년 묵어도 황모는 못 된다' 했다. 내 이제껏 도시에 살아도 돈까스나 햄버거보다 우거지 된장국에 더 정이 가는 것은, 수구초심首邱初心 같은 회귀본능回歸本能이 아니겠는가.

 아내와 얼굴을 맞대고 옛노래를 즐기는 시간이 잦아졌다. 두어 곡만 불러도 들꽃 같은 수수한 얼굴에 화사한 봄빛이 어린다. 자잘한 행복도 감출 줄 모르는 순백純白한 모습 앞에서 수탉의 흉내인들 내 어찌 사양하랴.

 '별이 뜨면 서로 웃고 달이 지면 서로 울던 실없는 그 맹세에 봄날은 간다……' (1999)

흐르는 것이 어찌 세월뿐이랴

일남오녀一男五女의 막둥이로 태어나 열여덟 풋풋한 나이에 고아가 되었다. 팽팽하던 연줄이 '툭' 하고 끊어진 느낌, 이따금 돌아보면 아련한 꿈길이다.

홍역을 앓다가 나비가 되어 날아간 막내누나와, 출가하여 아들까지 낳았으나 돌림병으로 함께 목숨을 잃은 둘째 누나는 얼굴도 모른다. 아버지를 닮은 큰누나는 어언 솔수卒壽를 맞아 우화직전羽化直前이요, 어머니와 비슷한 셋째 누나는 관절염으로 거동이 불편하고, 나와 닮은꼴인 넷째 누나는 불현듯 허리 굽은 할머니가 되었다.

흐르는 것이 어찌 세월뿐이랴만, 그믐달같이 사위어 가는 내 동기同氣들이 해소에 가래처럼 목구멍에 걸린다. 같은 하늘 아래 아침꽃 저녁달을 몇 번이나 더 볼 수 있으랴. 쑥국새 우는 날이면 손이라도 꼭 잡고 싶은 내 피붙이들이다.

가물가물 멀어지는 아버지, 이제는 기억조차 쉽지가 않다. 상복자락에 황토 한줌을 싸서 아버지의 가슴에 뿌리면서 죽음이 뭔지도 모르던 열한 살 철부지가, 무려 반세기의 세월을 먹었으니 그럴 만도 하다.

 무명 두루마기에 샌님 수염을 한 뼘이나 기르고 농부도 아니요 그렇다고 선비도 못 되었던 분, 어린 눈에는 늘 바람이요 구름이었다. 대동아 전쟁의 광기狂氣가 극에 달하던 암흑기에 공맹孔孟을 가르치는 훈장訓長을 했다고 들었다. 골골마다 소학교小學校가 문을 열고 일본제국의 신민臣民을 길러 내던 그 시절에 논어論語, 맹자孟子가 가당키나 했겠는가. 이리저리 밀리다가 저 북녘 땅 아오지 탄광에서 광복의 새날을 맞았다.

 3·8선이 굳어지기 전 가까스로 고향 땅을 밟기는 했으나 타고난 역마살 탓인지, 가정에 머물지는 못했던 것 같다. 소식 없이 왔다가 기약도 없이 떠나곤 하다가 6·25의 전란이 일어난 이듬해 바람같이 돌아와 자리에 누울 때만 해도, 고뿔에 여독旅毒이 겹친 줄로만 알았다.

 낮에는 태극기가 펄럭이고 밤에는 인공기가 걸리던 그 와중에 약 한 첩 제대로 써보지도 못한 채 불과 사흘만에 유명을 달리하게 되었다. 학교에서 돌아오는 어린것을 끌어안고 무너져 내리던 어머니의 그 처절한 모습을 내 어찌 꿈엔들 잊으리야.

 이 땅에 머물기 쉰네 해, 말 그대로 다사다난多事多難이요, 파란만장波瀾萬丈이다. 나라의 명운命運이 풍전등화風前燈火였던 구한말舊韓末에 태어나 꿈 많던 소년 시절에 나라를 잃었다. 나라 잃은 백성, 외적外敵의 종이 되어 상투를 잘리고 심지어 성姓까지 빼앗기는 굴욕을 겪으면서도, 틈틈이 사서四書를 읽어 충효문행忠孝文行의 가통을 이으려 했다. 목구멍이 포도청이라 머슴 새경도 안 되는 글 값을 받으면서도 후학들에게 한 가닥 전통의 맥을 이어주려고 고심하던 가난한 시골 훈장, 눈을 감아도 보이는 듯하다.

정신대를 피해 어린 두 딸을 서둘러 시집 보내고 끝내는 동생 둘을 보국대에 빼앗기고 스스로 아오지 탄광의 노무자가 되어 고개 숙인 지식인, 그 마음 아픔이 오죽했으랴. 해방의 혼란, 공산군의 남침, 그 어지러운 난세에 아직 다리뼈가 굳지도 않은 어린것에게 힘겨운 바통을 넘겨주고 홀연히 청산에 누운 아버지, 내 그 나이 되어서야 뒤늦게 철이 들어 끼익끼익 속울음을 삼켰다. 부모가 되어야 부모를 안다는 말은 이래서 있는 것일까.

 나 역시 딸 다섯에 막둥이로 아들 하나를 두었다. 아버지의 흉내를 내는 것 같아 실소를 금치 못하면서도 업보려니 여기며 그저 귀하고 고마울 뿐이다. 제 아비가 올려다볼 정도로 장성한 아들이 제 앞가림도 못하는 어린애로 보이는 까닭은 무엇일까. '나는 저 나이에 어떻게 살았는데…….' 하며 부질없이 목을 메는 못난 아비가 되어, 가물가물 멀어지는 어머니를 떠올린다.

 한학자漢學者 여상권余相權 선생의 둘째 따님으로 태어나 열여섯 앳된 꽃망울로 시집이라는 가마를 탄 어머니. 호랑이 같은 시부모는 처치하고라도 시동생 넷에 시누이가 하나인 맏며느리다. 어찌 그뿐인가. 농부도 아니오 선비도 못 되었던 시쳇말로 반거충이 남편에 딸만 내리 다섯을 낳았으니, 숨인들 제대로 쉬었겠는가. 설상가상으로 의지하고 살아야 할 가장家長마저 천리 밖에 있다면, 살았다고 산 게 아니다. 오기가 서리고 한이 쌓여 이판사판 허리띠를 불끈 동여맨 어머니. 이고, 업고, 걸리고, 말로만 듣던 북선행北鮮行 기차를 탔다. 갈마을에서 관촌역이 산길 사십 리요, 관촌에서 아오지는 남북 이천 리 길이다.

 하늘을 보아야 별을 딴다 했던가. 별 하나 따기 위해 하늘을 찾아 삼십 리 밖을 나가본 일이 없는 시골 아낙이, 어린것을 앞세우고 고향을 등진다는 것이 결코 쉬운 일은 아니다.

지성이면 감천인지, 조선祖先의 감응인지, 마흔셋 황혼기에 그
토록 원하던 별을 하나 받아 놓고 비로소 긴 한숨을 쉬었다는
내 어머니. 이 잘난 위인이 문득문득 가슴이 막혀 하늘을 바라
보는 연유가 여기에 있다.

무슨 인연의 골이 그리 깊어 그토록 애간장을 녹였단 말인가.
어려서부터 병약하여 걷지도 못하는 세 살배기를 들쳐업고 개선
장군인 양 선산을 찾아온 게 해방 전이다. 불안한 시국을 예견
하고 고집 센 지아비를 뒤로한 채 서둘러 남행南行을 결심한 그
선견과 용기에, 감탄을 금할 길이 없다. 아직도 생사를 모르는
삼촌 한 분이 북녘 땅에 있는 것을 생각하면 더욱 그렇다.

아버지를 여의고 어머니와 둘이 살던 일곱 해, 그토록 골 깊
은 모자母子의 인연을 한 송이 꽃으로 피우기 위한 아리고 저린
나날이었다. 무엇을 얼마나 갚으리오마는 기다려 주지 않는 어
머니, 겨우 밥벌이를 할만큼 자랐다 싶었는지, 회갑回甲이 되던
해 빛 바랜 낙엽이 되어 아버지 곁에 잠이 드셨다.

흐르는 것이 어찌 세월뿐이랴만, 열여덟 풋풋한 머슴애가 겁
도 없이 세월만 먹어 갑년甲年을 맞는 내 몰골이, 그저 허허로울
뿐이다. (2000)

먼산바라기

미명의 숲길
반나半裸의 몸짓이 싱그럽다.

옥구슬 또르르
솔향기 사르르
항아리 빈 가슴에 정안수로 고인다.

물안개 은은한 풀섶
발목에 걸리는 풀벌레 소리
바위에 돌이 되어 귀를 씻는다.

개울물 돌돌돌
솔바람 솔솔솔
안으로 잠긴 빗장을 풀고.

새새끼 포르르 잠을 깨듯
우유빛 샘물로 목을 축이고
화사한 햇살에 가슴을 편다.

가르마 숲길
어머니의 젖내음이 싱그럽다.

숲길을 걸으면 누구나 시인이 되나 보다. 나 같은 문외한도 시를 흉내냈기에 하는 말이다. 서당개가 풍월을 읊은 꼴이다. 그러나 몇 번을 읽어 봐도 바위틈에 피어난 꽃 한 송이 제대로 나타내지 못한 아쉬움이 남는다. 오죽했으면 김삿갓 같은 대문장가도 이런 시를 읊었겠는가.

一步二步 三步立 (일보이보 삼보립)
山靑石白 間間花 (산청석백 간간화)
若使畵工 謀此景 (약사화공 모차경)
其於林下 鳥聲何 (기어림하 조성하)

한발 걷고 바라보고 두발 걷고 다시 본다.
산은 푸르고 돌은 흰데 사이사이 꽃이로다.
만일 화공으로 하여금 이 경관을 그린다면
숲속에 지저귀는 저 새소리는 어떻게 할 것인가.

진달래 불타는 푸른 산 절벽에 산새들의 지저귀는 소리가 들리는 듯싶다. 솔거가 환생한들 어찌 소리까지 그릴 수 있겠는가. 읽는 이의 상상력을 유추한 그 멋스러움에 감탄이 절로 난다.
숲은 시간 따라 정감이 다르다. 아침 다르고 저녁이 다르다. 오후보다 오전이 좋고 햇살이 퍼지는 시간이면 더욱 좋다. 보일 듯 말 듯 물안개 은은한 풀섶에 여기저기 피어난 청초한 풀꽃, 그 꽃잎에 구르는 영롱한 구슬, 발목에 걸리는 풀벌레 소리~,

생각만 해도 숨이 멎는다. 차마 걸음을 옮길 수 없어 바위에 돌이 되어 가슴을 연다. 내 가슴에 무엇이 있는가. 숲에 오면 빈 항아리가 될 수밖에 없다.

자연은, 알고 살다가 알고 죽고 사람은, 모르고 살다가 모르고 죽는다는 말이 있다. 똑똑하고 잘난 사람들이 들으면 허튼소리오, 나 같은 바보가 들으면 맞는 말이다. 다른 이는 몰라도 나는 이제껏 모르고 살았다. 왜 이 세상에 온지도 모르고 왜 사는지도 모른 채 살았다. 하물며 내일 일은 더욱 모른다.

내 어머니는 보통학교도 못 나온 분이셨다. 겨우 이름 석자 쓸 줄 알고 필사본 얘기책을 더듬더듬 읽을 정도다. 그런데 놀라운 것은 모르는 게 하나도 없어 보였다. 적어도 내 눈엔 그렇게 보였다는 뜻이다.

지는 해를 보고 내일의 날씨를 알고 허리의 통증으로 비가 올 것도 알았다. 첨단 장비를 다 동원한 지금의 기상청 예보보다 더 정확했다면 누가 믿겠는가. 이른 봄 텃밭에 심어 놓은 파뿌리를 뽑아 보고 가뭄이 올 것을 알고, 헛간에 쥐들의 움직임을 보고 불조심을 당부했다. 자연을 통하여 삶의 지혜를 깨달았으니, 이 얼마나 현명한 일인가.

개는 호랑이의 그림자만 보아도 초죽음이 된다. 호랑이가 무섭다는 말을 들어본 적도 없고 호랑이가 어떻게 생겼는지 본 일이 없는데도 그렇다. 이는 무엇을 뜻하는가. 호랑이가 천적이라는 것을 처음부터 알고 있었다는 증거다. 가뭄이 올 것을 먼저 알고 뿌리를 깊게 내리는 파도 그렇고, 파선이 될 배는 배 안의 쥐들이 먼저 이사를 한다는 말도 그렇다. 모르고 태어나 모르고 살다가 모르고 죽을 수밖에 없는 바보가, 알고 태어나 알고 살다가 알고 죽는 자연 앞에서 무엇을 자랑할 수 있겠는가. 이끼 낀 바위에 앉아 빈 항아리가 되는 이유가 여기에 있다.
　새끼새 포르르 잠을 깨듯 우윳빛 샘물로 목을 축이고 숲으로
이어지는 산길을 오른다.

　　　　새소리 어우러진 산길에서
　　　　바위틈에 피어난 풀꽃을 보고
　　　　하늘나라 어머니가 웃는 것 같아
　　　　발걸음 멈추고 바보가 된다.

　　　　사슴을 닮아 가는 내 눈동자는
　　　　고향을 그리는 먼산바라기
　　　　자운紫雲이 흐르는 산허리에서
　　　　복받치는 설움에 우는 바보다.

　　　　설움도 진하면 웃음이 되듯
　　　　노을이 얼큰한 산마루에서
　　　　사랑도 미움도 날려보내고
　　　　뜬구름 바라보며 웃는 바보다.

　바위틈에 피어난 이름 모를 풀꽃 한 송이가 나를 붙든다. 어
디서 본 듯한 얼굴이다. 홍역을 앓다가 새가 되어 날아간 누나
의 얼굴인가. 누에를 치며 누에처럼 살다가 잘 익은 누에가 되
어 번데기가 되신 어머니의 얼굴인가. 걸음을 멈추고 정을 나눈
다. 솔로몬의 모든 영화로 입은 것이 이 들꽃 하나만도 못하다
고 했던가. 풀꽃에 붙들려 헤실헤실 웃는 바보가 된다.
　작을수록 가까이 해야 잘 보이던 눈이 이제는 멀리 해야 겨우

보일 정도다. 작은 것도 멀리 보고 큰 것도 멀리 보는 먼산바라 기가 되었다. 잊고 살던 고향이 문득 떠오르고, 아름아름 옛친 구가 그립고, 저 산 넘어 무엇이 있을까도 궁금해진다.

내 이제껏 무엇을 얻었으며, 내 지금 가진 것은 무엇인가. 헛 되고, 헛되며, 헛되고, 헛되다는 잠언의 한 구절이 떠올라 자운 紫雲이 흐르는 산허리에서 복받치는 설움에 울기도 한다.

걸음마다 이별이 다가오는데 사랑은 무엇이며 미움은 무엇인 가. 색色은 공空이요 공은 색이라. 유유히 흐르는 뜬구름보고 터 지는 웃음을 어쩔 수 없다. 아서라, 기왕사 바보가 되었으니, 고운孤雲의 입산시入山詩나 한 구절 읊어 보자.

僧乎莫道 靑山好 (승호막도 청산호)
山好何事 更出山 (산호하사 갱출산)
式看他日 吾蹴跡 (식간타일 오족적)
一入靑山 更不還 (일입청산 갱불환)

저기 저 중아 청산이 좋다고 말하지 말라
청산이 좋으면 어찌 다시 나오느냐.
잘 보아라 후일 내 발걸음을
한 번 청산에 들어가면 다시 나오지 않으리라. (1995)

잡 초

　부모님 산소에 잡초를 뽑는다. 불청객인 잡초의 기승에 공들여 심어 놓은 잔디는 뒷방신세가 되어 그 꼴이 말이 아니다. 마디마디 뿌리를 내리는 바랭이, 묘판인 양 돋아나는 강아지풀, 밟을수록 뿌리가 깊어진다는 질경이, 사람의 키만큼이나 웃자란 개망초, 보는 것만으로도 기가 질린다.

　이장移葬을 한 자리가 콩 심고 팥 심던 떼기밭이어서 그러려니 하면서도, 그 끈질긴 생명력에 새삼 놀란다. 첫해는 낫과 호미를 들다가 다음 해는 괭이에 삽까지 동원했으니, 한판 승부라 해도 과언이 아니다.

　지금도 성묘길마다 지루한 신경전이 끝날 줄을 모른다. 똑같은 풀이라도 어디에 있느냐에 따라 들풀이 되고 잡초도 된다. 산이나 들에 있으면 들풀이요, 논이나 밭에 나면 이롭지 못한 잡초가 된다. 논밭이 아닌데도 호미 끝을 들이대는 처사가 이기적이라는 생각이 없는 것은 아니나, 어찌하랴 자식된 도리로 팔을 걷어붙일 수밖에…….

자리를 잘못 잡은 놈들을 찾아 뿌리를 뽑다가 엉뚱하게도 정화淨化와 개혁改革이 떠올라 실없는 웃음이 절로 난다. 사람살이 구석구석 뿌리를 뽑아야 할 것들이 얼마나 많은가. 정권이 바뀔 때마다 뿌리를 뽑겠다고 호언을 하던 부정과 부패, 베어내고 도려내도 돌아서면 다시 돋는 잡초와 같은 것인가. 뽑아도 뽑아도 그 뿌리는 여전히 살아 있다.

뇌물도 잘만 받으면 그게 곧 정치라는 넉살에 할 말을 잃는다. 어찌 정치뿐이랴. 검은 것을 희게 하고 흰 것도 검게 하는 것이 뇌물의 마력이다. 오죽하면 새로 부임한 치안의 총수가 지방의 포도청장들을 모아 놓고 '때린 자가 맞은 자'로 둔갑하는 요술도 비일비재하다고 일갈을 했겠는가.

잡초를 뽑는다. 있어서는 안 될 자리에 있는 놈들을 골라 호미 끝을 들이댄다. 약용으로 쓰이는 쑥도 예외가 아니다. 쑥이 아니라 약초라 해도 있어서는 안 될 자리에 있으면 해를 끼치는 잡초에 지나지 않는다. 생선 가게에 고양이도 많고 곳간 열쇠를 맡고 있는 도적도 허다하다. 염불보다 잿밥에 눈 먼 공복들이 얼마나 많은가.

사정의 칼날을 든 대통령의 기분이 이러할까. 있어서는 안 될 자리에 있는 놈들이 한눈에 내려다보인다. 벨 놈은 베고 뽑을 놈은 그 뿌리째 뽑아 버린다. 이롭다 못해 해를 끼치는 독초도 부지기수다.

소매치기에게 황당한 일을 당하고 몇 날 며칠을 뜬눈으로 지새던 기억이 새롭다. 어렵게 마련한 목돈을 잃어버린 그 허탈감, 당해보지 않으면 아무도 모른다.

딸네 집에 오다가 환갑 때 예물로 받은 목걸이, 팔찌, 반지를 몽땅 빼앗기고 혼비백산 반죽음이 되던 장모님을 생각하면, 지금도 민망한 마음 금할 길이 없다. 이는 약과다. 지갑을 찾아가라는 전화를 받고 혼자 나갔다가 폭행을 당한 지우知友의 딸아이는, 그 후유증으로 끝내 이 세상을 등지고 말았다. 장난삼아 던진 돌에 목숨을 잃은 개구리라고나 할까. 너무도 기가 막혀 실어증을 앓던 그 처절한 지우의 모습이, 지금껏 잊혀지지 않는다. 훔치고 빼앗고 영혼까지 짓밟는 범죄행위, 그 뿌리는 언제쯤 뽑힐 것인가.

도둑에게 뒷돈을 받는 포졸들의 얘기가 끊이지 않는 것을 보면, 뿌리가 뽑히지 않는 이유를 알 것도 같다. 순직한 남편의 연금을 날치기 당하고 그 충격으로 정신분열증을 일으켜 폐인이 된 이웃도 있다. 강도에게 폭행을 당했다는 이유로 가족에게 버림받은 어느 여인의 소설 같은 얘기도 들었다.

잡초를 뽑는다. 아니 독초를 뽑는다. 한번 빠지면 평생 헤어나기 어려운 마약의 뿌리를 뽑는다. 한때는 황태자로 선망의 대상이 되던 전직 대통령의 아들이 마약에 찌든 초췌한 몰골로 언론에 보도될 때마다, 연민의 정을 금할 길이 없다. 세인의 이목을 끄는 어느 종교지도자의 아들도 마약에 붙들려 패가망신을 했고, 땅위에 빛나는 별로 박수갈채를 받은 스타들이 마약에 포로가 되어 실망을 주던 이들도 한둘이 아니다.

술도 지나치면 마약이요 이전에 없던 본드라는 것도 마약과 다를 바 없다. 중·고등학교가 인접한 동산에 오르면 본드를 마신 비닐봉지가 여기저기 널브러져 있다. 환각에 취해 비틀거리는 우리 아이들, 어쩌다가 이 지경이 되었는가.

잡초를 뽑는다. 사람의 영혼을 병들게 하는 사이비 종교를 뽑아버린다. 지금은 뜸해졌지만 한때는 거리거리 말세와 휴거를 외치던 안타까운 무리들이 많았다. 공중으로 들리어 올라가 주님을 모시고 영생 복락을 누리는 데, 장차 망할 이 세상에 무슨 미련이 있겠느냐는 식이다. 학생이 학업을 중단하기 예사고 직장인이 직업을 버리기 일쑤다. 심지어 남편과 자식까지 버리고 가출을 한 여인도 많이 보았다.

하늘과 공중은 그 뜻이 다르다. 어린이에게는 허공을 가리켜 하늘이라 할 수 있어도, 대학생이 묻는다면 그 대답은 당연히 달라져야 한다. 천국은 네 마음속에 있다고 설파한 예수의 복음을, 가슴으로 듣는 열린 귀가 아쉬울 뿐이다.

종교와 신앙의 함수관계, 종교는 진리요 신앙은 깨달음이라는 생각이 맴을 돈다. 깨달음은 해탈이요 해탈은 곧 대자유가 아니겠는가. 그런데 이 어인 일인가. 자유는커녕 스스로 굴레를 쓰고 신앙의 노예로 사는 분들이 너무 많다.

유사종교의 병폐, 예삿일이 아니다. 신들린 무당에게 붙들려도 헤어나기 어려운데, 살아 있는 하느님과 다시 오신 예수는 왜 그리 많은지, 알다가도 모를 일이다.

두어 시간 땀흘린 대가로 말끔히 정리된 주변에 흐뭇한 미소를 짓는다. 비라도 질금거리면 금세 잡초동산이 될 것을 모르는 바 아니나, 우선은 꼭 이발소를 나서는 개운한 기분이다.

산야山野에 들풀이 푸르다. 있어야 할 자리에서 제몫을 다하는 고마운 친구들이다. 저 푸르름이 아니면 짐승은 물론이요 그 잘난 사람도 살지를 못한다. 약한 듯 강하고 죽은 듯 사는 들풀, 그러기에 백성을 일컬어 민초民草라 하는가. 있어서는 안 될 자리에 있으면 잡초요 제자리에 있으면 들풀이다. 부모님 유택에

잡초를 뽑다가 정화와 개혁이 떠올라, 호미를 든 손길에 신바람
이 인다.

 제자리에서 제몫을 다하는 늘푸른 동산을 기리며, 벨 놈은 베
고 뽑을 놈은 그 뿌리째 뽑아 버렸다. 앓던 이가 빠진들 이에
비하랴. (1999)

몸 살

감기몸살을 심하게 앓았다. 무려 한 달이 넘도록 후유증에
시달렸으니, 이건 감기가 아니라 투병을 한 셈이다.

이제껏 건강을 모르고 살았는데 이번엔 그 징조가 예사롭지
않았다. 잔기침이 그치지 않고 어지럼증이 있는 것으로 보아,
어느 한구석이 제법 낡은 모양이다. 하기사 무쇠로 만든 기계도
십여 년 지나면 여기저기 고장이 잦기 마련인데, 어언 이순耳順
이 멀지 않으니 어느 한 부분인들 성한 데가 있겠는가.

'선무당 사람잡는다'고 어줍잖은 건강지식이 호미로 막을 걸
가래로 막은 꼴이 되고 말았다. 아는 게 병이라는 말이 절절이
가슴에 젖는다. 병원에 가면 일주일, 안 가면 칠일 걸린다는 게
감기다. 그렇다면 구태여 감기를 데불고 병원 문턱을 드나들 필
요가 없지 않겠는가. 열이 나고 오한이 들면 각탕脚湯을 했다.
섭씨 40여 도의 따끈한 물에 정강이를 3분의 2 정도 담그는 것
을 말한다. 한 20여분 지나면 전신이 땀에 젖어 후줄근하다. 찬
물로 가볍게 헹구고 잠자리에 들면 그 다음날 가벼운 몸으로 일

어나곤 했다.

그런데 이번엔 사정이 달랐다. 밭은기침이 그치지 않고 식은 땀이 속옷을 적셨다. 견디다 못해 찾아간 병원은 폐렴이라는 진단을 내렸다. 입원을 해서 강도 높게 치료를 해보고 진전이 없으면 다른 조치를 취해야 한다는 의견이다. 다행이 가까운 곳이어서 통원치료를 하기로 하고 두문불출杜門不出, 자리에 눕고 말았다.

아프던 허리도 누워 있으면 괜찮아 지는 게 예산데, 어찌된 영문인지 서너 시간만 지나면 견디기 어려울 정도로 통증이 온다. 앉으면 현기증, 누우면 요통, 진퇴유곡進退維谷이요 설상가상雪上加霜이다. 정신이 몽롱하다. 끈끈이 같은 기침이 거미처럼 달라붙으면, 눈앞에 꽃구름이 일고 이마에 서늘한 이슬이 맺힌다. 웅크리고 앉아 벽지의 무늬만 헤이다가 밑도 끝도 없는 악몽에 가위눌려 지켜보는 내자를 놀라게 한다. 이 고통을 누가 알랴.

염병을 앓는 사람이 들으면 고뿔도 병이냐고 웃을지도 모른다. 맞는 말이다. 몇 년씩 자리에 누운 이들이 부지기수요, 심지어 일생을 일어나지 못하는 분도 적지 않은 게 현실이다. 그런데도 내 고뿔이 남의 염병보다 더 아프게 느껴지는 이유는 무엇인가. 사람의 이기심은 이토록 간사하다.

건강을 잃으면 모든 걸 함께 잃는다. 한 고향 선배의 안타까운 모습이 눈에 선하다. 초등학교의 교사로 살면서 붓을 놓지 않았다. 묘비의 청탁도 자주 받아 선생님으로 존경받던 분이다. 이제 겨우 지명知命에 접어들었는데, 하룻밤 사이에 바람中風을 맞았다. 가까스로 목숨은 구했으나 손발이 뒤틀려 붓을 들 수가 없게 되었다. 손때 묻은 문방사우文房四友를 멀거니 바라다보는 그 처연한 눈빛이 잊혀지지 않는다.

'공든 탑이 무너지랴'는 속담이 있다. 그러나 평생을 쌓던 탑이 한순간에 무너지는 것을 자주 보았다. 집권 여당의 실세로 하얀 머리를 휘날리던 어느 높은 분께서, 휠체어에 앉아 히죽이 웃던 그 눈빛이 시사하는 바는 너무도 크다. 건강을 원치 않는 사람이 어디 있으랴만 부귀영화가 뜻대로 안 되듯, 건강 또한 마찬가지다.

 내 이제껏 폐렴은 말로만 들었다. 그 유명한 '마지막 잎새'의 주인공이 앓던 감상적인 병 정도로 알았다. 그런데 행인지 불행인지 내 몸속에 도둑고양이처럼 기어든 모양이다. 의사의 지시대로, 주사를 맞고 한 웅큼이나 되는 알약을 목구멍으로 꼬박꼬박 잘도 넘겼다. 마치 내 목숨이 이 약봉지에 걸려있기라도 한 듯, 근심스레 지켜보는 아내의 눈섶에 안개가 서린다. 내 어쩌다 이 지경이 되었는가. 아무것도 할 수가 없다. 수필 한 편 읽을 힘도 없고 텔레비전은 켜고 싶은 마음조차 일지를 않는다. 지리智異를 남북으로 종단하고 설악雪嶽을 동서로 횡단하던 그 청청한 기백은 어디로 가고, 쓰디쓴 약봉지에 매달려 벽지의 무늬만 쳐다보고 있다는 말인가.

 제 아비의 임종도 못 지킨 위인이, 남의 마지막 길은 지켜볼 기회가 자주 있었다. 짧지 않은 교역자敎役者 생활의 일부였기 때문이다. 새는 죽는 말이 슬프고 사람은 마지막 말이 선하다 했던가. 가는 분이나 보내는 무리나, 그렇게 착하고 선할 수가 없었다. 숨이 막힐 듯한 그 엄숙한 순간, 실낱같은 숨결이 멎으면 그는 이미 사람이 아니다. 한줄기 바람이요 한줌 흙일뿐이다. 국화 한 송이 살며시 놓고 고개를 떨구던 그 애잔한 순간들이 주마등처럼 아른거린다.

 몸 없는 마음은 한줄기 바람이요 마음 없는 몸은 한줌 흙에 불과하다. 사람의 실체는 흙인가 바람인가. 마음은 몸의 산물産物

이다. 몸이 없으면 마음도 없다. 천국이니 지옥이니 하는 것은 관념론觀念論이 꾸며낸 허구라고 항변하는 유물론唯物論이 있고, 보이는 몸은 안 보이는 마음의 집이나 옷 같은 것이어서 마치 번데기가 껍질을 벗고 나비가 되듯 때가 되면 몸을 벗어버리고 영체靈體가 된다는 유심론唯心論도 있다.

이현령 비현령耳懸鈴 鼻懸鈴이다. 부엌에 가면 며느리 말이 옳고 안방에 가면 시어미 말이 옳은 것과 조금도 다를 바 없다. 마음과 몸의 함수관계, 뭔가 서로 주고받는 작용은 부정할 길이 없다. 몸이 약한데 마음이 강하기 어렵고, 마음이 병들었는데 그 몸이 온전할 리가 없다. 마음이 맑으면 눈빛이 맑고 따뜻한 마음씨는 안색부터 다르지 않던가. 참으로 놀라운 일이다. 불과 며칠 누웠는데도 마음이 이토록 약해질 수 있다는 말인가. 아무런 생각도 할 수가 없다. 생각이 없으니 자신도 없다. 금방이라도 천길 나락으로 잠겨드는 환상에 놀라곤 한다.

불혹不惑에 얻은 만득자晩得子가 그늘진 얼굴로 다가와 앉는다. 문득, 아비를 여의던 내 어린 시절이 떠올라 뜨거운 것을 연신 삼켜야 했다. 이 어린것의 울타리가 이래서야 되느냐는 생각이 들어, 약 한 봉지 털어넣고 창문을 열었다. 아직도 한쪽 가슴이 뻐근하고 끈적거리는 잔기침이 거머리 같이 붙어 있다. 내 늘그막에 찾아든 친구로 알고, 꽃피는 새봄을 맞이하련다.

아마도 이 아픔이, 밖으로 더욱 철들게 하고 안으로 한 단계 여물게 하는 전화위복이 될 것만 같다. 은혜와 축복이 어찌 건강에만 있겠는가. (1998)

지하철

출근시간이 지나야 지하철의 숨통이 트인다. 체면도 인격도 송두리째 앗아가던 지옥철(?)이 제법 쾌적한 지하철로 탈바꿈한다. 좌석버스는 천국이요 입석버스는 지옥이라는 말이 있다. 존재存在와 공간空間의 함수관계를 풍자한 말이다. 공간을 빼앗기면 질서는 물론 체면도 인격도 찾아보기 어렵다. 출퇴근 시간의 아비규환, 생각만 해도 소름이 끼칠 정도다. 지옥이 어디 따로 있으랴.

녹색으로 표시된 2호선 순환선은 이제 막 지옥의 늪을 벗어나 천국의 문턱에 들어선 느낌이다. 사람들의 얼굴에 화색이 돌고 옷매무새를 고치며 앞뒤를 돌아볼 줄 안다. 연신 짧은 치마를 끌어내리는 젊은 여성의 종아리가 그림 같고, 늘어진 턱에 코까지 드르렁거리는 쉰 세대의 찌든 몰골이 민망스럽다. 가릴 것도 없다는 듯 반쯤 벌어진 수더분한 아즈매의 굵은 무릎이 도리어 정겹고, 귀한 보물인 양 할머니의 손을 꼬옥 쥐고 지그시 눈을 감은 할아버지의 골 깊은 주름이 초연하다. 까르르 까르르 깨를 볶는 젊은 연인들 사이로 스포츠신문에 얼굴을 묻은 지성인(?)들은 나른한 졸음에 젖는다. 특별한 시민들이 공간의 여유를 즐기며 나들이를 하고 있는 풍경이다.

막간에 단역배우가 나오듯, 이때쯤 단골손님이 등장할 차례다. 오늘은 어떤 분들이 나올까, 잔잔한 설레임으로 기대가 된다. 역사는 한 편의 드라마요 사람은 누구나 배우가 아니던가. 무대 위의 배우는 각본대로 웃고 울다가 맡은 배역이 끝나면 무대 뒤로 사라질 수밖에 없다. 주연이 있고 조연이 있고 단역도 있다. 박수를 받는 선역善役이 있고 손가락질 받는 악역惡役도 있기 마련이다. 심지어 대사 한마디 없이 바람처럼 스치고 지나가는 엑스트라도 부지기수다.

감독이 없는 드라마는 없다. 그렇다면 역사란 드라마의 감독은 누구란 말인가. 오고 싶어 온 것도 아니오 가고 싶어 가는 것도 아니다. 하물며 불행을 원하는 이가 어디에 있겠는가. 어둡고 그늘진 곳을 볼 때마다 불경스럽게도 누구에겐가 농락당한 것 같은 느낌을 지울 수가 없다.

오늘의 첫 손님은 검은 안경에 지팡이를 들었다. 목에 걸린 기계에서 찬송이 늘어지고 더듬더듬 따라 부르는 걸걸한 목소리가 귀에 걸린다. 등장하는 손님의 대부분이 찬송을 앞세운다. 찬불가나 가요도 있을 법한데 어찌된 일인지 한번도 본 기억이 없다. 그만큼 기독인이 많다는 뜻인가. 설령 그분들의 신앙이 다 기독이라 해도 불특정 다수가 다 기독은 아니다. 차라리 침묵으로 손을 내미는 것이 더 나을지도 모른다.

날 때부터 장애인도 적지 않다. 어찌 이런 일이 있어야 하는가. 종교도 철학도 명쾌한 해답이 없다. 오죽했으면 던져진 존재, 즉 피투성被投性이라고 설파한 철인도 있겠는가. 인과론因果論

도 운명론運命論도 공허하기는 마찬가지다. 어찌 이런 일이……
생각할수록 가슴만 답답할 뿐이다.

찬송의 여운이 가시기도 전에 말쑥한 청년이 묵직한 가방을
끌고 들어온다. 으레 듣는 말, 수출길이 막혀 전 사원이 직접
나섰다는 것이다. 광고하고 포장하면 기만 원이 넘는 제품을 단
돈 천 원에 모신다니, 이 얼마나 고마운 일인가.

며칠 전 허리띠 하나를 샀다가 사흘도 못쓰고 버린 기억이 떠
올라 살며시 웃고 만다. 한 개에 얼마나 남을까. 그 멋들어진
연기에 박수라도 보내고 싶다.

'예수천국 불신지옥'이라는 휘장을 두른 신사가 성경을 쳐들고
목청을 돋운다. 금방이라도 심판의 불칼이 내릴 것만 같다. 타
종교 비방도 거리낌이 없다. 공자도 석가도 다 지옥이요 천국은
오직 예수뿐이라는 논리다. 이쯤 되면 복음이 아니라 공해다.
편협된 믿음은 갈등과 분쟁을 일으킨다. 종교의 분쟁으로 얼룩
진 피가 얼마련가. 유태인들이 예수를 십자가에 못박은 연유도
여기에 있다. 끝이 보이지 않는 종교의 갈등, 그들이 말하는 평
화는 어디에 있는가. 서로 인정하고 존중하는 성숙한 신앙이 아
쉽다.

"한 푼만 도와주소." 어림잡아 팔순은 됨직한 할머니의 목소
리다. 실로 난감한 일이다. 이러지도 저러지도 못하는 표정들이
다. 그도 그럴 것이 처음이 아니라 벌써 몇 번째 대하는 얼굴이
기 때문이다. 무슨 사연일까. 혹 자식에게 버림받은 것은 아닐
까. 뼈마디가 앙상한 손등이 가슴에 남는다.

어린 소녀가 입을 꼬옥 다문 채 승객들의 무릎에 껌을 한 통
씩 놓았다가 다시 거두기도 하고 두 다리를 잃은 장애자가 앉은
뱅이 걸음으로 동전통을 흔들기도 한다.

국민소득 만불을 넘었다는 이 나라 백성들이 지하철 무대에서 연출하는 단막극이다. 어느 드라마가 이보다 더 진솔하랴. 진한 감동이 긴 여운으로 남는다. 목적지까지 오십여 분, 짧은 시간에 많은 사람을 만났다. 차림새가 남루한 외국인 근로자, 값싼 향수가 코를 찌르는 직업여성, 핸드폰을 들고 연신 '여보세요'를 외쳐 대는 사장(?)님들, 모양도 다르고 색깔도 다르다. 문득 법구경法句經 한 구절이 떠오르는 이유는 무엇일까.

"네가 만일 늙은이를 만나거든 네 앞에 나타난 천사로 보아라. 너 또한 머지않아 늙어지나니, 그날에 네 모습을 보여 주는 천사로 여기고 극진히 모셔라. 병든 자를 보거든 천사로 생각하라. 너도 언젠가는 병이 들 수 있나니, 그날의 네 모습을 예언하는 천사로 생각하고 잘 보살펴 줘라. 혹 죽어 가는 사람이 있거든 천사로 여겨라. 너도 머지않아 죽게 될 것임으로, 너의 죽음을 일깨워 주는 천사로 알고 제 죽을 날을 준비하라."

내 이제껏 뜨고도 못 보는 청맹과니로 살았다. 사물은 이로움만 챙기고 사람은 겉만 보았다. 어찌 가려진 천사가 보였겠는가. 서리 내린 머리를 둘 곳이 없다. 제 꼴이 그 꼴인데 누구를 귀찮고 하찮다 하랴. 뜬눈이 부끄러워 눈을 감는다. 아무 일도 없다는 듯, 사람들은 내린 만큼 다시 타고 순환선 지하철은 쉬지 않고 맴을 돈다. (1997)

빈자리

자리 하나가 비었다. 살림 밑천이라던 큰 아이의 자리다. 가슴 한구석이 텅 빈 듯한 느낌이 영 지워지지 않는다. 명색이 남자인 내가 이럴진대 마음이 여린 내자인들 오죽하겠는가.

신혼여행에서 돌아와 입던 옷가지 챙겨 들고 웃으며 떠났다. 어디 나들이라도 간다는 말인가. 보내는 가슴은 낙엽이 지는데 떠나는 얼굴은 막 피어나는 목련꽃이다.

꽃가마가 사립문을 나설 때 속울음이 새어나지 않으면 흉이 되던 때가 있었다. 내 누나들이 그랬으니, 그리 먼 얘기도 아니다. 누나들뿐만이 아니라 그 시절 누구나 다 그랬다. 그도 그럴 것이 어린 나이에, 얼굴 한번 제대로 보지도 못한 신랑을 따라 고추보다 더 맵다는 시집살이를 가는 길이니 ―, 어찌 만감이 교차되지 않겠는가. 애절한 눈물이 어쩌면 이제껏 길러 준 부모에 대한 한 가닥 연민의 정인지도 모른다.

강물로 흐른 세월 따라 사람도 흐르고 풍습도 흘렀다. 자연의 흐름은 반복이 많지만 사람의 흐름은 변할 수밖에 없다. 사람이

변하는데 어찌 풍습인들 온전하겠는가. 그러려니 하면서도, 웃으며 떠난 아이의 빈자리에 가슴이 시리다.

유난히 많이 울던 아이다. 겨우 돌 지난 녀석이 쌍둥이로 터를 팔았으니, 울만도 했다. 어릴 땐 울어도 예쁘고 기저귀를 적셔도 밉지 않다. 하기사 고슴도치도 제 새끼는 함함하다는데, 부모 눈에 예쁘지 않은 자식이 어디에 있으랴.

언니만 한 동생이 없다는 말을 자주 했다. 동생들하고는 마음씨가 달라 보여 흐뭇할 때도 많았다. 백옥같이 곱던 아이가 자라면서 수수한 들꽃으로 변해 갔다. 겨우 난쟁이를 면한 제 아비의 탓인지 키는 하에서 상쯤이요, 들깨꽃 같은 제 어미를 닮았는지 고운 데라곤 별로 보이질 않는다.

멋 부릴 줄 모르는 아이, 꾸미고 가꿀 줄 모르는 아이다. 대학을 졸업하고 골목 학원에서 강사를 하면서도 친구가 어렵다면 제 어미에게 맡겨 둔 통장을 통째로 들고 나가는 아이다. 시집을 어떻게 가려고 그러느냐는 어미와 걱정도 말라는 아이의 가벼운 실랑이는, 언제나 어미가 지고 만다. 어쩌다 안쓰러운 사람을 만나면 장갑도 목도리도 심지어 외투까지 벗어 주고 떨면서 들어오기 한두 번이 아니다. 마음씨 하나만은 친구들이 붙여 준 별명 그대로 천사표(?)가, 과언은 아닌 것 같다.

덕수궁 야외 촬영장에서 일어난 해프닝이다. 힘든 촬영이 거의 끝날 무렵, 말마디나 하는 둘째의 음성에 가시가 돋쳤다. 기사의 실수로 이제까지 촬영한 필름을 몽땅 못쓰게 되었다는 것이다. 실로 난감한 일이다. 물론 신랑신부를 놀리기 위한 즉석 연출임을 당사자는 알 리가 없다.

바야흐로 신랑의 얼굴이 일그러지려는데 "그까짓 일 가지고 뭘 그러느냐, 다시 찍으면 될 것 아니냐" 며 도리어 촬영팀을 위로했다는 아이다. 십중팔구는 신부가 먼저 화를 내기 마련인데, 이런 신부는 처음이라며 '천사표'를 확인했다는 후문이다.

글쎄―, 빙그레 웃을 수밖에……. 아이가 자라면 그만큼 부모는 늙는다. 나는 아직도 젊은 것 같은데, 어쩌다 보니 큰아이가 서른이 가까워졌다. 고운 티가 바래지는 아이를 보면서 아비의 조바심은 병이 되고 말았다. 길을 가다가도 준수한 청년만 보면 내 아이와 나란히 세워 보는 증세가 생겼다. 아마 과년한 딸을 둔 부모라면 누구나 앓는 병(?)이 아니겠는가.

마냥 태평이던 아이가 어느 날 불쑥 시집을 가겠다며 빙그레 웃는다. 어느 정도 짐작은 했지만, 꽤 오랜 기간 친구로 사귀던 청년이다. 사랑하느냐고 물었다. 사랑은, 서로 일생을 책임지는 것임도 아느냐고 물었다. 아이의 오른쪽에 나란히 세워 본다. 뭐라고 할까. 새에 비하면 수수한 산비둘기 한 쌍이요, 꽃에 비하면 자목련에 백목련 같다고나 할까. 전혀 낯설지 않은 포근한 느낌이다.

언젠가 텔레비전에서 본 '어미새의 사랑'이라는 프로가 문득 떠올랐다. 암수의 자태와 색채가, 제 새끼 사랑에 함수관계가 있다는 흥미로운 얘기다. 이를테면, 꿩이나 공작같이 수컷이 예쁜 새는 암컷 꾀는 데만 열중이요 새끼 즉, 가정을 위해서는 별로 도움이 안 되는 나쁜 아빠이기 마련이고, 반대로 도요새같이 암컷이 예쁜 새는 수컷이 새끼를 돌보고 암컷은 바람둥이로 나돌아다니는 나쁜 엄마이기 마련이라는 것이다. 그러나 암수가 밉고 곱고가 없이 수수한 새들은 새끼 사랑에 더불어 협조적이라니―, 어쩌면 그렇게도 사람살이와 꼭 같이 닮았다는 말인가. 나란히 서 있는 모습이 공작도 아니고 도요새도 아니다. 자목과 백목이 어우러진 가지에 산비둘기 한 쌍으로 보일 뿐이다. 제 눈에 안경이라면 할 말이 없지만 말이다.

만물이 시샘하는 화사한 봄날, 아이의 손을 잡고 비단길을 걸었다. 아비의 손길을 떠나는 가깝고도 먼길이다. 어미의 탯줄을 끊고 아이가 되고 아비의 손끝을 떠나 어른이 되나보다. 지아비의 손을 잡는 아이의 손길이 잔잔히 떨고 있음을 느낀다. 부모도 함께 못할 먼 길—, 지아비와 지어미가 되어 닻을 올린다. 어찌 순풍만 있기를 바랄 수 있으랴.

말세란, 처녀가 시집가는 날과 같다는 말이 있다. 재미있는 풀이다. 어제까지 처녀의 삶이 끝나고 오늘부터 한 남성의 아내요 한 가정의 며느리로 새로운 인생이 시작된다는 의미다. 옛날 같으면, 신랑은 사모紗帽에 관대官帶하고 신부는 원삼圓衫에 족두리를 썼다. 사모관대는 정삼품正三品 당상관堂上官의 관복이요 원삼족두리는 정부인貞夫人의 예복이 아니던가. 이제 어른이 되었으니 마음가짐과 행동거지를 달리하라는 격조 높은 묵시임을 알 수 있다. 정숙한 며느리 어진 아내로, 지아비를 꽃피우고 그 열매를 알알이 거둘 줄 아는 오지랖이 넓은 아낙이 되었으면 싶다.

바람이 인다. 아이의 빈자리에 가슴이 시리다. 사노라면 얼마나 더 시린 날이 많을까.

파아란 하늘에 빠알간 까치밥을 떠올리며 살며시 웃는다.

(1996)

탁상일기

빛바랜 탁상일기에 눈길이 멎는다. 뜨고 지는 해를 따라 넘긴 삼백예순 장, 남은 몇 장이 임종을 기다리는 할배처럼 애잔하다. 첫장을 넘기던 그 풋풋한 설레임은 어디로 가고, 마저 넘겨 버리고 싶은 허탈만 남는가. 일년 삼백육십오 일, 팔천칠백육십 시간을 또 한번 내 나이테 속으로 접어 넣었다. 그 많은 시간 무엇을 했느냐고 묻는다면, 할 말이 없다.

세모歲暮의 문턱에서 한 장 한 장 되넘겨 본다. 하얀 공백空白이 적지 않다. 그렇게도 할 일이 없었단 말인가. 사형수死刑囚의 눈빛을 생각하면 고귀한 생명을 유기遺棄한 범죄자라는 생각을 떨쳐버릴 수가 없다.

그도 그럴 것이 삼분의 일三分之一은 먹느라고 보냈다. 어찌 그뿐인가. 오가며 보낸 시간이 얼마며 부질없이 노닥거린 시간은 얼마인가. 물같이 흘려버린 내 푸르른 시간을, 회심한 탕자가 되어 회한悔恨에 젖는다.

'왜 사느냐'는 물음은 차치하고라도 제 목숨 하나 부지하기 쉽

지 않은 세상이 되고 말았다. 무슨 사건과 사고가 그리도 많은
가. 불의의 사고로 불구가 된 이웃이 부지기수요 갑자기 쓰러져
눈을 감은 막역도 한둘이 아니다. 심지어 쉽게 돈을 벌려다가
울 높은 집에서 수도修道를 하는 지우도 있다. 이리 찢기고 저리
죽고, 아직은 살아 있는 게 신기할 정도다.

  구약성서에 나오는 얘기다. 애굽 왕이 야곱을 만나 "네 나이
가 얼마냐"고 물었다. 야곱의 대답이 걸작이다. "내 나그넷길이
일백삼십 년이다. 그동안 험한 세월을 보냈다."

  '나그넷길', '험한 세월' 어쩐지 가슴이 시리다. 야곱은 사천 년
전 사람이다. 그날의 나그네가 오늘도 나그네요 그때의 험한 세
월은 지금도 다를 바 없다. 오죽했으면 사람살이를 고해苦海라
했겠는가.

  연말연시에 많이 쓰는 말이 다사다난多事多難이다. 일도 많았고
어려움도 많았다는 뜻이다. 지난해도 예외는 아니다. 살얼음을
걷듯 조심스럽던 한 해를 돌이켜본다.

  얼마나 성실하게 살았는가. 스스로를 속이며 무책임하게 살지
는 아니했는가. 내 이웃에게 겸손하고 너그러웠는가. 아집과 태
만과 방관 속에 안일만을 추구하지는 아니했는가. 구겨진 일기
장을 넘겨보는 손길이 가볍지 않다.

  지난 일년 동안 무엇을 이루었는가. 삶은, 소유의 싸움터가
아니오, 향락의 놀이터도 아니다. 이룬 것이 아무것도 없는 삶
이라면 무슨 의미가 있겠는가. 사람이 사람되기 어려운 이유가
여기에 있는지도 모른다.

  내 삶의 여흔餘痕을 모아 수필집 한 권을 상재上梓했고, 딸아이
하나를 출가시켰다. 틈틈이 원고지를 메꾸어 졸문 삼십여 편을
새로 건졌고, 때늦은 결심으로 서예書藝에 입문하여 그윽한 묵향

墨香에 젖기도 했다. 이로써 스스로 위안을 삼으려 하지만, 가슴 한구석이 텅 빈 듯한 느낌은 어인 일인가.

송구영신送舊迎新의 마루턱에 서면 언제나 두 가지의 마음이 작용을 한다. 하나는 흐뭇한 보람이요 또 하나는 허탈과 회한이다. 때묻은 일기장을 넘겨보는 손길이 무거운 것은, 보람있게 살지 못한 자괴自愧가 아니겠는가.

그러나 어찌하랴, 어제를 거울삼아 오늘을 살고 오늘이 있기에 내일이 오는 것을……

나그넷길, 험한 세월, 이제껏 별 탈 없이 살아온 것을 감사하면서, 비록 헛된 꿈이 될지 모르나 새로 맞이할 새해를 위해 다시 다짐을 한다.

새로운 마음으로 새해를 맞자. 캘린더를 새로 바꿨다고 새해가 아니오, 첫달 첫날이 되었다고 새해가 아니다.

옛 마음에 어찌 새해가 있겠는가. 마음이 새로우면 생활이 새롭고 생활이 새로우면 습관이 새롭다. 습관이 새로우면 운명도 바뀐다는 게 내 신념이다.

매사를 즐겁게 살자. 비가 오면 우산이 잘 팔려서 좋고 날이 개면 나막신이 잘 팔려서 좋다면, 이 세상에 즐겁지 않은 일이 어디에 있으랴.

기독基督의 가르침에 '천국은 마음속에 있다'고 했다. 그렇다면 지옥은 어디에 있겠는가. 남은 술병을 보고 '벌써 이만큼이나 먹었느냐'는 사람은 지옥에 살고 '아직도 이만큼이나 남았느냐'는 사람은 천국에 산다.

마음을 다스려 즐겁게 살자. 마음을 맑혀 환하게 살자. 알찬 마음으로 멋있게 살자. 어디를 가나 책과 더불고, 어디에 있든 글을 쓰자. 시간을 나누어 여행을 하고 서법書法을 익혀 서예書藝

의 멋도 즐기자.

고전古典 삼십 권, 산문散文 삼십 편이 목표다. 여행은 먼저 내 땅 명산고적을 두루 찾고, 여유가 있으면 물 건너 남의 땅도 한 번쯤 밟아 볼 생각이다. 밝은 내일을 위해 수입의 약간은 남겨 두고, 기왕 붓을 들었으니 해서楷書를 거쳐 행서行書를 흉내라도 내고 싶다.

분에 넘치는 욕망일까. 별 밑천이 드는 일도 아닌데, 맘만 먹으면 못할 것도 없다. 탁상일기를 다시 넘겨보는 날, 흐뭇한 보람으로 하늘을 우러러 감사기도를 드리고 싶은 마음 간절하다.

(1996)

행복게임

아이들 놀이에 눈이 번쩍 뜨인다. 너무 흥미로워 무슨 놀이냐고 물었더니, "행복게임"이라며 해맑게 웃는다. "나는 행복하다. ○○ 때문에. 나는 행복하다. ○○이 있기 때문에…" 이런 식으로 말을 주고받다가 말문이 막힌 쪽에 꿀밤을 먹이며 자지러진다. 기발한 착상이다. 하찮은 주변사에서 행복을 건져 즐길 줄 아는 아이들이 대견스럽다. 문득 아이들은 어른들의 스승이라는 말이 떠올라 찌든 눈길을 돌리고 말았다.

상대적 빈곤이라는 말이 있다. 남의 떡이 더 커 보이는 인간 심리에서 표출된 신조어新造語가 아닌가 싶다. 역설적으로, 상대적 부유나 상대적 행복이라는 말도 있을 법한데 어찌된 일인지 한 번도 들어 본 기억이 없다. 남의 것이 커 보이면 반대로 내 것은 작아 보이기 마련이다. 내 것이 작고 적은데 무슨 만족과 기쁨이 있겠는가. 불만과 불행의 씨앗은 이렇게 싹이 트는지도 모른다.

왜소증 콤플렉스, 이제껏 내가 앓고 있는 고질병이다. 백육십을 조금 넘는 키에 목까지 자라를 닮았다. 남자는 말할 것도 없고 장대 같은 여인을 만나도 주눅이 든다. 올려다보다가 고개를 떨구는 단구短軀의 애환을, 내려다보는 장신長身들이 어찌 알랴.

공중목욕탕도 예외는 아니다. 김동석金東錫 님은 '나의 돈피화'라는 글에서 "목욕탕 속의 나체 군상은 인간 — 아니, 사내들이지 이발사도 순사도 수필가도 아니다"고 했지만, 결코 그런 것만은 아니다. 보란 듯이 아랫배를 드러내는 당당한 대물大物도 있고, 힐끔힐끔 웅크리고 돌아앉는 풀죽은 소물小物도 있다. 유난히 으스대는 거물巨物이라도 만나는 날은 땀에 절은 옷가지가 되어 어물어물 뒷걸음질칠 때도 많다. 벌거벗고도 움츠러드는 왜소증후군, 참으로 한심한 속물이 아닐 수 없다.

막내아이가 제 친구 집 자랑에 열을 올린다. 굉장히 크고 넓은데 우리는 이게 뭐냐는 식이다. 실로 난감한 일이다. 그렇지 않아도 작은 것이라면 알레르기 반응을 보이는 아비의 아픈 곳을 건드린 꼴이다. 어찌하랴, 구차한 변명이라도 할 수밖에…….

잘사는 것과 바르게 사는 것은 다르다. 잘살기보다 바르게 살자고 했다. 잘살면서 바르게 사는 것이 더 좋다며, 이죽거린다. 딴은 맞는 말이다. 초가집보다 기와집이 좋고 보리죽보다 쌀밥이 백번 낫다. 누가 그걸 모르랴만, 아무나 부귀영화를 누릴 수 없는 일이다. 저마다 처한 환경과 그릇이 다르고, 능력과 소질이 다르고, 노력 또한 같지 않다. 제각기 누리는 몫이 다른 것은 어쩌면 당연한 일인지도 모른다.

내 몫은 내 능력의 결과요 노력의 대가다. 그런데 왜 내 것은 항상 작고 초라하게만 보이는 것일까. 한결같이 작고 적고 좁은 것뿐이다. 이게 다 내 분수라 해도 쌓이는 앙금을 어찌하랴. '행복게임', 내가 만일 이 놀이를 한다면, 몇 번이나 말을 이어갈

수 있을까. 나는 행복하다, ○○ 때문에. 나는 행복하다, ○○ 때문에…….

놀라운 일이다. 한두 가지가 아니라 셀 수 없이 많다. 내 이토록 가진 게 많다는 말인가. 내 사는 곳에서 삼십여 분, 나지막한 능선을 넘으면 침묵의 도시가 있다. 한줄기 연기로 사라져 간 생명은 차지하고라도 우렁이처럼 붙어 있는 무덤들이 육만여 기, 소도시를 하나 이루고도 남는 수다.

삼십도 안되어 보이는 젊은이가 유치원복이 앙증맞은 딸아이를 안고 황토도 마르지 않은 무덤에서 오열하던 모습이 잊혀지지 않는다. 이승과 저승을 얽어맨 인연의 고리, 내 식솔들의 눈망울이 떠올라 깊은숨을 들이마신다. 노을이 고운 해거름에 침묵의 도시를 내려다보면, 어제가 보이고 내일이 보인다. 이 아니 고마운 일인가.

부개산 산책길, 한쪽이 늘어진 분들을 자주 만난다. 기를 쓰고 걷는 그 처절한 몸부림이 보는 이의 마음까지 무겁게 한다. 한줄기 바람을 맞아 목숨을 잃거나 문밖 출입도 못하는 이들이 부지기수다. 역발산力拔山 기개는 어디로 가고 손가락 하나 움직일 힘도 없다. 참으로 속절없는 게 사람의 목숨이 아니던가.

잘 먹고 잘 싸고 잘 자는 행복, 결코 작지도 않고 가볍지도 않다. 언제부턴가 수요일 아침이면 손수건 챙겨들고 텔레비전 앞에 앉는다. '그 사람이 보고 싶다'는 프로그램을 보기 위함이다. 어린 나이에 입하나 던다는 명분으로 가족과 헤어진 사연들이 줄을 잇는다. 꼭 데리러 온다는 약속을 믿고 울지도 못한 인고忍苦의 세월, 성도 이름도 바뀌고 나이도 생일도 모른 채, 무상한 세월을 죽지 못해 살았다. 아련한 기억의 조각들을 모아 부모를 찾고 형제를 찾는 젖은 눈망울, 보는 이의 가슴이 저리고 아프다. 할매가 된 그 엄마가 엄마가 된 그 아이들 안고 토해 내는 통곡, 준비한 손수건이 흥건히 젖는다.

아이 하나를 잊을 뻔한 기억이 있다. 아장아장 걷는 넷째를 데리고 시장엘 갔다. 옷가지 하나를 고르다 보니 아이가 보이지 않는다. 눈 깜짝할 사이다. 걸리는 게 사람인데 어디서 찾는단 말인가. 어디를 얼마나 헤맸는지 모른다. 쫓기듯 빠져나가는 어느 여인의 등에 얼핏 아이가 보였다. 변명에 열을 올리는 그에게 아이를 받아 안고, 다리가 풀려 걷지도 못했다. 운명의 기로, 생각만 해도 소름이 끼친다.

내 이웃의 고통과 불행을 눈여겨보면, 하찮게 여겼던 내 것들이 너무 소중한 사실을 깨닫게 된다. 내 가진 것들이 이토록 크고 많고 귀할 줄이야.

아이들 모아 놓고 행복게임이나 한마당 벌려야겠다. 모르면 몰라도 까르르 까르르 밤이 깊도록 깨를 볶고도 남을 것 같다. "나는 행복하다. ○○ 때문에, 나는 행복하다 ○○이 있기 때문에……." (1997)

윗마당

윗마당, 내 우거寓居 옥상을 일컫는 말이다. 그리 높지도 않은 아파트 맨 위층에 사는 덕으로 옥상을 마당 삼아 과분한 호사를 누리고 있다. 호사가 어찌 이뿐이랴. 오르내리는 불편은 은연중 운동이 되어 온 식솔이 다 건강하니, 더 말할 것도 없고 여름철 불청객인 모기, 파리는 그들도 힘에 겨운지, 아예 사절이다. 이 아니 호산가.

등용문이라도 오르듯 간혹 내 거처까지 날아드는 날파리가 없는 것은 아니다. 그마저 없다면 여름날 무료함이 더할 것 같아 그 가상한 용기에 찬사라도 보내고 싶지만, 아이들 성화에 파리채를 가까이 두는 것으로 경고를 대신한다.

행여 놀랄세라 창문 여닫기도 조심스러운 손님도 있다. 해마다 말복쯤이면 어김없이 찾아와 밤새워 울어대는 귀뚜라미다. 또르르, 또르르, 옥구슬 구르는 소리에 여름은 저만큼 멀어지고 가을은 이만큼 다가온다. 척박한 시멘트벽, 살벌한 사람들의 이기심 속에서 목숨인들 연명하기가 그리 쉬웠겠는가. 그래서일까. 지친 듯 외로운 듯 베개 밑을 파고드는 그 애절한 소리에, 밤이 깊도록 가슴을 앓는다.

아파트 귀뚜라미, 초가집 부뚜막에 지천으로 걸리는 귀찮은 존재도 아니요 풀섶에 자욱한 풀벌레는 더욱 아니다. 풀이라고는 베란다에 화분 몇 개가 고작인 원두막 같은 내 우거를 마다 않고 찾아온 참으로 반갑고 고마운 친구들이다.

불을 끄고 자리에 누워 밤이 깊도록 내 좋아 앓는 가슴, 아무도 모른다. 한 평의 땅이 기백만 원을 호가하는 동네에서 큰애기 엉덩이만 한 뜰이라도 결코 쉬운 일이 아닌데, 멍석 서너 장 넓이의 마당을 공짜로 쓰고 있으니, 이 아니 좋은가.

동으로는 내 키만큼의 옥탑이 울을 이루고 열 아름도 더 되는 물탱크가 북쪽을 가려 준다. 남쪽과 서쪽 나지막한 턱 아래로 흙을 올려 화단을 만들고 겨우내 실내에 두었던 화분을 올려놓는다. 옹기그릇이 정갈한 장독대 옆으로 시골집 채마밭을 한 자락 옮겨놓은 듯 상추, 쑥갓, 시금치가 싱그럽다.

삽상한 아침 햇살에 아이가 되어 몸을 흔드는 곳도 여기요, 노을이 미치도록 고운 날엔 바보처럼 넋을 잃고 앉아 있는 곳도 여기다. 무엇에 넋을 잃는가, 지는 모습이 더 아름다운 해님이다. 아무리 아름다운 꽃도 지는 모습은 추하기 그지없고, 천하일색도 저무는 걸음은 쓸쓸하기 마련이다.

걸음마다 저묾이 다가오는데 내 어찌해야 하는가. 우레 같은 청중의 갈채 속에 화려하게 사라지는 배우같이, 온 천하를 붉게 물들인 화려한 장막 뒤로 웃으며 자자드는 해님같이, 그렇게 질 수는 없겠는가.

넋을 잃은 바보가 되어 옷깃을 여미는 성스러운 내 기도처도 여기다. 뚜껑이 깨진 앉은뱅이 항아리에 빗물이 고여 남실거린다. 그 안을 가만히 들여다보면 하늘도 구름도 그 속에 있다. 밤이면 달님도 별님도 잠겨 있다. 달님을 위해 손거울 하나를 살며시 넣어 준다. 무지개 색깔의 영롱한 달님이 거울에 비친다. 참으로 경이롭고 신비롭다.

내 얼굴도 비춰본다. 오욕칠정의 역겨운 몰골이 어스름하다. 차마 부끄러워 눈을 감는다. 감을수록 열리는 눈이 있다. 마음의 눈이다. 겉은 초라하나 그 속은 비단같이 아름다운 이도 있고, 겉은 화려하지만 속은 더럽고 추한 사람도 적지 않다. 내 속은 어떤가. 단전에 기氣를 모으고 속눈을 맑혀 자신을 성찰하는 곳도 여기다.

금년 여름은 유난히 덥다. 대구와 합천지방의 수은주가 38도를 넘었다는 아나운서의 지친 듯한 목소리가 더 짜증스럽다. 산과 바다, 고속도로가 피서 인파로 몸살을 앓는다. 피서가 아니라 도리어 더위를 먹고 오기 십상이다.

별님 아씨 눈웃음 따라 돗자리 한 장 들고 윗마당으로 오른다. 수박 한 통 들고 뒤따른 내자와 마주앉으면, 은하를 사이에 둔 경우와 직녀가 시샘이라도 할까봐 은근히 걱정이다. 밤하늘은 누워서 봐야 제격이다. 별자리를 묻는 내자는 금세 단발머리 소녀가 되고, 별똥별을 가리키는 나는 영락없는 까까머리 머슴애다. 소녀는 예산골 무너미 개똥불을 쫓고, 머슴애는 월랑골 갈거리 개구리 소리에 귀를 기울인다. 은가루를 뿌려 놓은 듯한 은하수를 찾는다.

이 어인 일인가. 은하수가 없다. 눈을 씻고 다시 봐도 보이지를 않는다. 뿐만이 아니다. 별님도 생기를 잃었다. 한물 간 생선의 눈빛이다. 변괴다. 하늘이 시들고 있다. 하늘이 중병을 앓고 있는지도 모른다. 하늘이 시들면 땅도 시들 수밖에 없다. 땅

이 시들면 그 다음에 무엇이 시들까. 이름도 생소한 '오존주의
보'가 섬뜩하다. 가까운 앞산이 희미하고 쪽빛 하늘이 잿빛으로
변했다면, 예삿일이 아니다.

문명의 수레는 어디로 가려 하는가. 유토피안가 아니면 파멸
인가. 유토피아는 꿈이요 파멸은 현실이 아닌가 싶다. 임진강
물고기가 떼죽음을 당하고 황해가 흑해로 변해 간다고 난리가
났다. 산, 내, 들에 산성비가 내리더니, 물을 사 마시는 금수강
산이 되고 말았다. 문명은 도대체 어디로 가려 하는가.

숲에 불이 났다. 산새 한 마리가 물을 머금어 뿌리고 있다.
안 되는 줄 알지만, 내 집이 불에 타는 데 구경만 할 수 있겠느
냐는 대답에, 구름이 감동하여 비를 뿌려 불을 꺼 줬다는 얘기
가 있다.

어찌해야 하는가. 가능하면 큰 차를 타고, 가까운 거리는 걸
어야겠다. 내가 호사를 누리는 윗마당 멍석만 한 공간이라도 꽃
한 포기, 나무 한 그루 더 심고 가꿀 수밖에 없지 않겠는가.

벌떡 일어나 물통을 든다. 화분이 아니라 결국 나를 위해서다.
귀뚜리도 신이 나서 구슬을 굴린다. 또르르 또르르 또 또르
르……. (1996)

아름다운 소리

아름다운 소리는 듣기부터 좋다. 고요히 흐르는 달빛을 타고 어디선가 들려오는 대금소리, 생각만 해도 가슴이 설렌다. 헤비 메탈에 사로잡힌 십대들은 몰라도, 아마 십중팔구十中八九는 눈을 지그시 감고 깊은 상념에 잠길 듯싶다. 사르륵 사르륵 함박눈이 내리는 밤, 다정한 연인과 따끈한 차 한잔을 나누며 「비발디」의 사계四季를 듣는다면, 봄은 결코 멀지 않으리라.

나는 한때 음악에 도취되어 날 새는 줄 모르던 때가 있었다. 여가만 있으면 레코드 가게를 기웃대다가 클래식 몇 장을 들고 들어와, 감미로운 선율에 젖어 밤이 깊은 줄도 몰랐다.

기독신앙이 뜨겁던 시절이어서 음악도 창조創造, 타락墮落, 구원救援, 영광榮光으로 구분해서 들었다. 창조는 기쁨과 소망이요 타락은 고통과 슬픔이다. 구원은 굽이굽이 고난의 노정이요 영광은 희열과 환희다.

「하이든」의 '천지창조' 제1악장과 「안익태」의 '코리아환상곡' 제1악장을 들으며 태초에 하늘이 열리고 땅이 열리는 장엄을 느졌고, 「베토벤」의 '전원교향곡'과 「하이든」의 '장난감교향곡'은 아담과 이브가 에덴동산에서 춤추고 노래하는 모습을 상상케 했다. 갑자기 어두운 그림자가 드리우더니, 선남선녀는 간교한 뱀의 유혹에 빠져 실낙원失樂園의 비운을 맞는다. 어디로 가는가. 본향을 잃어버린 나그네 ─, 이때부터 인간은 고달픈 나그네가 되었는지도 모른다.

「사라사데」의 '짚시의 달'을 들으며 눈시울을 적셨고, 「차이코프스키」의 '비창'을 걸어놓고 몇 번이나 가슴을 쓸어 내렸다.

구원은 고난이 따르는 좁은 문이다. 잃어버린 본향을 찾아가는 나그넷길이 어찌 평탄할 수 있겠는가. 흑인영가의 장중함에 목이 메었고, '히브리포로들의 합창'에 주먹을 불끈 쥐었다. 어둠이 진하면 여명이 가깝고 겨울이 깊으면 봄 또한 멀지 않다. 「주페」의 '경기병 서곡'이 새날을 고하고, 「드볼작」의 '신세계 교향곡'이 새 시대를 연다. 「베르디」의 가곡 '아이다' 중에서 '개선행진곡'이 힘차고 「베토벤」의 교향곡 9번 '환희의 송가'에 이어 「헨델」의 '메시아'가 울려 퍼지면 나도 모르게 벌떡 일어나 저 높은 곳을 향하여 "아멘"을 외쳤다.

배고픔을 잊고 날 새는 줄도 몰랐다. 레코드를 싸들고 원정도 다녔고 쥐꼬리만 한 지식으로 명곡 해설도 서슴지 않았다. 음악용어 하나 제대로 모르는 문외한의 용기(?)에, 지금도 얼굴이 간지러울 정도다.

그런데 이 어인 일인가. 어느 때부턴가 그토록 좋던 곡들이, 지금은 아예 먼지가 뽀얗게 쌓이고 말았다. 호가好歌도 창창불락喞喞不樂인가. 아무리 좋은 노래도 부르고 또 부르면 즐겁지 않다는 말인데, 내가 그 꼴이 된 모양이다.

들어도 들어도 더 듣고 싶은 소리는 무엇인가. 솔바람 소리인

가. 아니면 어머니의 자장가 소리인가. 들어도 들어도 싫지 않은 가장 아름다운 소리는 무엇인가. 문득 어린 나에게 명심보감明心寶鑑을 가르치던 훈장할아버지의 말씀이 떠오른다.

"이 세상에 제일 듣기 좋은 소리가 뭣인 줄 아느냐. 첫째는 갓 태어난 아기의 힘찬 울음소리요, 둘째는 학동의 낭랑한 글 읽는 소리요, 셋째는 안에서 들려오는 다듬이 소리니라." 한 귀로 듣고 한 귀로 흘려버린 줄 알았는데, 내 가슴 깊은 곳에 불씨로 남았다가 스멀스멀 살아나는 까닭은 무엇인가.

아기의 울음소리, 이보다 더 귀한 소리가 어디에 있으랴. 부모는 말할 것도 없고 온 가족이 숨을 죽이고 기다리는 거룩한 소리다. 농촌은 이미 그 소리가 끊어진 지 오래요, 도시도 그리 쉬운 일은 아니다. 간혹 그 소리가 들린다 해도 들어 줄 귀도 없다. 텔레비전에 정신을 빼앗긴 도시인들의 귀에 어찌 그 소리가 들리겠는가. 내 언제쯤 손자의 울음소리를 들을 수 있을까. 그날이 오면 내 귀를 밝히어 가슴으로 들으리라. 그 거룩한 소리를…….

자식의 글 읽는 소리, 평화와 행복과 소망이 그 속에 있다. 이보다 더 듣기 좋은 소리가 어디에 있으랴. 듣기만 해도 힘이 절로 솟는 게 자식의 글 읽는 소리다.

내 고향엔 서당書堂이라는 건물이 퇴락된 채 지금껏 남아 있다. 하얀 수염에 탕건을 쓴 근엄한 훈장 앞에서 열댓 명 학동들이 글을 읽던 곳이다. 몸을 앞뒤로 흔들며 목청을 돋우면 이상하게도 온 마을에 훈기가 돌았다. 누구는 통감을 떼고 누구는 논어를 읽고, 훈훈한 인정이 꽃을 피우던 꿈 같은 옛날이 그립다.

신학문이 들어오면서 서당은 문을 닫고 말았다. 마을엔 글 읽는 소리가 사라지고 그대신 유성기와 라디오 소리가 사람들의 귀를 홀리기 시작했다. 문명은 두메까지 이렇게 스며들었다.

다듬이 소리, 분명 정겨운 소리다. 밤하늘에 기러기를 부르는가. 청아한 소리가 뜰안에 흐르면 흐뭇한 평화가 나래를 편다.

다듬이질은 손과 마음이 맞아야 한다. 네 개의 방망이가 셈과 여림, 빠름과 느림이 멋들어지게 어우러지면 사랑채엔 거나한 웃음소리가 울을 넘는다. 그림보다 더 아름다운 내 살던 산촌의 정경이 아른거린다.

아기의 울음소리 힘차고, 학동의 글 읽는 소리 낭랑하고, 아낙네 다듬이 소리 청아하고, 사랑채 웃음소리 거나하고…… 평화와 행복과 자유와 희망이 강물로 넘친다. 꿈같은 얘기다. '낫 놓고 기역자도 모른다' 가 아니라 '기역은 알아도 낫은 모르는 시대' 에, 무슨 잠꼬대냐고 웃을 일이다.

측간厠間이 더러울수록 인정이 넘치고 화장실이 깨끗할수록 삭막하다면 누가 믿겠는가. 그 잘난 문화가 빚어낸 웃지 못할 현실이다. 수더분한 측간과 이미 잊혀진 소리들이 그리운 것은, 내 나이 탓인가. 아니면 그 편리한 문화 탓인가.

이 밤이 깊도록 목청을 돋우어 글이라도 한 줄 읽고 싶지만, 아이들 눈치가 심상치 않으니 — 내 어디에 머리를 두어야 하는가. (1996)

제5부

·

어별을 벗삼아

초록여행

초록이 번지는 오월, 아내를 길벗 삼아 차밭 건강 기차여행에 동승을 했다. 일렁이는 설레임은 인지상정人之常情인지 자정子正이 가까운 시간인데도 삼삼오오 이야기꽃이 흐드러진다.

어둠 속으로 빨려드는 나른한 여유, 가물가물 꿈인 듯 아닌 듯 우유빛 여명이 차창에 어린다. 보배로운 성이라는 남녘의 보성寶城골, 임방울, 조상현 같은 판소리의 대가를 배출한 예향藝鄕이요, 조정래의 소설 《태백산맥》으로 유명한 문향文鄕이다. 손님을 맞는 도우미들의 구수한 사투리와 따끈한 녹차 한 잔이 살갑게 닿는다.

버스에 나누어 타고 제일 먼저 이른 곳이 해발 664미터의 '일림산'이다. 삼각산 백운대에 버금가는 높이, 크다고 볼 수는 없으나 자락이 바다에 닿은 점을 감안하면 결코 만만한 산은 아니다. 굽이굽이 산허리까지는 버스로 오르고 산죽山竹이 비켜선 풋풋한 숲길은 걸어서 오른다.

별유천지別有天地다. 눈앞에 펼쳐진 풍광風光에 감탄이 절로 난다.

봉긋한 봉우리 흐르는 능선이 분홍빛 비단을 휘감고 있다. 뭐라고 할까, 녹의홍안綠依紅顔의 선인仙人 같다고나 할까. 잡목이 섞이지 않은 초록과 분홍의 절묘한 조화가 절경絕景이다.

철쭉이 장관이라는 지리나 소백보다도 더 정겹게 다가오는 까닭은 무엇인가. 산죽과 철쭉의 어울림도 유정有情하고 높고 낮음이 버겁지 않아 푸근하다. 밟힐 듯 잔잔한 바다, 잡힐 듯 떠도는 섬, 여인의 허리선 같은 비단꽃길, 머물고 싶은 마음 굴뚝같으나 무리에 휩쓸려 아쉬움을 남긴 채 돌아서야만 했다.

짧게 스치는 광고화면에도 여운이 남는 경우가 가끔씩 있다. 정갈한 차밭 사이로 아스라이 이어진 오솔길, 청초한 비구니 한 분이 바랑을 걸머메고 유유히 걷고 있다. 백합을 닮은 수녀가 자전거를 타고 지나치다가 한 생각에 뒤돌아와 뒷자리에 태우고 화사한 웃음을 나누며 멀어지는 광경, 눈을 감아도 보이는 고요한 평화다.

마음에 자리한 그 길, 꼭 한번 걷고 싶은 그 길을 아내의 손을 꼬옥 잡고 말없이 걸었다. 인생이 나그네라면 삶이란 길이 아니겠는가. 고비고비 예까지 이른 길, 이따금 돌아보면 아물아물 안개가 어린다.

우리는 말띠와 양띠가 부부로 만났다. 육갑六甲에 임오계미壬午癸未는 양류목楊柳木이라, 물에 물탄 듯 그저 그런 궁합宮合이라는 게다. 그래서일까. 이제껏 서로가 순한 그림자 되어 바꿈살이 벌여 놓고 알콩달콩 끈덕지게 살았다.

부부사이를 촌수寸數가 없다 하여 무촌간無寸間이라 한다던가. 그만큼 가깝다는 말일 게다. 따지고 보면 부부보다 더 가까운 사이가 어디에 있으랴. 그런데도 같은 취미를 갖기란 그리 쉬운 일이 아닌가보다. 이혼사유 중에 성격 차이가 제일 많다는 사실만 보아도 알 만하다.

우리라고 어찌 다른 부분이 없으리요만 같은 점을 즐기며 살아온 셈이다. 살다보면 서로가 닮게 되는지 틈틈이 책읽기를 즐기는 동문同文이요, 끄적거려 놓은 글 같지도 않은 글을, 몇 번이고 읽어 주는 고마운 독자다.

힘든 산행길에도 빠지지 않고 따라나서는 부담 없는 길벗이요, 가난한 선비를 흉내내어 살아온 무능한 가장을 하늘 아래 둘도 없는 지아비로 알고 살아 준 반려자다. 동전 몇 푼 아끼려고 시장바닥을 기웃대다가 올망졸망 챙겨들고 오리 길을 걸으면서도 웃음을 잃지 않는 들풀 같은 아낙, 장바구니를 받아들고 헤실헤실 웃음을 흘리는 별 볼 일 없는 남정, 양류목이라는 말이 분명 허사는 아닌 듯하다.

보성의 대표적인 차밭, 차 한 잔에도 도道가 있음을 모르는 바 아니나 모든 걸 차치하고 다향茶香이 스미는 차밭 길을 그저 그렇게 걸어간다.

산, 구름, 물소리, 바람소리, 온누리가 불입문자不立文字다. 갯도랑 건너 저 언덕에 이르는 길, 우러러 하늘을 보고 구부려 땅을 보다가, 도연명의 시 한 구절을 조용히 읊조린다.

울밑에 국화를 따다가	(採菊東籬下)
우연히 남산을 바라보니	(遇然見南山)
산의 기운은 나날이 곱고	(山氣日夕佳)
새들은 어울려 제집으로 날아든다	(飛鳥相與還)
여기에 담겨 있는 참뜻을	(此間有眞意)
말하고자 하나 이미 그 뜻을 잊어버리네	(慾辯己忘言)

가슴으로 느낄 뿐 무슨 말이 필요하랴. 말없는 말과 말을 잊은 양이 초록이 번져나는 차밭 길을 묵묵히 걷고 있다. 어디로 가는가, 저 언덕을 넘으면 너는 누구이며 나 또한 누구인가. 무심히 흐르는 구름, 가슴 가득 푸르름을 안고 낙안읍성으로 발걸음을 옮긴다.

오리도 안 되는 성곽 길을 늘어지게 걷는다. 어제와 오늘 과거와 현재가 한눈에 보이는 곳, 타임머신을 타고 시간여행을 즐기는 환상에 젖는다.

초가草家를 보듬은 돌담, 닫은 듯 열려 있는 사립문, 휘돌아 도는 고샅길, 맨발의 울오매가 금방이라도 달려나올 것만 같다.

멍석, 삼태기, 도롱이, 보는 것만으로도 온기를 느낀다. 누렁이 졸고 있는 외양간, 또르르 굴러다니는 앞마당의 병아리, 채마밭 울타리에 한 뼘쯤 키를 재는 오이며 호박, 주름진 아내의 얼굴에 꽃물이 번진다.

길다는 초여름 하루해가 왜 이리 짧은가. 압록鴨綠을 흐르는 섬진강 물이 노을에 물들어 유난히 곱다. (2001)

어별魚鼈을 벗삼아

청강거사淸江居士로 통하는 친구가 있다. 얼핏하면 낚시도구를 둘러메고 몇 백 리 밖까지 원정을 간다. 만만찮은 경비에 손바닥만 한 붕어 두어 마리가 고작인데도 언제나 생기가 넘친다. 부인의 짜증이나 아이들의 불평은 옛얘기다. 낚시도 못하는 삶은 곧 죽음이라는 항변에 이제는 부인이 먼저 등을 밀 정도다.

"피라미들을 속여 코를 꿰는 짓이 장부가 할 일이냐" 는 핀잔에 "세상을 등지고 앉아 있는 낭만과, 낚싯대가 묵직할 정도로 끌어올리는 스릴은 달관과 환희의 극치" 라는 대답이다. 글쎄, 토끼에게 용궁얘기 같다고나 할까, 아무튼 청강거사는 뭔가 다른 데가 있다.

나는 이제껏 낚시를 모르고 살았다. 취미도 취미려니와 여가도 여유도 없었다. 뿐만이 아니라 속이고 속는 게 삶이라 하지만, 물고기를 속여 낚아채는 낚시질이 어쩌면 내 심성에 맞지 않았는지도 모른다.

몇 년 전, 직장 연수차 해외여행길에 알라스카 '코디악' 이라는 섬에서 바다낚시를 해 본 경험이 유일하다. 꽁치 속에 강철낚시를 숨겨 수심 깊숙이 넣어두면 '할라벳'이라는 광어류가 어쩌다 덥석 문다. 보트가 기울어질 정도로 감이 오고 낚싯줄이 끊어질 듯 긴장한다. '노인과 바다'에서 나오는 장면처럼 밀고 당기기가 시작되고, 한참 후 사람보다 먼저 지친 고기가 수면 위로 머리를 드러낸다. 창으로 찌르고 방망이로 때리고, 일방적인 공방전 끝에 만신창이가 된 고기를 앞에 놓고 만세를 불렀다.

한사코 살려는 고기와 기어코 죽이려는 사람의 함수관계는 무엇인가. 사람에게 고기를 죽일 수 있는 무슨 권리라도 있다는 말인가. 피를 보고 즐거워하는 사람들의 잔인성에 부끄러울 때가 많다. 사슴 피, 노루 피, 심지어 오리 피까지 입 속이 벌겋게 마시려 든다. 오래 살려는 사람들의 이기심이다. 피를 마시고 얼마나 더 건강하고 오래 사는지는 내 알 바 아니로되, 생명 경시의 잔인성이 도리어 독성毒性으로 남지는 않을지 걱정이다. 팀의 일원으로 본의 아니게 살생을 하고, 한동안 마음이 개운치 않았던 기억이 새롭다.

친구 따라 강남 가듯, 친구 따라 낚시를 갔다. 승용차로 몇 시간, 이름도 생소한 경기도 여주골 어느 방죽에 이르니 하루해가 중천이다. 서울 참새와 시골 참새가 다르듯, 붕어도 마찬가지라며 웃는다. 낚싯대 하나를 챙겨 주며 여차여차 하라 이른 후, 저 만치서 자리를 잡는다.

염불보다 잿밥이라 했던가. 산 그림자 하늘거리는 흰 물결에 이미 정신을 잃었다. 그냥 있기 무료해서 낚싯줄을 던졌을 뿐이다. 먹이를 듬뿍 던져 인사부터 했다.

이승과 저승이 가깝고도 멀 듯, 뭍과 물도 마찬가지다. 용궁의 세계라면 더욱 그렇다. 소나무 숲에 하늘 한쪽이 걸렸다. 해도 떴고 구름도 흐른다. 나무도 있고 꽃도 있다. 저 하늘 아래 누가 있을까. 늠름한 선비풍의 잉어도 있을 게고 민초 같은 피라미도 있을 게다. 토끼와 경주를 한다는 거북이도 있을까. 왕방울 눈으로 빼꼼히 쳐다보는 산개구리가 낯설지 않다.

바람이 인다. 언덕에 휘늘어진 개나리가 노오란 꽃비로 내려 유유히 흐른다. 곰살스런 산새들의 몸짓이 바쁘고 청아한 쑥국새 소리 한가롭다.

옛날, 위수의 강태공은 곧은 낚시로 세월을 낚았다 하거니와 나는 지금 무엇을 낚고 있는가. 한 점 찌는 객이 되고 나는 주인이 되어 이 잘난 세상 뒤로하고 무애無碍의 정을 나눈다.

벌써 몇 번째 탄성을 삼키던 친구가 내 낚싯대를 건져보고 한심하다는 듯 먹잇감을 달아 던져 준다. 마음이 천리면 지척도 천리라 했던가. 내 맘에 낚시가 없는데 이 줄이 무슨 의미가 있겠는가. 구름 따라 흐르던 찌가 까닥까딱 흔들리기 시작한다. 용궁의 친구들이 마실을 온 모양이다. 놀다 가되 물지는 마라. 너 잡을 내 아니다. 뭍과 물이 하 멀어 한 올 실을 늘여 애틋한 정을 나누고 싶을 뿐이다.

그런데 이 무슨 변괴인가. 까닥거리던 찌가 자맥질을 하더니, 낚싯대가 기운다. 어느 결에 봤는지 청강거사의 손길이 낚아챈다. 어수룩해 보이는 붕어다. 멀뚱멀뚱한 눈망울에 아가미만 벌름거리는 몰골을 보고, 그만 픽 웃고 말았다.

허 ―, 어리석은 친구. 내가 나를 두고 한 푸념이다. 먹이에 코가 뀐 어리석음이 어찌 이 친구뿐이겠는가. 붕어를 속일 줄 아는 사람은 더 많은 것에 코를 꿰어 산다.

얼마 전, 막역한 지우志友 하나가 망신을 했다. 자수성가로 전자제품 대리점을 경영하던 친구다. 묘령의 여성 고객이 던진 낚싯줄에 그만 걸려들었다. 차 한잔이 심심풀이 화투판이 되고 어렵잖게 기백만 원의 거금을 따게 된 그는, 점점 더 깊은 수렁으로 빠져들어 결국 패가는 물론 목숨까지 망치고 말았다.

 향락에, 권세에, 돈에, 심지어 이념이나 제도에 코가 꿰인 무리들이 얼마나 많은 세상인가. 이념에 얽매이면 제 부모도 모른다. 유물론자들이 제 아비를 반동분자로 고발하여 인민재판을 하는 이유도 여기에 있다.

 신앙은 어떤가. 내가 참이면 너는 거짓이다. 한쪽이 선이면 다른 쪽은 악이 될 수밖에 없다. 믿음이 다르면 형제가 서로 싸우기 예사요 촌수가 없다는 부부도 멀어지기 일쑤다. 신앙에 코가 꿰어 패가망신한 경우도 얼마든지 있기에 하는 말이다.

 하루살이는 내일을 모르고 우물 안 개구리는 우물 밖을 모른다. 하나는 시간에 매이고 하나는 공간에 매었기 때문이다. 먹이에 속아 코가 꿰인 이 친구와 오십보백보다.

 어구漁具 속에서 팔딱거리지도 못하는 붕어의 희멀건 눈망울이 애잔하게 느껴지는 이유는 무엇일까. 피도 없고 소리도 없이 조용히 죽어 가는 모습이 군자 같아서 좋다는 낚시꾼들의 괴변도 있지만, 내 자화상을 보는 것 같아 차마 눈을 감고 말았다.

 내 다시는 어별魚鱉의 벗이 될지언정, 속이는 우는 범하지 않으리라. (1996)

향기에 취한 하루

창포물에 머리를 감던 날, 성산별곡星山別曲의 담양골을 찾았다. 길벗이 좋으면 십리도 오리가 된다 했던가. 뜻을 같이 하는 문우文友들과 어울렸으니, 남도 천리가 가벼운 나들잇길이다.

질펀하게 웃음꽃을 피우다가 빛고을 무등無等을 차창에 맞는다. 개나리 봇짐에 달포쯤 걸리던 산너머 주막 강 건너 객줏집을 단숨에 날아왔다. 주마간산走馬看山이 아니라 비마간산飛馬看山을 한 셈이다. 행운유수行雲流水로 유유자적悠悠自適하던 옛 선비의 정취情趣와 애당초 거리가 멀다.

관수정觀水亭에서 마음에 점을 찍고, 그림자도 쉰다는 식영정息影亭을 서둘러 오른다. 청청한 소나무 그늘에 소박한 정자 하나, 고향 마을 모정茅亭 같은 살가운 정감이 사르르 스민다.

옛날, 제 그림자를 무서워하는 위인이 있었다고 한다. 뛰면 뛰고 앉으면 앉고, 숲 속에 몸을 숨기자 그제야 그놈이 안 보이더라나. 장자莊子우화寓話에 나오는 식영의 유래가 이러하다.

당호堂號에서부터 군자의 고결高潔한 아취雅趣를 느낀다. 그 멋들어진 풍자諷刺에 헤실헤실 웃음을 흘리다가 개구리가 태산을 만난 듯 움츠러든다. 별뫼로 울을 두르고 광주호를 자락에 깔아 물위에 내린 구름이 발아래 있다. 어느 나그네가 무심히 지나칠 수 있겠는가.

산은 신선神仙이 살아야 명산이요, 물은 용이 있어야 명수라 했다. 서하당棲霞堂 김성원이 그의 장인인 석천石川 임억령을 위해 지었다 한다. 고봉高峰 기대승, 하서河西 김인후, 기촌企村 송순, 구봉龜峰 송익필 등 당대의 기라성 같은 명현名賢들이 그림자 숨겨 놓고 시를 읊었다. 어느 누대樓臺를 이에 비하랴, 빛바랜 툇마루에 발자국을 남기기조차 송구스러울 정도다.

그림자 데불고 서성거린다. 어디선가 날아온 황조黃鳥 한 마리 배롱나무 가지에서 목청을 돋우는데, 저만큼 세상을 등진 태공들의 뒷모습이 한가롭다. 시인이 아니라도 시 한 수 건질 듯한데, 조급한 일행의 성화에 돌아서는 발걸음이 가볍지 않다.

그림자 숨기지 못한 아쉬움에 몇 번이나 뒤돌아보며 송강松江이 노래한 시 한 수를 떠올린다.

> 어떤 날 길손이 별뫼에 머물러
> 서하당 식영정 주인아 내 말 듣소
> 인간 세상에 좋은 일 많건마는
> 어찌 한 세상 그처럼 낮게 여겨
> 적막한 산중에 들고 아니 나시는고

식영정 주인인 서하당은 한때 송강의 스승이었다. 제자의 큰 그늘에 가리어 스승의 빛이 덜한 감도 없지 않으나, 청출어람靑出於藍이니 이 어찌 미쁘다 아니하랴. 부용당芙蓉堂 솔바람 소리는 그대로 남겨 두었다.

　소쇄원瀟灑園, 말만 들어도 소슬한 바람이 인다. 울울한 대숲이 외계外界를 차단한 별유천지別有天地다. 몸을 숨겨 대봉大鳳을 기리던 소쇄원 주인은 누구인가. 조선 중종中宗 때에 현량과賢良科에 급제하여 출사出仕를 하였다가 기묘사화己卯士禍에 스승이신 정암靜庵 조광조가 전라도 능주로 유배되어 끝내 사사賜死되자 말머리를 돌려 두문불출杜門不出한 소쇄처사 양산보다.

　달을 벗하여 시름을 달래던 제월당霽月堂, 바람 불어 걸릴 게 없는 광풍각光風閣, 임을 기리던 대봉대待鳳臺, 한 선비의 고결한 삶이 지금껏 살아 숨쉬고 있다. 강물을 굽어보는 언덕도 아니요 탁 트인 전망은 더욱 아니다. 갯도랑 흐르는 옴팡진 언덕에 토담으로 울을 둘러 마을을 가리고, 하늘도 가릴 듯한 대숲으로 세상을 막았다. 허유許由와 소부巢父가 팔 걷어 귀를 씻고 소 고삐를 거느리던 기산영수箕山潁水를 연상케 한다.

　달 없는 제월당에 햇살만 그윽하고, 광풍각 빈 마루에 대 그림자 넘실댄다. 토담길, 징검돌, 이끼 낀 너럭바위, 어디 하나 예사롭지 않다. ‘산천은 의구한데 인걸은 간데 없다’는 옛 시인의 노래가 귓가에 맴을 돈다.

　백이와 숙제가 수양산에서 고사리를 꺾으며 부르던 채미가采薇歌로, 당대의 명유名儒들이 뜻을 기렸다. 고봉高峰, 기촌企村, 하서河西를 비롯하여 제봉霽封 고경명, 송강松江 정철 등이 광풍제월光風霽月을 칭송한 것만으로도 소쇄의 성가는 알 만하지 않는가.

　말없이 서성이다가 소살대는 댓바람을 따라 환벽당環璧堂으로 발걸음을 옮긴다. 서기 1545년 소위 대윤大尹과 소윤小尹의 갈등으로 빚어진 을사사화乙巳士禍에 벼슬을 버리고 낙향하여 칩거하던 김윤제의 유적遺跡이다.

앞으로는 식영息影이 건너다 보이고 뒤로는 이름도 멋들어진 취가정醉歌亭이 담배 한 대참 거리에 있다. 간신배들에 의해 억울하게 옥사獄死한 의병장 김덕령을 기리기 위해 그 후손인 김만식이 지었다고 전한다. 취하지 않고는 견딜 수 없는 통분을 나타냄인가.

군주가 군주답지 못하고 신하가 신하답지 못하면 의인이 살아남기 어렵다. "이 선량한 백성들이 전생에 무슨 죄를 치었기에 저 인간말종人間末種들의 지배를 받아야 하는가." 생육신의 하나인 매월당 김시습의 한탄이 되살아난다. 정쟁政爭으로 날이 새고 파당派黨으로 날이 저물던 나라, 지금이라고 다를 바 있겠는가.

송순의 면앙정俛仰亭과 정철의 송강정松江亭은 하루해가 길지 않아 인사도 못했다. 망월동望月洞 영전靈前에 옷깃을 여민 후, 흐뭇한 감동에 젖어 노령蘆嶺을 넘는다. 동학농민들의 함성이 백산白山을 이룬 고부高阜 들에 황해의 노을이 유난히 곱다.

선비들의 향기에 취한 하루, 그래도 그때는 존경받는 선비들이 더러는 있었나 보다. (2001)

설악산정雪嶽山情

설악雪嶽이 목간 중이다. 구석구석 물이 흐르고 면면이 매끄러워 속인俗人의 발길이 쉽지 않다. 장대비를 맞으며 너른 내 홍천洪川을 건넜는데 한계령은 구름 속에 앞을 분간하기조차 어려울 정도다. 어느 게 산이요 어느 게 구름인가. 산속에 구름이요 구름 속에 산이다. 정신이 혼미하여 눈을 씻고 다시 보니, 외설악이 간 데 없다. 반쪽은 구름이요 반쪽은 산이라. 구름을 방석 삼아 천기(?)를 본다. 서쪽 하늘이 밝은 걸 보아, 개는 날씨 분명하다.

설악루에 올라 마음에 점을點心 찍고 느슨한 옷깃을 안으로 여민다. 잃기 쉬운 산심山心을 다지기 위함이다. 서둘 것도 없다. 해거름까지는 아직도 예닐곱 시간의 여유가 있다.

서북능선을 타고 대청에 이르는 길, 몇 년 동안 사람의 발길을 금하던 곳이다. 날이 궂고 해가 기운 탓인지, 오가는 길손이 한적해서 더욱 좋다. 해님이 해맑은 얼굴을 이따금 내민다. 긴 터널에서 벗어난 기분이다. 무겁던 발길이 가벼워지고 흥얼흥얼

콧노래가 절로 난다.

고산준령 정갈한 곳에만 뿌리를 내린다는 곰취나물이 그림자 같은 내 길벗을 불러 세운다. 핑계 김에 쉬어가자. 씻을 것도 없다. 향긋한 곰취 향을 안주 삼아, 내 어찌 한잔 술을 사양하랴.

신선神仙은 어디에 있는가. 신선 선仙 자는 사람 인人에 뫼 산山을 했다. 산심으로 산에 사는 사람이라는 뜻일 게다. 산을 찾는 그 많은 무리들 가운데 산심을 가진 분들이 과연 몇이나 되는지 내 알 바 아니로되, 제멋에 겨워 흉내 한번 내본들 또한 어떠리.

눈앞에 흰 구름이 잡힐 듯 흐르고 만학천봉萬壑千峰은 발아래 아련하다. 때는 단오절, 만산은 연초록 비단결인데 사이사이 주홍빛 철쭉이 수를 놓는다. 방금 소세梳洗를 한 듯한 흰 절벽 위에 무슨 새소리는 저리도 맑은가.

"살어리 살어리랏다. 청산에 살어리랏다." 대추볼이 된 아내가 흥얼거린다. "청산도 절로절로 녹수도 절로절로 산절로 수절로 하니 산수간에 나도 절로" 구성진 가락으로 화답을 한다. 바람이 분다. 훈훈한 훈풍이다. 바람 따라 떡갈나무 숲이 흥겨운 춤판을 벌린다. 세면 빠르게 약하면 부드럽게, 산들산들 하늘하늘 탱고를 추다가 블루스를 밟는다.

바람소리 우 — 우, 물소리 쇄쇄, 새소리 뱃쫑뱃쫑, 대자연의 하모니가 일대 장관이다. 누가 이 장엄한 교향악을 연출하는가. 바람인가, 구름인가, 아니면 하늘인가. 은은한 회색장막이 온 세상을 포근히 감싼다. 산허리를 감돌던 저녁구름이다. 끝청 넘어 대청은 아직도 한 마장 거리, 휘적휘적 구름을 헤치는 발걸음이 무겁지 않다.

대청봉 대피소, 휴일이 아닌데도 만원사례다. 산을 즐기는 인자仁者들이 이토록 많다는 말인가. 대도무문大道無門을 즐겨 쓰던 높은 분께서 산고수장山高水長이라는 휘호를 다녀간 흔적으로 남긴 모양이다. 예전 같으면 하해河海와 같은 성은이라고 우러러봐야 할 어필御筆(?)이 아니던가. 팔공산 어느 산사에 걸렸던 다른 분의 현판이 민심을 따라 내려졌다는 얘기가 그저 풍문에 지나지 않기를 바랄 뿐이다.

인자요산仁者樂山이라 했던가. 낯선 사람끼리 하룻밤을 지새면서도 구수한 인정이 샘처럼 솟는 게 산악인들이다. 얼큰한 찌개에 알싸한 소주잔이 몇 순배 돌면, 호형호제呼兄呼弟 십년지기十年知己가 따로 없다.

별빛이 쏟아져 내리고 반쪽 기운 하현달이 산마루에 걸리는 날이면 달빛에 취해 흔들리기 십상인데, 밤안개 덕으로 한시름 놓았으니 이 아니 좋은가.

황홀한 해돋이에 숨이 멎다가 조화로운 아침 안개에 말문이 막힌다. 내설악·외설악은 운해雲海에 묻혀 흔적도 없고 대청·중청만 외로운 배가 되어 구름 위에 떴다.

하늘의 구름이 발아래 있다. 화사한 아침햇살에 눈부신 구름바다가 비경秘境이요 선경仙境이다. 금방이라도 선녀들의 웃음소리가 스멀스멀 묻어나는 환상에 넋을 잃는다. 이승이 저승이고 저승이 이승인가, 두고 온 속계俗界가 구름 밖에 멀다.

인간사 일장춘몽一場春夢은 이를 두고 한 말인가. 비경도 잠깐이요 선경도 순간이다. 실체 없는 구름이 흩어진 자리에 설악의 침묵만 고요히 흐른다. 어이하랴, 하늘을 노래하는 운작雲雀도 그 둥지는 밀밭에 두 듯, 속물俗物이 머물 곳은 예가 아니라 종기에 부스럼 같은 저 사바세계가 아니던가.

봉정암 승경勝景이 발목을 잡는다. 해동반도海東半島 제일 높고 깊은 곳에 자리한 천하제일의 청정도량淸靜道場이다. 짐승도 스스로 머리를 두는 곳, 어느 길손이 무심할 수 있으랴. 선사禪師들의 염불 덕인지 불법의 문외한도 보리심에 봄눈이 된다.

　신라 자장율사慈裝律師가 창건을 하고 원효 조사元曉 祖師가 중건을 했다는 기록으로 보아, 무려 일천삼백여 년 간이나 향촉이 꺼지지 않은 정토淨土가 아니던가. 전후좌우가 천봉千峰이요 만학萬壑이다. 동으로는 소청, 대청이 하늘에 닿았고, 서로는 백담百潭 반백리半百里가 구절양장九折羊腸이다. 어찌 이뿐이랴, 구름도 쉬어 가는 한계령 마등령이 남과 북을 가로막아, 외계를 차단한 별유천지別有天地다. 고향집 아랫목같이 아늑한 곳, 어느 도반道伴의 낭낭한 염불소리가 가슴에 닿는다.

　"범소유상개시허망약견제상비상즉견여래凡沂有相皆是虛妄若見諸相非相卽見如來 내가 기억하는 금강경의 한 구절이다. "무릇 모든 것이 다 허망한 것이니라, 만일 모든 것이 다 허망하게 보이면 그때에 여래가 보이리라." 알기는 쉬어도 깨닫기는 어려운 이 법어가 돌아서는 나그네의 귓전에 맴을 돈다.

　높은 산 깊은 골 맑은 물이, 굽이굽이 백담이요 마디마디 천폭千瀑이다. 용이 누웠다는 와룡臥龍폭포, 선비들이 놀았다는 유달儒達폭포, 기암괴석奇巖怪石이 처처에 절경이다. 길다는 봄날은 왜 이리 짧은가. 산마루에 초승달이 배시시 웃는다. (1998)

연하지벽煙霞之癖

구름과 노을의 조화를 연하煙霞라 한다. 두류팔경頭流八景 중 하나인 연하선경煙霞仙景에 말문이 막힌다. 신선이 살고 불로초가 있다는 삼신산, 북녘의 금강은 그리움으로 남겨두고 한라는 겨우 한 번, 두류는 이번이 세 번째 걸음이다.

처음은 젊음이 앞서 산을 보지 못했고, 다음은 반려자를 길벗 삼아 제석봉 고사목에 발목이 잡혀 하루해를 넘기고 말았다. 평생이 걸려도 다 볼 수 없다는 두루비경頭流秘境을 내 모르는 바 아니나, 더 늙기 전에 영봉靈峯을 두루 찾아 발자국이라도 남기자는 핑계로, 망설이는 아내를 부추겼다.

반공일 영시쯤에 떠나는 남행열차는 이미 보름 전에 좌석이 매진될 정도다. 산을 즐기는 어진 이들이 이토록 많다는 말인가. 어렵사리 구한 차표 두 장에 소풍날을 기다리는 아이가 된다. 잠자리에 들 시간에 배낭 하나 달랑 메고 집을 나서는 기분이 싫지 않고, 원색의 등산복 물결이 출렁이는 야간열차의 낭만 또한 여간 감미로운 게 아니다. 물안개 은은한 미명未明의 구례

구역 터져 나온 청청한 생기가 강물로 흐른다. 어림잡아 오백여 명, 삼삼오오 활기찬 발걸음이 풋풋하다.

말로만 듣던 노고운해老姑雲海에 탄성이 절로 난다. 운해만리雲海萬里다. 사람들이 쌓아올린 그 잘난 도시문명都市文明을 속계俗界라 한 이유를 알 것 같다. 새털같이 가벼운 마음으로 구름을 방석 삼아 목을 추긴 석간수 한 모금이, 이토록 달 줄이야.

무에 그리 바쁜지 앞만 보고 치닫는 젊은이들의 발걸음이 민망스럽다. 무슨 등산대회라도 한다는 말인가. 젊음이 앞서 산을 보지 못했던 지난날이 떠올라 한걸음 물러서서 히죽이 웃는다. 노고에서 천왕봉 백 리가 넘는 길, 십리도 못 가서 날이 저문들 무슨 대수랴. 서산에 해 지면 동산에 달이 뜨니 이 아니 좋은가. 별빛 쏟아지는 산마루, 고사목에 걸린 조각달, 생각만 해도 가슴이 설렌다.

뱀이 머리를 든다는 사시巳時경에 임걸령을 넘어 반야에 올랐다. 반야낙조般若落照의 장관은 초여름 하루해가 너무 길어, 후일을 기약하고 발길을 돌렸다. 오르고 내리고 내린 만큼 다시 오르고, 푸른 벽에 하늘이 걸렸다는 벽소령에 이르러 내 길벗이 끝내 주저앉고 만다. 하기사 그럴 만도 하다. 들뜬 기분에 잠까지 설친 데다가 무려 열 시간이 넘도록 고산준령을 넘나들었으니, 어느 누군들 온전하겠는가. 불과 하룻길인데도 헤쳐온 영봉들이 살아온 삶만큼이나 아련하다. 몇 구비를 더 돌고 넘어야 할는지 천왕天王은 아직도 구름 밖에 외로이 떴다.

오르막이 있으면 내리막이 있고 평지를 지나면 언덕이 있는 게 산행길이다. 사람살이와 무엇이 다르랴. 문득, 평무진처유청산平無盡處有靑山인데, 행인갱재청산외行人更在靑山外라는 고시古詩 한 구절이 떠오른다.

‘들판 다한 곳에 청산이 있는데 사람은 다시 청산 밖에 있다’는 뜻이다. 평범한 곳에 진리가 있는 데 다른 곳에서 찾으려 하는 사람의 무지를 풍자한 글이 아니던가. 가까운 행복은 외면한 채 먼데서만 찾으려드는 사람의 허영심도 다를 바 없다.

“평지 다한 곳에 청산이 있다.” 이 얼마나 평범한 말인가. 진리는 결코 어려운 것도 아니오, 멀리 있는 것은 더욱 아니다. 청산 밖에서 청산을 찾는 어리석은 내 몰골이 눈에 어린다.

넘어진 김에 쉬어간다 했던가. 벽소명월도 즐길 겸 벽소산장에 여장을 풀었다. 무슨 바람이 이리도 부는가. 쉬어 넘는 구름이 발목에 걸린다. 온 세상이 바람과 구름뿐이다. 산도 없고 하늘도 없다. 대피소 찬 마루에 웅크리고 앉아 노한 바람소리에 옷깃만 여몄다. 바람도 지쳤는지 사위四圍가 고요하다. 더 누워 있을 이유가 없다. 주섬주섬 챙겨들고 길을 나섰다. 듬성듬성 흐르는 구름사이로 성긴 별무리가 영롱하다. 덕평봉을 기어 넘어 선비샘물로 갈증을 달래고 칠선봉 신선들과 해찰을 하다가 세석에서 조반을 했다.

철쭉은 이미 지고 없으나 그 정갈한 풍광風光이 발목을 잡는다. 이마 같은 영마루, 꼿꼿한 주목, 소탈한 철쭉, 풍상에 초연한 질박스런 바윗돌, 어느 것 하나 낯설지 않다. 주저앉고 싶은 마음 굴뚝같으나 세속의 업보가 너무 무거워 몇 번이고 뒤돌아보며 촛대봉을 넘었다. 철쭉이 만개하는 날, 내 기필코 다시 와서 못 다한 정을 나누고야 말리라.

아침 햇살 화사한 연하봉에 올라 땀에 절은 옷깃을 풀어헤쳤다. 선현들이 노닐던 연하선경이 예 아니던가. 고요한 산수의 경개를 연하煙霞라 하는 데, 선경仙境을 더 했으니 말해서 무엇하랴.

마루의 흐름이 유정하다. 해발 천오백여 미터의 준령인데도,

어릴제 노닐던 고향 마을 뒷동산이다. 비단결 같은 백무와 거림을 좌우에 거느리고 세석을 후원 삼아 천왕을 우러르니, 가히 신선이 살 만한 곳이다. 어찌 속인이 오래 머물 수 있겠는가.

장터목은 이름 그대로 시장통이다. 산에서 맡는 사람 냄새가 좋을 리 없어 주마간산으로 제석을 넘었다. 높아서 외로운 천왕을 뒤로하고 중산리 쪽으로 방향을 잡았다. 이제는 오른 만큼 내려야 한다. 오르기보다 더 어렵고 위험한 내리막길, 겸손하지 않으면 실족하기 일쑤다. 살기보다 죽기가 더 어렵다는 말은 이래서 있는 것일까.

뭉그적거리는 길벗을 밀고 당기기 무려 대여섯 시간, 산그늘이 내릴 즈음에야 진주행 버스에 올랐다. 누가 시킨다고 할 일인가. 돌아보는 아내의 눈가에 이슬이 맺힌다.

좋지 않은 버릇을 벽癖이라 한다. 술버릇은 주벽酒癖이요 훔치는 버릇은 도벽盜癖이다. 그런데 연하지벽 같은 괜찮은 벽도 있다. 고요한 산색을 즐기는 버릇을 일컫는 말이다.

연하지벽煙霞之癖, 내 늘그막에 이 버릇을 고집스레 지킬 수만 있다면 어찌 신선을 부러워하겠는가. (1998)

한밝산

한밝은 태백太白이요 큰 밝음이라는 의미다. 천지天地에서 백록白鹿에 이르는 백두대간白頭大幹의 중추로, 여러 고을을 품고 반도 이남의 굵직한 산맥을 거느린 아버지 같은 산이다. 설악雪嶽의 기교도 없고 지리智異의 장엄도 없다. 커서 큰 줄을 모르고 높아서 높은 줄을 모른다. 사람으로 보면 척추요 집으로 보면 대들보가 아니던가.

단군설화에 나오는 태백太白인지는 알 길이 없으나, 먼 옛날부터 수령방백守令方伯들이 국태민안國泰民安을 위해 천제天祭를 드렸다는 기록이 있는 것으로 보아 민족의 성산聖山임이 분명하다.

철쭉이 벙그는 유월 초하루, 내자를 길벗 삼아 태백행 버스에 올랐다. 태백이 어디멘가. 예전엔 하늘 아래 첫 동네로 불리던 황지潢池가 아니던가. 단종端宗의 한이 서린 영월 청령포를 지나서도 험산준령을 몇 구비 더 돌고 넘어야 이를 수 있는 산중 오지다. 산 넘어 산 물 건너 물, 고개를 젖혀야 손바닥만 한 하늘이 겨우 보이는 심산유곡을 한나절은 족히 달렸다. 하루해가 기우는 오후, 전설이 흥미로운 황지에 이르러 허기를 달랬다.

벼락맞을 짓으로 천벌을 받은 황부자는 그렇다 치고 아기를 업은 채 돌이 되었다는 그 착한 며느리는 어인 일인가. 뒤돌아 보다가 소금기둥이 되었다는 성서의 얘기가 떠올라, 헤픈 웃음 을 흘려야 했다.

삶을 돌아봄은 지혜와 성찰이요, 일을 돌아봄은 성실과 근면 이다. 앞만 보고 떠나는 이별은 무정하고 뒤돌아보는 석별은 유 정한 편이다. 하물며, 가족의 멸망이 목전에 있는데 어찌 연민 의 정이 없었겠는가.

"돌아보지 말라." 이 무슨 말인가. 버릴 줄 알아라. 끊을 줄 알아라. 버려야 얻고 죽어야 산다는 알 듯 말 듯한 화두話頭가 맴을 돈다. 버릴 것에 미련을 두다가 돌이 된 황부잣집 며느리 를 남겨 두고 천제단 초입에 닿으니, 날이 저문다.

민박집 아주머니의 걸쭉한 사투리가 살갑고 적당히 때가 묻은 벽지와 이부자리, 구수한 된장국에 향긋한 산나물, 나그네 객창 客窓이 낯설지 않다.

비몽사몽非夢似夢 중에 괘종시계가 세 번을 치는가 싶었는데, 밖 은 이미 새벽 산행을 서두르는 발소리에 생기가 돈다. 그믐달 한 조각이 산마루에 걸렸다. 은은한 범종소리가 메마른 가슴에 단비로 젖는다. 성산聖山을 지키는 장송長松의 숲이 장관이다. 죽 어서도 천 년을 간다는 주목나무 고사목이 범상치 않다. 속인의 발걸음이 어찌 경망스러울 수 있겠는가.

사방四方이 무명無明하다. 어디가 바다고 어디가 하늘인가. 태고 의 신비가 잿빛 침묵 속에 잠겨 있다. 산새들 포르르 잠깨는 소 리에 잿빛 장막이 서서히 열린다. 노오란 색깔이 스미는가 싶더 니, 우윳빛 물안개가 분홍빛 구름이 되어 스멀거린다.

주홍빛 서광이 부채꼴을 그린다. 그토록 초롱하던 별님은 어디론가 숨어 버렸고, 방금 전까지 퍼런 독기가 묻어나던 그믐달도 어느새 빛을 잃는다. 어느 화가가 저토록 아름다운 그림을 그릴 수 있을까. 진달래, 철쭉, 앵두빛, 능금빛으로 온 바다와 하늘이 비단 장막을 두른다.

숨이 멎는다. 할 말을 잊는다. 드디어 그 화려한 장막을 헤집고 해맑은 얼굴이 불끈 솟는다. 해님, 차마 때묻은 얼굴로 대할 수 없어 고개를 숙이고 만다. 새로 태어난 해라서 새날이라 하는가. 우일신又日新, 나날이 새롭고 또 새롭게 살아야 할, 새날의 위대한 탄생에 장승이 된다.

감동이 진하면 말문이 막히는 법이다. 우리 부부는 벙어리가 되어 천제단 앞에 옷깃을 여민다. 천제단天祭檀! 조상의 신심信心이 올지게 쌓여 있는 지성소至聖所가 아니던가. 이끼 낀 돌 하나, 바람에 날리는 흙 한 줌, 어찌 가벼이 대할 수 있으랴. 손길을 모두어 눈을 감는다. 북에서 뻗어 내린 백두대간, 허리 잘린 그 상처가 아직도 아물지 못하고 있다.

금강·묘향·백두, 이름만 들어도 목이 메인다. 오! 그리운 산하, 북녘하늘을 우러르는 눈가에 뿌연 안개가 서린다.

유월이라 하지만 아직도 천제단 철쭉은 꽃망울을 열지 못하고 있다. 동서를 넘나드는 바람결이 그만큼 매섭다는 증거다. 오늘도 몸을 가눌 수 없을 정도로 세차게 분다. 열흘은 더 있어야 만개한 철쭉의 장관을 볼 수 있다는 말에 아쉬움을 남긴 채 발길을 돌려야 했다.

망경사 방향으로 담배 한 대참 거리, 단종비각에 눈길이 멎는다. 유배지 영월에서 비명횡사한 단종은 그 후 한밝산 신령이 되었다는 민족신앙의 표석標石이다. 영월과 태백에 단종을 모신

사당이 많다고 들었다. 참으로 착하고 순박한 백성들이다.

나라와 임금, 어느 쪽이 상위개념인가. 나라는 불변不變이요 임금은 가변可變이다. 임금은 바뀔 수 있어도 나라는 영원하다는 뜻이다. 그렇다면 그 임금은 누구를 위해 존재해야 하는가.

대통령, 예전엔 임금의 자리다. 그런데 이 무슨 꼴인가. 노욕을 부리다가 쫓겨나고 과욕을 부리다가 흉탄에 쓰러졌다. 그 후 두 분은 영어의 몸이 되었고, 또 한 분은 아들을 감옥에 보내는 수모를 겪고 있다.

민심民心이 천심天心이요 백성이 곧 하늘임을 망각했기 때문이다. 민심을 잃으면 천하를 잃는 게 군왕郡王의 자리가 아니던가. 민심을 잃지 않은 단종은 아직도 민초民草들 곁에 남아 있으니 이래서 역사는 오늘을 비추는 거울이라 했는지 모른다.

한밝산! 빼어난 기교도 없고 장엄한 위용도 없다. 산중의 산으로 거기 그렇게 있으면서 척추와 대들보로 조국의 강토를 받들고 거느리는 아버지 같은 산이다. (1997)

길벗

‘여행길에 아내를 동반하는 것은 마치 연회장에 도시락을 지참하는 것과 같다’는 영국 속담이 있다. 일체의 속박에서 벗어나는 여행의 자유를 일컫는 말 같기도 한데, 나는 어찌된 위인인지 도시락을 끼고 연회장에 가기를 좋아하는 편이다.

여행은 도착이 아니라 여행이라는 말이 있다. 가는 길 오는 길이 곧 여행이라는 의미다. 그렇다면 길벗이 없는 여행이 무슨 재미가 있겠는가. 하 많은 길벗 중에 반려자보다 더 정겨운 길벗은 어디에도 없다. 푸르른 초원도, 달빛 어린 사구砂도 함께 걸어온 분신分身이 아니던가. 여행길에 반려자를 길벗 삼는 소이가 여기에 있다. 여행의 맛도 모르는 불출不出이래도 어쩔 수 없다. 나는 내 멋에 겨워 오늘을 산다.

앞만 보고 걸을 때는 산도 물도 보이지 않았다. 환장하게 좋다는 어느 시인의 노을도, 어느 선사禪師가 돈오頓悟를 했다는 뜬구름도 모른 채 이제껏 살았다. 짐은 무겁고 길은 먼데 무슨 해찰이냐며 신들메만 고쳐 맸다. 그래서 얻은 게 무엇인가. 돈인가? 지식인가? 명예인가? 아무것도 없다. 아무것도 아니다. 공자는 오십五十에 천명天命을 알았다고 했는데, 나는 겨우 뒤돌아볼 줄 아는 지혜를 얻은 셈이다. 앞만 보면 초라하고 조급한데, 뒤를 보면 흐뭇한 여유가 없는 것도 아니다.

행복은 갖지 못한 것을 갖는 것이 아니라, 가진 것을 누리는 것이 아니겠는가. 내 가진 게 무엇인가. 아직은 병들지 않았으니 건강을 가졌고, 제 발로 걷고 뛸 수도 있으니 젊음도 가진 셈이다. 자영自營으로 밥 먹고사니 붙들림이 적고, 아이들 건강하고 스스로 설 줄도 아니, 뭘 더 바라겠는가.

주말이면 배낭 하나 달랑 메고 집을 나선다. 어디랄 것도 없다. 대중교통편으로 서너 시간 거리면 어디라도 좋다.

강화도 보문사, 관세음보살을 부르던 불자들이 잊혀지지 않는다. 어떤 이는 느릿하고 어떤 이는 조급하다. 숨이 멎을 정도로 화급하게 부르는 분도 있다. 삼천 번을 불러야 한 번 쳐다본다는 어느 보살의 말에, 할 말을 잃고 말았다. 그 순수한 믿음을 누가 탓하겠는가. 관세음觀世音은 세상의 소리를 본다는 뜻이요, 보살은 보리살타의 준말로 진리의 사람이라는 의미다. 예불禮佛보다 염불念佛이요 염불보다 각불覺佛이라는 법어法語가 있다.

관세음은 찾는 대상이 아니라 내가 이뤄야 할 견성見性이 아니겠는가. 뒤편에 앉아 염주를 굴리던 허리 굽은 할머니의 화안열색和顔悅色이 나그네의 마음을 편하게 했다.

단종 임금의 눈물이 얼룩진 영월 청녕포를 찾던 날 봄비가 보슬거렸다. 님의 넋이 비가 되어 내리는 걸까, 나룻배를 뒤로하고 푸른 강물이 말발굽 모양으로 감돌아 흐르는 곳, 하늘은 누구를 위해 이런 요새를 만들었단 말인가. 망향탑에서 굽어보는 천리千里 한양이 구름 위에 떴다.

이기면 충신이요 지면 역적이라는 패도覇道의 윤리가 상존하는 게 정치판이다. 요즈음 만인의 심금을 울리는 드라마의 주인공 '죽동궁마마'가 다름 아닌 내 선대 할머니고 보면, 남달리 감회가 깊을 수밖에 없다.

자규루子規樓가 건너다 보이는 여사旅舍의 객창에 소쩍새 한 마리가 밤을 지샌다. 무슨 한이 저리도 많은가. 울다가 울다가 피를 토하고, 그 피를 마시고 또 운다는 새다. 어느 산하山河에 소쩍새가 없으리요만, 영월골 소쩍새는 심상치 않아 하얗게 밤을 새운 기억이 지금도 새롭다.

능금이 익어 가는 계절, 돌이 떠 있다는 영주 부석사를 둘러보고 희방계곡으로 소백산 연화봉에 올랐다. 끌어 주고, 밀어 주고 살아온 길만큼이나 힘이 들었다. 오를수록 바람이 세차다. 높아질수록 바람을 타는 사람살이와 다를 바 없다. 높이 오를수록 금세 내려올 수밖에 없는 것이 산행길이다. 히말라야 정상은 오르기도 어렵지만 오른다 해도 지체없이 내려와야 한다. 위로만 오르려는 사람들이 한번쯤 생각해 봐야 할 교훈이 아닌가 싶다.

연화봉은 해발 천오백여 미터의 그리 높은 산도 아니다. 그런데도 억새풀과 키 작은 철쭉 외에는 견디지를 못한다. 더 높으면 이마저도 없다. 만년설을 날리는 바람뿐이다. 이 얼마나 황량한가. 어우러진 산자락이 바람을 막아 주고 언제나 맑은 물이 넘쳐흐르는 곳이래야 뭇생명이 머문다. 서둘러 내려와 어머니 치마폭 같은 양지녘에 누워 하늘을 본다. 구름이 흐른다. 물이 흐른다. 소백산 오솔길에 나그네도 흐른다.

덕유산 향적봉을 오르던 날은, 산이 구름에 숨어 버렸다. 오리무중五里霧中은 이를 두고 한 말인가. 구름을 더듬어 구름 속에 놀다가 구름에 싸여 내려왔다. 속인의 근접 때문인지도 모른다.

언젠가 마음을 씻고 다시 찾을 날을 기약해야만 했다.

백양사에서 곡두재를 넘어 신선봉에 오르다가 하마터면 길벗이 먼저 신선이 될 번도 했다. 산은 으레히 물이 있을 줄 알고 준비 없이 오른 것이 잘못이었다. 어찌된 일인지 이날 따라 등산객도 보이질 않는다. 대피소 구석에 누가 먹다 남긴 물 한 모금에 홀아비를 면할 수 있었다. 한없이 약한 게 사람이라는 겸손을 깨닫고 내려왔다.

한라산 백록담을 우리 둘이서만 굽어본 감동은 두고두고 잊을 길이 없다. 안면도 꽃지길, 부소산의 반월루, 진안 마이산, 완주 대둔산, 어디 한군데 정겹지 않은 곳이 없다. 내 나라 구석구석 이리도 좋은데, 이 땅에 태어나 살면서 어찌 무심할 수 있으랴. 외딴섬 자갈길까지 다 한 번쯤 밟아보고 싶다.

이따금 우유에 햄버거를 대하는 기분으로, 콜로라도의 달빛도 몽마르뜨의 언덕도 내 길벗 손잡고 걸어 보련다. 딸을 두면 비행기를 탄다는데 유난히 딸 복이 많은 우리는 비행기 멀미에 고생깨나 할 것 같아 여간 걱정이 아니다.

월출봉에 달뜨겠다, 길을 서둘자. (1996)

통천문通天門

　통천문通天門, 하늘로 통하는 문이다. 지리산 천구백여 미터 지점에 멍석만 한 크기로 하늘을 향해 있다. 천왕봉天王峯에 이르려면 누구나 허리를 굽혀 이 문을 통해야 한다. 내 늘그막에 내자의 손잡고 엎드려 통천을 했으니, 그 감회를 무엇이라 하랴.

　예부터 선현들은 지리산을 삼신산三神山이라 했다. 그래서일까. 신령神靈한 기운이 속인俗人을 압도한다. 가슴이 벅차고 숨이 막혀 묵묵히 앉아 있다. 어디가 함양이고 어디가 산청인가. 섬진강 오백 리가 실개천이요 남해 푸른 물은 대야에 담긴 물이다. 백 리 노고단이 지척이요 진주라 천릿길은 한걸음이다. 살아 백 년 죽어 천 년이라는 주목나무 고사목에 시간을 잊고, 발아래 구름에 공간을 모른다.

　인자요산仁者樂山이요 지자요수智者樂水라 했던가. 인자도 지자도 못 되는 범인凡人이 어찌 요산樂山을 들먹일 수 있으리요만, 그저 좋은 걸 어쩌랴.

　신혼 초, 산이 맑다는 산청山淸에서 두 해를 살았다. 초가을에서 늦봄까지 하얀 눈을 머리에 이고 구름을 허리에 두른 천왕봉을 신비스러운 눈으로 우러러보며 서방 각시의 꿈을 키웠다. 하체가 부실하고 가슴이 허약하여 감히 엄두도 못 내고 신선들이 살고 있는 하늘나라쯤으로 여기며 자위를 해야만 했다. 그도 그럴 것이 그리 높지도 않은 남해 금산을 오르다가 얼굴이 파래져 동료들의 부축을 받을 정도였으니, 앉은뱅이 산바라기와 오십보 백보다.

강물이 흐르듯 세월이 흘렀다. 불혹不惑의 여울목에 이르러서야 서울 근교의 산행에 상큼한 맛을 느끼기 시작했다. 풀꽃 같은 내자를 길벗 삼아 삼각·도봉·관악을 번갈아 오르다가, 소백·덕유·한라도 올랐다. 장족의 발전이 아닐 수 없다. 늦게 배운 도둑이 날 새는 줄 모른다는 격으로, 잦은 산행에 집을 비우는 날이 잦아졌다. 건강한 두 분의 모습이 보기에 좋다며 부추기는 아이들이 고맙고 대견할 뿐이다.

현충일 영시에 전라선 3등 열차를 탔다. 우러러보던 천왕봉을 오르기 위해서다. 새마을, 무궁화, 그 다음이 통일호다. 새마을이 통일보다 앞선 것이 군사정권의 잔재가 아닌가 싶어 언짢은 기분을 달래며 자리를 잡았다. 찰밥에 총각김치가 그득한 배낭이, 우리의 정만큼이나 묵직하다. 알뜰한 마음씨가 밉지 않아 마디가 굵어진 내자의 손을 꼬옥 쥐고 눈을 감았다.

춘향골 남원에 내리니 아직도 미명이다. 산새들 포르르 잠 깨는 아침 물안개 은은한 백무동 길을 둘이서 손잡고 말없이 걸었다. 산 소리, 물소리, 바람소리, 새소리, 걷다가 쉬고 쉬다가 걷고 물 한 모금 마시고 풀꽃을 보고, 물 한 모금 마시고 바위를 보고, 해가 중천에 이르러서야 장터목에 닿았다.

산의 기氣가 다르다. 신령한 기운이 가득하다. 기암절벽에 늠연한 고사목도 심상치 않다. 신선이 되었다는 고운孤雲의 모습인가, 죽었다가 살아나 제 무덤에 신발 한 짝 남겨 놓고 천축天竺으로 갔다는 달마達磨의 화상인가. 잎은 푸르고 철쭉은 붉은데 눈이 부시도록 하얀 자태가 신비롭다. 어찌 보면 히죽이죽 웃는 것 같고, 어찌 보면 꼴도 보기 싫다며 얼굴을 돌리는 것도 같다. 세속에 찌든 삶이 차마 부끄러워 더 머물 수도 없다.

꼴불견을 한자漢字로 불상여不相如라 한다. 천왕봉의 불상여는 눈을 가리고 귀를 막아야 했다. 메뚜기 이마를 닮은 어느 전도자가, 십여 명의 청년을 거느리고 하늘을 향해 기도하는 광경을 두고 하는 말이다. 높은 곳의 기도가 잘 상달될 것이라는 갸륵한 믿음인가. 목청을 높여야 잘 들을 것이라는 뜨거운 신앙인가. 믿음이 뭔지를 모르는 문외한은 알 길이 없다.

목청을 높여야 알아듣는 하늘이라면 하늘이 아니다. 의인의 소리 없는 골방기도를 들으시는 하늘이 아니던가. 무슨 목청이 이리도 크며 무슨 몸짓은 저리도 어지러운가. 송구하고 민망스러워 얼굴을 들 수 없을 정도다. 사람의 교만이 어디까지 이를 것인가. 삼각산 바위마다 십자가 투성이요 계룡산 골골마다 푸닥거리 상처다. 하늘은커녕 산도 모르는 어리석은 사람들이다.

천년의 풍상에도 초연한 고사목이 히죽이죽 웃는 이유를 알 것도 같다. 산을 알아야 사람을 알고 산을 알아야 하늘을 안다. 산도 모르면서 하늘을 찾는 몰골을 보고 천왕은 뭐라고 할까. 하산을 서두르는 발걸음이 가볍지 않다.

어느 선사는 지리산을 일컬어 장이불수壯而不秀라 했다. 장엄하되 빼어나지는 못했다는 뜻이다. 서리봉에서 본 천왕봉은 그 빼어남이 하늘을 찌른다. 그 기상이 타오르는 불꽃이다. 어디서 다시 그 짝을 구할 수 있으랴. 히말라야나 알프스엔 미치지 못한다 해도, 내 땅에서는 장엄함과 빼어남이 단연 으뜸이 아닌가 싶다.

감동이 진하여 말문이 막힌 내자가, 내려가기 싫다며 살며시 웃는다. 산을 모르는 속인이 어찌 산에서 살 수가 있겠는가. 일입 청산갱불환一入靑山更不還이라는 시구詩句가 있다. 고운孤雲의 입산시 마지막 구절이다. 한 번 청산에 들어가면 다시는 나오지 않겠다는 의미다. 그 후로 아무도 고운을 본 이가 없다는 설도 있다. 아마 신선이 되어 지금도 삼신산 어느 골에 살고 있는지도 모른다.

구름도 쉬어 가는 치밭목에서 때늦은 허기를 달랬다. 석간수 한 모금이 발끝까지 시원하다. 다 내려온 듯싶은데 안내판 표고는 천사백여 미터다.

유평리 삼십 리, 굽이굽이 험한 길은 앉은뱅이가 되었다. 산행길 열한 시간, 파김치가 된 내자와 함께 천왕봉을 뒤돌아보고 고맙다는 말을 몇 번이고 했다.

통천通天 천왕天王을 골백번 올라도 산은 산이요 물은 물이다. 산에 온다고 산을 아는 게 아니오, 물에 간다고 물을 아는 것도 아니다. 그런데도 사람들의 교만은 아는 것을 넘어 정복하려 든다. 이 아니 가증스러운 일인가.

속인俗人을 용납한 삼신산이 그저 고맙고 송구스러울 뿐이다.

(1996)

백담사 가는 길

백담사, 없는 듯 있는 절이다. 걷는 길 이십 리, 세속의 근접을 불허한다. 설악 준봉이 하늘을 찌르는 골골마다 돌도 하얗고 물도 하얗다. 나그네, 한 점 바람으로 오르는데 물은 웃으며 내려온다. 스치고 지나는 이 만남도 인연인가. '청산리 벽계수야 쉬이 감을 자랑 마라, 일도 창해 하면 다시 오기 어려워라…….' 황진이의 시심이 절로 난다. 때는 춘삼월春三月, 오리목 가지마다 새잎이 푸르고 진달래 붉고 벚꽃은 희구나. 무슨 새소리는 이리도 맑은가. 바위에 돌이 되어 눈을 감는다.

> 꽃 피고 잎 지고 한 해가 가네
> 평생 몇 번이나 둥근 달을 볼 것인가
> 가는 해 오는 해 구분을 말게
> 겨울 가고 봄이 오니 해 바뀐 듯싶지만
> 보게나 저 하늘이 달라진 게 있는가
> 사람이 어리석어 꿈속에 사네.

지은이가 누군지도 모르는 시 한 편을 떠올리다 눈을 뜨니, 말없는 바위가 빙그레 웃는다. 언제부터 예 있느냐. 언제까지 예 있겠느냐. 스치고 지난 이 나그네들 기억이나 하겠느냐. 생명은 죽음이 있기에 귀하고 만남은 이별이 있기에 아름답다고 했다. 흐르는 물이 머물 수 없듯, 나그네 또한 머물 수 없어 흘러가노라. 산을 돌아 산이요 물을 건너 또 물이다. 누가 이 속에 가람伽藍을 세웠는가. 누가 이 길을 오르내렸는가. 선사들의 염불 소리가 들리는 듯싶다.

문은 좁고 방은 넓은 격인가. 손등 같은 산자락이 부드럽게 감싸안은 아늑한 터에 할매 같은 산사가 고즈넉하다. 사람을 압도하는 일주문도 없고 눈을 부라리는 사천왕四天王도 없다. 퇴락한 어느 대갓집 솟을대문만 한 정문에 자그마한 현판이 친근감을 더해 준다.

그 흔한 전깃불도 여기까지는 미치지 못하여 촛불로 어둠을 밝히고, 부엉이 소리를 벗삼아 반야심경으로 새벽을 여는 곳이다. 관광객이 구름같이 모여드는 명산대찰이 수없이 많은 세상에, 누가 이 산골의 고찰古刹을 기억이나 하겠는가. 그래서 더욱 때묻지 않은 순박한 모습을 오래도록 간직했는지도 모른다.

그런데 이 무슨 날벼락인가. 산골 할매가 갑자기 온 세상에 구경거리가 되었다. 우리나라는 물론이요 바다 건너까지 모르는 사람이 없을 정도로 유명해졌다. 이마가 유난히 번들거리는 어느 지체 높은 분이 이곳으로 들어오면서부터 그렇게 되었다.

서둘러 전깃불이 켜지고, 길이 넓혀지고, 다리를 새로 놓고, 삭은 서까래 새로 갈고, 시멘트로 바르고……, 그분이 머물던 2년 동안의 변화다. 헌 마을이 새마을이 되듯, 옛 절이 새 절이 되었다. 정랑淨廊은 화장실이 되고 공양간은 주방으로 변했다.

도반道伴들은 승용차로 속세를 넘나들고 녹음기가 염불을 대신하게도 되었다. 불법佛法의 현대화라면 할 말이 없다.

엊그제 일이다. 설악여사雪岳旅舍에 여장을 풀고 산책길로 오리쯤 된다는 금강산화암사金剛山禾巖寺를 택했다. 절 앞 바위가 벼알처럼 생겼다 해서 벼바위절 즉 화암사禾巖寺라 했다는 어느 보살의 설명이다.

화암사, 어느 한구석 예스러운 곳이 없다. 몇 년 전 잼버리 행사 때 외국 손님들에게 깨끗한 한국 불교를 보이기 위해, 국고를 지원하여 옛 자취 지워버리고 새로 세웠다고 들었다. 참으로 기발한 발상이다. 우리의 수도 서울에서 옛것을 보기가 어려운 것도 이 때문이 아니겠는가. 제발 이끼 낀 천 년의 자취 위에 시멘트를 바르는 우나 범하지 않기를 바랄 뿐이다.

겉이 새로우니 그 속도 새로워졌다는 말인가. 외국산 승용차를 유유히 몰고 나오는 스님의 보시로 동승을 했다. 자동차 자랑에 신바람을 내는 젊은 스님에게 고맙다는 인사를 하고 돌아서는 발걸음이 어쩐지 개운치 않았다.

도道의 길은 좁다고 들었는데, 산사山寺의 길마저 이처럼 넓어졌으니, 아마 여래如來가 바라던 서방정토西方淨土가 다 되었다는 뜻인가. 그렇다면 오죽이나 좋으랴.

"무엇으로 인하여 생긴 병입니까. 어떻게 해야 이 병이 나을 수 있겠습니까?" 앓고 있는 문수보살을 문병한 여래如來의 옥음이다. "어리석음과 애욕으로 인하여 생긴 병입니다. 일체 중생이 다 이 병을 앓고 있으므로 나도 이 병이 들었습니다. 모든 중생이 병이 없으면 나의 병도 없어 질 것입니다. 중생의 아픔은 곧 보살의 아픔이기 때문입니다. 자식이 아프면 먼저 그 부모가 아프고 자식이 나으면 부모도 낫는 것과 같은 이치입니다.” 문수보살의 대답이다.

내 배 부르면 남 배고픈 줄 모르는 법이다. 하물며, 평안한 도반道伴이 중생의 아픔을 얼마나 알고 있을지 모를 일이다.

예수는 죄인 곁에 있고 부처는 중생 속에 있는데, 화려한 교회 장엄한 사찰은 도대체 누구를 위한 것인가. 예수도 부처도 말이 없고 하늘도 말이 없으니 그저 답답할 노릇이다.

가진 게 적은 사람은 그만큼 깨끗한지도 모른다. 가난한 사람은 극히 작은 일에도 감격해 한다. 마음이 비어 있고 겸허하기 때문이다. 어딘가 비어 있고, 어딘가 부족하고, 그래서 포근한 정을 한 아름 안겨 주는 할매 같은 산사, 백담사를 찾는 이유 중 하나다.

시골집 할매가 분칠을 하고 비단옷을 입은 꼴이 되었다. 찾아온 손자가 정나미가 떨어져 뒷걸음질이라도 칠 것만 같다.

구도求道의 좁은 길을 시멘트로 넓혀 놓았으니, 장차 문명의 오염을 어찌 할 것인가. 문명이 오염되면 산새도 떠나는데, 뜻 있는 도반들이 여긴들 머물 수 있겠는가.

‘○○○ 전 대통령이 국태민안國泰民安을 위하여 2년 동안 기도하던 곳이다. 안내판에 기록된 이 말이 돌아서는 나그네의 발걸음을 한결 더 무겁게 했다. (1996)

토란土卵

"토란같이 사세요. 어떠한 물에도 젖지 않는 그 푸르름으로 사세요. 떨어진 물방울은 은구슬로 굴려 버리고 해맑은 햇살을 담아 실팍한 흙 속에 토실한 뿌리를 알알이 맺어 놓은 토란으로 사세요." 반려자伴侶者를 멀리 보내고 힘겹게 살고 있는 초등학교 동창에게 넌지시 흘린 말이다. 바람 같은 말 한마디가 무슨 도움이 되리오만, 가슴으로 듣는 듯한 꼬옥 다문 입술이 영락없는 그믐달이다.

기약도 없이 흩어진 산골 아이들, "휴전반대 북진통일"을 목이 터져라 외치던 그해가 엊그제만 같은데, 뒤돌아보니 어언 반세기……. 헤쳐온 격랑이 결코 만만치 않다.

세월의 강폭은 이리도 멀고 험한 것인가. 유명幽明을 달리했다는 수가 적지 않고, 어디서 무엇을 하며 어떻게 살고 있는지 소식도 모르는 애들이 절반에 이른다. 금순이도 삼돌이도 밤봇짐을 싸던 이농향도離農向都의 거센 풍랑에 밀려 고향을 등진 아이들이니, 어쩌면 당연한 일인지도 모른다.

저마다 사연을 안고 경향각지에서 어렵사리 모인 발걸음, 1박 2일의 여행길이 짧기만 하다. 알토란같은 아이들은 다 어디로 가고, 손자를 안고 히죽거리는 빈 껍데기들만 모였단 말인가.

할매 열여섯에 할배 열넷, 마니산 참성단을 오르는 발걸음이 천근이요, 만근이다. 굽은 허리에 오리걸음은 예사요, 후이후이 밭은 숨을 몰아쉬다가 끝내 주저앉아 하늘만 쳐다보는 골 깊은 주름이 처연하다. 스스럼없이 끌어 주고 밀어 주는 굽은 손마디가 정겹고, 질펀하게 주고받는 패설情說이 감미롭다. 머무르고 싶은 순간들을 카메라에 담고 풍금이 흐르는 교실로 돌아가 그 시절 부르던 동요를 실타래 풀 듯 불러댔다.

오! 그리운 옛날이여…, 앉으면 노래요, 서면 춤이다. 아무나 시작하면 다 따라 부르고 한 사람이 일어서면 다 일어나 손을 잡는다. 신들린 무당들의 몸짓인가. 신명나는 살풀이가 끝날 줄을 모른다. 노래로 만나 춤으로 헤어졌다. 정이란 이런 것인가. 서로의 건강을 비는 손길에 경련이 인다.

그런데 이 어인 일인가. 아쉬운 석별의 순간에 자꾸만 움츠러드는 한 아낙의 손을 잡고, 왜 하필 토란이 떠올랐을까. 사람의 감정이 목구멍을 통하여 조직적으로 나타내는 소리를 말이라 한다면, 내 속에 잠재된 토란이 토란 같은 여인을 만나 순간적으로 표출된 것일까.

토란은 '흙의 알'이라는 의미로, 천남성과天南星科의 다년생 식물이다. 잎은 자루같이 긴 줄기에 손바닥 서너 개 넓이의 타원형이다. 표면에 작은 돌기가 있어 떨어진 물방울이 구슬처럼 구르는 게 신비할 정도다. 알같이 생긴 둥근 뿌리로 번식을 하는데 약간 습한 곳이면 어디나 잘 자란다.

심은 뿌리를 모구母具로 하여 그 옆에 자구子球가 달리고 다시 손구孫球가 달라붙는 것이 특징이다. 당분, 인, 칼슘 등이 많이 함유되어 토란국은 일년에 한두 번 맛볼 수 있을 정도로 귀한 음식에 속한다. 쇠고기에 들깨를 갈아 끓이면 구수하고 담백한 맛이 가히 일품이다.

담장 밑에 토란 몇 포기를 심어온 지 오래 되었다. 올해는 옥상에 엉덩이만 한 채마밭을 만들어 푸성귀와 함께 두어 포기 심어 놓고, 아침저녁으로 들여다보는 호사를 누리고 있다. 알토란 같은 자식을 많이 두라시던 어머니의 덕담은 차치하고라도, 어떠한 물에도 젖지 않는 그 기백氣魄이 가상하지 아니한가.

비를 맞으면 젖지 않는 게 거의 없다. 나무도 꽃도, 풀도 다 젖는다. 서당書堂에 입문하여 먹을 갈아 붓을 든 지 해가 바뀌었다. 아무리 조심을 해도 손끝에 묻는 먹물은 어쩔 수가 없다. 오죽하면 근묵자흑近墨者黑이라 했겠는가.

사람은 어떤 물에 젖는가. 떡 싼 보자기 떡이 묻고, 향 싼 종이 향내난다. 도박꾼과 어울리면 패가하기 쉽고, 술친구 만나면 취하기 마련이다. 어떠한 물에도 젖지 않는 토란 같은 사람도 간혹 있다. 세상이 다 흐려도 나는 맑으며, 사람이 다 취해도 나만 깨어 있다고 노래한 굴원屈原 같은 사람이다. 비가 오는 날 방안에서 우산을 쓰고 앉아 우산도 없는 가난한 백성을 걱정한 청백리淸白吏도 있고, 만수산 드렁칡같이 어우러져 살자는 무리에게 임 향한 일편단심으로 죽음을 자초한 대쪽같은 충신도 있다.

나 같은 위인은 어떤가. 손거울을 들고 다니며 여드름을 짜던 시절, 끼리끼리 어울리면 으레 숨어서 담배를 입에 물었다. 쥐꼬리만 한 영웅심에 재채기를 하면서도 뿌리치지를 못했고, 따돌림이 싫어 못된 짓거리에 언제나 앞장을 섰다. 세 살 버릇 여든까지 간다고 아직도 그 습성을 버리지 못한 탓인지, 쉽게 벌

수 있다는 유혹에 젖어 적지 않은 손해를 두 번이나 봐야만 했
다. 귀가 여리어 아무 말이나 솔깃해 하고 흐릿한 눈으로 여기
저기 기웃대다가 망신을 당하기 예사다. 행여 누가 알세라 가리
려 애쓰는 몰골이 가증스럽기 그지없다. 내 언제까지 두 개의
얼굴로 살아야 하는가.

이른 아침 토란 앞에 앉으면 마음이 숙연해진다. 밤새 내린
이슬을 구슬로 모아 또르르 떨구는 그 청초한 자태에 감탄이 절
로 난다. 어디를 보아도 때묻은 데가 한군데도 없다. 그 정갈한
몸으로 하늘과 땅의 정수精粹만 모아 아들, 손자, 줄줄이 품어
알토란으로 기를 줄 안다.

어느 군자君子를 이에 비하랴. "토란같이 살자, 어떠한 물에도
젖지 않는 그 푸르름으로 살자, 튀긴 물은 은구슬로 굴리어 털
어 버리고 해맑은 햇살을 담아 실팍한 흙 속에 토실한 뿌리를
알알이 맺는 토란으로 살자."

거울을 보고 옷깃을 여미듯, 토란 앞에 마음을 맑히는 넋두리
같은 독백을 되뇌어 본다. 빈터 한구석에 토란을 심어 오래오래
내밀內密한 정을 나누고 싶다. 어떠한 물에도 젖지 않는 그 정갈
하고 늠연한 연인과……. (1997)

호암산 친구

오랜만에 호암산 친구를 만났다. 히죽이 웃는 모습이 꽤 반가운 모양이다. 뭐라고 할까, 입과 눈은 순진한 양¥이요 앉은 품은 복스러운 두꺼비상인데 뒤를 보면 토실토실한 엉덩이가 돼지를 닮았다. 그래서 더욱 정이 가는 친구다.

보는 이에 따라 달라지는지 이정표는 해태상이요 안내판은 석구상石狗像이다. 몇 년 전 한우물 조사 발굴 때 조선 초기에 쌓은 듯한 석축에 석구지石狗池라는 음각석과 함께 나온 것인데, 시흥읍지始興邑誌에 '호암산 남쪽에 석견사두石犬四頭를 묻어 개와 가깝게 하고자 했다'는 기록으로 보아 석구상으로 판명되었다는 설명이다. 광화문의 해태상과 함께 관악冠岳의 기氣를 막아 도성의 화재를 막으려는 도참비보圖讖裨補라는 예기도 있으나, 그보다는 호암산 호기虎氣에 더 연관이 있지 않나 싶다.

호암산 호기는 풍수風水에 문외한인 내 눈에도 완연히 보인다. 시흥 쪽으로 꼬리를 내린 놈은 그 힘찬 허리와 어깨가 성큼성큼 걷는 형상이요, 안양 쪽으로 꼬리를 감춘 놈은 그 웅크린 품이 그야말로 맹호출림猛虎出林의 태세다. 그런데 이 두 호랑이의 머리가 공교롭게도 도성을 내려다보고 있어, 그 범상치 않은 기세에 오금이 저릴 정도다.

광화문에 해태상을 만들고 숭례문의 현판을 세로로 세우던 분들이 이 호기를 그냥 둘 리가 없다. 아니나 다를까 그 이름도 괴상한 호압사虎壓寺를 호랑이의 가슴팍에 세우고, 범바위 남쪽에 석구지와 석구를 둔 선현들의 해학에 웃음이 절로 난다.

내 고향 진안은 돌출한 명산이 고을 한중심에 우뚝 서 있다. 말귀처럼 생겼다 해서 마이산馬耳山인데, 속금束金이라는 또 다른 이름이 가려져 있다.

진안군지의 기록을 보면 조선을 개국한 이태조李太祖께서 명명했다는 이 속금이라는 이름도 도참圖讖의 비보裨補라는 설이 있어 여간 흥미로운 게 아니다. 이왕조李王朝는 오행五行으로 볼 때 목성木星이요 목木은 금극목金克木이라 속금을 했다는 것이요, 또 하나는 고려의 왕태조王太祖도 그의 훈요십조訓要十條 제팔훈第八訓에 언급했거니와 마이산에서 발원한 금강은 한양을 등지고 돌아나가는 반궁수反弓水요 마이산에서부터 힘을 받은 산맥 한 줄기가 운장, 대둔을 거쳐 북으로 치솟아 그 유명한 계룡을 이루는 데, 금강은 활, 산맥은 화살로 보고 그 화살촉을 속금했다는 설이다.

산하山河의 기氣를 이름으로 묶으려 했다면 그 또한 해학이 아니고 무엇이랴. 돌로 개를 만들어 호랑이를 달래려 한 것은 물론이요, 절을 세워 호기虎氣를 누르려 든 발상도 해학이다.

내 어릴 적에 훈장할아버지로부터 얻어들은 특별한(?) 비방 몇 가지를 알고 있다. 겨드랑이나 오금에 가래톳이 서면 그 위에 개 견犬 자를 쓰고 주위에다 범 호虎 자를 써 놓으면 금방 사그라든다는 것과, 비 우雨 자를 거꾸로 붙여 놓으면 오던 비도 그

친다는 것 등이다. 문자文字의 이치로 보아 그럴 듯도 하여 속으로 쾌재를 부르던 동심이 지금도 생생하다. 누가 이를 과학적 근거를 들먹이며 따질 수 있겠는가. 전자가 조정대신들의 큰 해학이라면 후자는 민초들이 즐기던 사랑방 해학인 셈이다.

무한한 자연에 대한 유한한 인간의 해학, 이는 분명 자연과 인간의 친화요 조화요 멋이요 여유다. 호랑이와 개는 천적의 관계다. 호랑이의 그림자만 보아도 주눅이 드는 게 견공犬公들인데, 오히려 호공虎公의 무등을 타고 히죽이 웃는 석구石狗가 있으니 이 아니 통쾌한 일인가. 해학도 이쯤 되면 십 년 묵은 체증이 내려갈 정도다.

"산중에는 범이 있고 시중에는 세리稅吏가 있다"는 유대인의 속담이 말하듯, 못된 범들의 횡포가 동서고금을 막론하고 얼마나 많았던가. 가진 자들의 오만, 관료들의 횡포, 무지렁이들이 흘린 피와 눈물이 그 얼마련가. 그래서 더욱 이 친구를 만나면 마음이 편해지는 모양이다. 무엇을 덕이라 하는가. 복잡한 설명이 뒤따르겠지만, 한마디로 줄인다면 사람을 편하게 하는 것이 아닌가 한다. 대웅전 금부처나 교회당 십자가는 생각만 해도 마음이 편치 못하다. 해탈을 모르고 거듭나지 못한 속물인지라, 어쩌면 당연한 일인지도 모른다.

호암산 친구, 볼수록 정겹다. 그 천진한 미소에 온갖 시름은 봄눈이 된다. 이에 버금가는 친구가 삼각산에도 있다. 거리가 있어 자주 만나지 못하는 게 흠이지만 이따금 만나면 넋을 잃는다. 승가사 한쪽 구석에 널브러진 그 특유한 배꼽웃음이 일품인 친구다. 둥실둥실한 몸뚱아리는 아이들 놀이기구로 내던졌다. 목마를 탄 놈, 가슴을 만지는 놈, 배꼽을 찌르는 놈 그저 즐거워 헤벌어진 입과 반쯤 감긴 눈이 보는 이의 마음을 금방 열고 만다. 평생을 돼지 같은 몸짓으로 헤실헤실 웃고 살던 선사 포대화상布袋和尙의 돌조각이다. 사람을 편하게 하는 것이 덕이라면, 이에 더한 덕이 어디 그리 흔하랴 싶다. 이 다음엔 삼각산 친구를 만나 세상을 등지고 앉아 웃음판이나 한바탕 질펀하게 벌려야겠다.

석별의 정을 남기고 호랑이 머리에 앉아 장안을 내려다본다. 도참의 달인이라는 무학無學이 어찌 하나는 알고 둘은 몰랐단 말인가. 사람이나 해치는 맹수로 보고 호랑이의 기를 죽인 처사가 안타까워 내뱉는 범부의 푸념이요 탄식이다. 하기사 고구려가 망한 후 고려 오백 년이 지나서야 겨우 싹이 튼 요동 정벌의 큰 꿈을 말머리를 돌려 꺾어버리고 나라를 찬탈한 자들이니, 자라 보고 놀란 가슴 어찌 솥뚜껑 보고 놀라지 않았겠는가. 실로 안타까운 일이다.

이제 다시 오백여 년의 세월이 흘러 호암산 호랑이가 긴 잠에서 깨어나 저 압록강 너머 요동 땅을 향하여 포효할 때가 되었건만. 오호 통재라! 어리석은 백성들이 이제는 아예 죽이려드는구나. 국토개발(?)을 핑계로 앞발 뒷발 다 자르고 그도 모자라 중장비를 동원하여 옆구리에 칼질까지 서슴지 않으니, 이를 어쩐단 말인가. 산하의 기가 죽으면 사람도 생기生氣를 잃을 수밖에 없다. 앞을 보나 뒤를 보나 상처투성이의 이 강산, 어이할꺼나 이를 어이할 거나……. (1998)

산사山寺의 종소리

여사旅舍의 객창客窓에 산사의 종소리가 스민다. 장곡사 도반들이 새벽 예불을 들이는가 보다. 불자佛子 아니라고 어찌 무심할 수 있으랴. 살며시 일어나 창문을 연다. 물안개 신비로운 칠갑산, 바람도 잠이든 듯 고요하다. 어느 스님의 불심이 이처럼 향기로운가. 가슴을 파고드는 은은한 울림에 온갖 시름은 봄눈이 된다. 무슨 말이 필요하랴, 듣기만 해도 위로가 되고 힘이 솟는다.

사람이 많아 사람이 없고 소리가 넘쳐 소리가 없는 적막한 이 세상에, 이토록 평화로운 소리가 있었던가. 눈을 감고 가슴을 연다. 자비로운 은혜가 메마른 내 가슴에 봄비로 젖는다.

이제껏 귀로 듣던 종소리는 소음에 불과했다. 지금은 추억 속으로 멀어졌지만 딸랑대던 두부 장수의 종소리도 그렇고, 공부 시간을 알리는 학교종도 별로 다를 바 없다. '밀레'는 교회당의 저녁종을 아름다운 평화로 그렸다. 그러나 한 집 건너 교회라는 도시에서는 평화가 아니라 소음이 된 지 오래다. 무슨 은혜가 있겠는가.

내 가슴 깊은 곳에 평화의 소리가 꺼지지 않는 불씨로 한 가닥 남아 있다. 어릴 때 잠결에 듣던 어머니의 염불소리다. 이 새벽 장중莊重한 산사의 범종소리에 잊고 살던 어머니의 염불소리가 스멀스멀 살아난다. 깊은 밤 이른 새벽 입버릇처럼 염불을 하셨다. 어쩌다 뜻을 물으면 '많이 하면 좋다더라'며 수줍은 듯 웃던 고운 얼굴이 아른거린다.

어느 해 겨울, 창호지 한 장에 서툰 붓글씨로 반야심경般若心經을 써 드린 기억이 새롭다. 아니 부不 자와 없을 무無 자가 유난히 많다는 생각이 난다. 날이 가고 달이 가도록 더듬거리며 외우던 어머니의 염불, "불생불멸 불구부정 부증불감, 무노사 역무노사진 무고집멸도 무지역무득 이무소득고." 不生不滅 不垢不淨 不增

不滅 無老死 亦無老死盡 無苦集滅道 無智亦無得 以無所得故

이 무슨 뜻인가. 오긴 왔어도 온 것이 없고 가긴 갔어도 간 것이 없고, 더러움도 깨끗함도 없고, 더함도 덜함도 없네. 늙음도 죽음도 없고, 늙어 죽어 다함도 없고, 괴로움 번뇌 해탈의 길도 없고, 앎도 없고, 얻는 것도 없는데 무엇을 더 얻을 수 있으리요.

얼핏 이런 의민가 싶지만 부정에서 긍정을 무無에서 유有를 얻는 큰 깨달음이 그리 쉽겠는가. 버려야 얻고 죽어야 사는 구도의 길을 좁은 문이라 한 이유를 알 것도 같다.

입에 달린 염불이 무슨 의미가 있으리요만, 많이 할수록 좋다는 어머니의 그 천진한 믿음을 어찌 탓할 수 있으랴.

급변하는 시류 탓인가, 아니면 청개구리를 닮은 내 심성 탓인가. 어머니의 염불을 잊은 채 교회당의 종소리에 묻혀 이제껏 살았다. 효도를 한 건가 아니면 불효를 한 건가. 그 판단이 쉽지 않다. 여래如來는 우상이요 기독基督은 하느님으로 믿었다. 우상을 부르던 어머니가 어떻게 보였겠는가. 믿음의 발걸음이 그래서 더욱 조급했는지도 모른다.

"마음이 청결한 자는 복이 있나니 저희가 하나님을 볼 것이요." "내가 천사의 말을 할지라도 사랑이 없으면 울리는 꽹과리가 되고" 앞 구절은 기독의 말씀이요 뒤 구절은 사도 바울의 가르침이다. 나는 어떤가. 마음이 맑지 못하니 하나님은커녕 사람도 못 보는 위인이요, 이웃에 드러낸 사랑이 없으니 이제껏 꽹과리만 울린 꼴이다. 이 부끄러운 믿음을 어찌하랴.

무엇을 사랑이라 하는가. 사랑과 자비는 표현은 다르지만 뜻은 하나다. 크리스천은 기독을 드러내는 삶이 사랑이요, 불자는 여래를 증거하는 삶이 곧 자비가 아니겠는가.

참된 희생이 없이는 진정한 사랑도 자비도 없다. 사랑과 자비는 입의 도덕이 아니라 손발의 윤리가 아니던가. 산사의 종소리가 우윳빛 안개로 흐른다. 빠르지도 느리지도 않고, 강하지도 약하지도 않은 은빛 소리에 메마른 내 가슴이 촉촉이 젖는다.

"심무가애 무가애고 무유공포 원리전도몽상 心無佳礙 無佳礙故 無有恐怖 遠離顚倒夢想 마음에 걸림이 없으니 무엇이 두려우랴. 헛된 꿈 멀리하니 마음도 가벼워라……."

갑자기 목줄기가 뜨거워진다. 앞을 외우면 뒤를 잊고 뒤를 외우면 앞을 잊으면서도 염불을 할 때면 언제나 화안열색和顔悅色이 되던 어머니의 모습이 목에 걸린다. 울컥울컥 뜨거운 것을 삼키면서 조용히 무릎을 모은다.

여래如來께서, 서른다섯 되던 해 깨달음을 얻어 중생을 제도濟度하시다가 B.C. 544년에 입적하시니, 연세 여든이시다.

그 후, 여래의 설법을 모으기 위해 5백여 제자들이 칠엽굴七葉窟에 모였다. 여시아문如是我聞, '나는 이렇게 들었다'는 식으로 기억을 더듬어 기록한 불경이 곧 아함경阿含經이다. 다시 백 년 후 두 번째 모임이 있었고, 삼백여 년 후 세 번째 모임을 가졌다. 이렇게 해서 결집된 불경이 팔만대장경이다.

누구나 팔만대장경을 대하면 개구리가 태산을 지는 듯한 중압감을 느낄 수밖에 없다. 이러한 중생을 위해 그 방대하고 난삽難澁한 내용을 이백육십자二百六十字로 함축한 불경이 반야심경般若·心經이다. 여래는 중생을 생로병사生老病死의 고해에서 제도했다면 반야심경은 불자들을 대장경의 심해深海에서 구해 준 셈이다.

반야심경은 불경 이전에 수천 년의 역사를 지닌 동양사상의 결정체다. 동양사상은 곧 세계사상의 뿌리가 아니던가. 생각이 있는 사람, 정신이 있는 사람이라면 누구나 종파의 편견을 버리고 한 번쯤 읽고 배워야하지 않겠는가.

산사의 종소리가 삭막한 내 가슴에 단비로 젖는다. 내 가슴 깊은 곳에 은근한 불씨로 식지 않고 남아 있는 어머니의 염불소리가 묻어난다. 오! 평화롭고 아름다운 소리, 듣기만 해도 위로와 감동이 강물로 흐른다. (1996)

인장지덕 人長之德

인장지덕人長之德이요 목장지패木長之敗라 했다. 큰사람은 덕이 되고 큰 나무는 해가 된다는 말이다. 사람과 나무의 다른 점이다. 나무는 크면 큰 나무다. 그러나 사람은 다르다. 크다고 큰사람이 아니요 작다고 작은 사람이 아니다. 작아도 무한히 큰사람이 있고 커도 극히 작은 사람도 많다.

인장人長은 어른을 말한다. 누가 어른인가 나이가 많고 지위가 높으면 어른인가. 꼭 그런 것도 아니다. 덕이 안 되는 어른도 많기 때문이다. 그러므로 인장은 마음이 넓고 따뜻한 덕 있는 어른이 아니겠는가.

내 이제껏 인장의 덕을 수없이 입고 살았다. 부모나 스승은 차치하고라도 때로는 이름도 모르는 분에게 잊지 못할 은혜를 입은 일이 한두 번이 아니다. 늦깎이로 글을 쓰면서도 많은 분들로부터 흐뭇한 덕을 입었다. 그중에서도 D일보 문하센터에서 문장을 강의하는 H교수와, 수필계의 대부로 통하는 P선생은 내가 붓을 들고 있는 한 오래오래 기억될 것 같다.

H교수는 청죽靑竹 같은 그 깐깐한 심성으로 나에게 수필隨筆인 을 가르쳤고, P선생은 겨우 일면식뿐인 새내기에게 기꺼이 징검다리가 되어 주었다.

내 딴엔 한껏 기교를 부린 원고가 상처투성이로 되돌아왔다. 어디에 어떻게 손을 대야 할지, 실로 난감할 때가 많았다. 원고지 한 장을 붙들고 밤을 새우며 쓰고 지우기를 다람쥐 쳇바퀴 돌 듯하면서, 조금씩 조금씩 글눈이 열렸는지 모른다.

"수필은 자화상이다. 진솔하게 표현하라, 설명하지 말라, 가르치려 들지 말라, 지식 자랑하지 말라, 함께 공감할 수 있는 여운을 남기라."

H교수의 지론이다. 그러나 이 어찌 쉬운 일인가. 얼핏하면 덕지덕지 분칠한 장광설을 늘어놓기 예사요, 서푼어치도 못 되는 지식으로 사람을 가르치려 들기 일쑤다. 실로 가증스럽기 그지없다. 괴사체가 좋아야 사진이 좋듯 사람이 좋아야 글이 좋은 건 정한 이치다. 원고지를 대할 적마다 수필적 인생을 강조하던 H교수를 떠올리며 부끄러워하는 소이가 여기에 있다.

수필이 자화상이라면 나는 내 소리를 낼 수밖에 없다. 참새는 짹짹거림이 제 꼴이요, 까치는 깍깍댐이 제 모양새 아니던가. 제 소리를 제대로 낼 수만 있어도 제 꼴을 제대로 나타낼 수 있으련만, 이 또한 어렵기는 마찬가지다.

1992년 《한국수필》 겨울호에 신인상 당선으로 수필계의 말석을 기웃거리게 되었다. 머리에 희끗한 잔설을 이고서 말이다. 아무나 붓 가는 대로 쓰는 게 수필인데 뭐 그리 대수냐고 웃을지도 모른다. 그러나 나에겐 감회가 깊다. 붓을 들고 노을이 고운 황혼을 관조하는 초연한 삶을 꿈꿔왔기 때문이다.

94년 여름, 대구에서 열린 수필가협회 세미나에 참석했다. 옆

자리에 앉은 분의 명찰을 보고 수필가 P선생임을 알았다. 눈이 번쩍 띄었다. 작품 속에서나 만나던 분을 직접 만났으니 이는 분명 행운이다.

처음 입어도 오래된 것 같고 오래 입어도 처음 같은 옷이라는 어느 회사의 상품광고를 떠올렸다. 전혀 낯설지 않다. 고향 마을 바위아저씨를 만난 느낌이다. 수필인다운 수필인은 이러한가. "선생님의 글을 읽고 바보로 살기로 했습니다. 똑똑하고 잘난 사람들이 너무 많은 세상이지요?" 바보네 가게를 염두에 두고 입을 열었다. "잘난 사람들이 잘난 체 하면 누가 뭐라겠습니까. 그러지도 못하면서 잘난 체 하니 그게 문제지요." 처음 만나 나눈 대화의 전부다.

새해, 인사를 겸해 '수필공원' 원고로 졸문 한 편을 우송했다. 실로 낯두꺼운 처사다. 지나는 걸음으로 인사 한 번 나눈 인연이기에 하는 말이다.

그런데 이게 웬일인가. 3일째 되던 날 전화벨이 울렸다. 글의 내용이 《월간 북한北韓》지에 보내고 싶은데 내 의향은 어떠냐고 묻는다. 형언키 어려운 정감에 대답을 얼버무리고 말았다. 며칠 후 다시 전화가 왔다. 두 번째 원고는 마침 어느 사보에 청탁받은 게 있어서 그리로 보낼 테니 다시 한 편을 보내 달라는 것이다. 점입가경은 이를 두고 한 말인가. 나는 어느새 구름 위를 걷고 있었다. 얼마 후 잡지 몇 권이 날아들고 약간의 고료도 들어왔다. 이른바 글값이다. 새내기의 졸문이 빛을 본 것도 영광인데 글값까지 받았으니, 일석一石에 이조二鳥요 금상錦上에 첨화添花다.

문득 글값으로 1년에 쌀 몇 가마 받으시던 훈장 아버지가 떠올랐다. 부전자전이다. 생전 처음 글값을 받은 훈장 아들의 독백이요 푸념이다. 아버지의 너털웃음이 어디선가 들리는 듯싶다.

하룻밤 술값이 기백만 원이요 여인들의 외투 한 벌이 기천만 원인 세상에 그것도 돈이냐고 웃을지도 모른다. 그러나 나에겐 천금이요 만금이니 어쩌랴.

어디에 어떻게 쓸까. 우리 부부의 행복한 고민거리다. 먼저 P선생에게 고마움을 표하고 주말여행을 가기로 했다. 개나리가 화사한 봄날 우리는 영월 청녕포를 거닐었다. 관음송을 우러러보는 내자의 눈동자에, 복에 겨운 내 모습이 언뜻언뜻 명멸하고 있었다.

사는 게 별건가, 비행기를 타고도 괴로운 사람이 있고 흔들리는 달구지 위에서도 즐거운 사람이 있는 게 인생살이다. 누가 더 행복한 사람인가. 노을이 얼큰한 자규루子規樓 난간에서 두견이 소리에 취한 내자가 P선생이 고맙다는 말을 입버릇처럼 하고 있었다. 수양산 그늘이 관동 팔십 리를 가는 격인가, 호박벌 닮은 사내가 호박꽃 같은 여인의 손을 잡고 헤실헤실 웃는 모습이, 그리 밉지는 않을 듯싶었다.

인장지덕人長之德이다. 나는 언제쯤 인장의 흉내라도 낼 수 있을는지……. (1995)

제6부

·

산그늘 물그늘

산그늘 물그늘

광풍각光風閣 뜨락에
물소리 소새소새
대봉대待鳳臺 비낀 달이
제월당霽月堂에 걸립니다

님 그린 성산별곡星山別曲
두견화로 피었는가
부용당芙蓉堂 빈 마루에
노을만 젖어 들고

무등無等에 흐르는 구름
산그늘 물그늘
미인곡美人曲을 뿌리다가

식영정息影亭 난간 위에
그림자 널어놓고
부질없는 세상살이
광주호光州湖에 흘립니다.

고향길

말없이 걷고 싶은 오솔길이다.

울오매 밭둑길
울아부지 논둑길
바보가 되어
천치가 되어
등지고 걷고 싶은 초심初心길이다.

구석터
바가지골
쑥국 쑤욱국
삐비꽃 서리 내린 배고픈 들녘
피울음 두견화로 허기를 달래던
멀어질수록 가까워지는 별난 길이다.

영모정 솔밭길
뒷뜸 대숲길
소올솔 솔바람

사알살 댓바람
무심히 걷고 싶은 푸른 길이다.

어려울 때 생각나고
서러우면 떠오르고
외로워서 그리운 길
알찬 연어가 탯자리 찾아오는 본향길이다.

수구초심首邱初心

고향집 툇마루에
지친 팔다리 널브러졌다.

파리똥 얼룩진 전등을 끄고
사르르 내리는 어둠에 젖는다.

매캐한 모깃불 울오매 땀냄새 묻어나고
무논에 왕개구리 공자왈 맹자왈 자욱하다

감나무 가지 위로 미리내 흐르는 밤
울밑에 닭으장풀 반딧불이 정겹고
별빛에 벙근 박꽃 하이해서 서러운데
사랑에 지친 견우직녀 추녀 끝에 매달려 졸고 있다.

가슴을 후벼드는 두견이 울음울음
무슨 설음 저리도 많아 이 한밤을 하얗게 새우는가.

반백半白이 되어 뒤늦게 철이 든 수구초심首邱初心
고향집 툇마루에 지친 팔다리 널브러졌다.

민들레

봄볕에 익어 나뒹구는 아이들
얼룩진 땀방울 벙그는 눈웃음이
길섶에 널려 있는 민들레를 닮았다.

해맑은 눈망울 파아란 하늘에
흰구름 한 점이 고요히 흐르고.

바람이 불다가 비도 내리고
꽃 진 자리에 낙엽이 쌓이면
알토란같은 저 아이들도
민들레 홀씨 되어 흩어지겠지.

척박한 시멘트 먼지 낀 틈사이에
물안개 어리는 달동네 언덕 위에
일곱 번 넘어지면 여덟 번 일어서서
저마다 어울리는 꽃대를 세우고
노오란 꽃망울을 피워내겠지.

봄볕에 나뒹구는 오늘처럼 저렇게
때구르르 구르다가 털털 털고 일어나
바람에 불리고 물 따라 흐르다가
민들레 홀씨 되어 흩어지겠지.

코스모스

고추잠자리 날개 위로
새털구름이 걸리는 삽상한 들녘에
소녀들의 해맑은 미소가 발목을 잡는다.

하나뿐인 오빠를 전장戰場으로 보내며
두 볼에 이슬이 맺히던
순이의 빠알간 리본도 보이고
각혈咯血을 하다가 나비가 되어 날아간
경아의 새하얀 얼굴도 보이고
대추볼 보조개 영이의 자주빛 댕기도 보이고

숫기 없는 머슴애가 행여 설핏 훔쳐보지만
도무지 마음을 열지 않을 것 같은 계집애들은
길섶에 서성이는 바람결인가.

들국화 잔디에 누워 햇살 주무르는 무료한 나절
첫사랑 소녀들의 해맑은 미소에
살며시 눈을 감고 하늘을 본다.

조약돌

갯도랑
여울목
산새알 물새알 널브러졌다.

풍상만고風霜萬苦
갈리고 씻기어
속기俗氣를 훨훨 벗은 것들

가릴 것도 없고
걸릴 것도 없는
알맹이들이
윤회輪廻의 강가에 뒹굴고 있다.

돌이 되어
돌 하나 나 하나
산은 산이요 물은 물이라던
선사禪師의 사리가 구르고
나비가 되어 날아간

아이의 웃음도 흐른다.

나그네
잠시 머물다 어디로 가는가

매촐한 돌 하나
가슴에 품고
한줄기 바람으로 하늘을 본다.

병아리

어미의 품속에서 세이레를 구르다가
굼벵이 매미 되듯 껍질을 벗은 것들

또르르 또또르르
한 마당 가득
열하고 둘이다가 둘 아니라 서이다가
할매의 합죽한 입이 헤벌어진다.

많이 묵고 크거라
후딱후딱 크거라
아들이 두울에 사우가 서이
대추알 손주들이 주렁주렁 예닐곱
곯아버린 알 세 개가 눈에 밟힌다.

시도 때도 없이 울어대던 수탉은
할배 제삿날 목을 비틀고
제 새끼 쪼아대던 변심한 씨암탉은
막내사위 오던 날 털이 뜯기고

인삼에 약병아리
주문처럼 외우더니
복날 개 패듯이 뜯기고 찢기어
하나 둘 그렇게 스러져 갔다.
닭으새끼 목숨은 파리 목숨
많이 먹고 잘 크라던 그윽한 눈빛도
가려주고 만져주던 따뜻한 손길도
누구를 위한 악어의 눈물인가

물 한 모금 입에 물고
하늘 한번 쳐다보던
그 순한 눈망울을 어이할 꺼나…….

눈

단발머리 소녀가
시집을 간다.

하얀 면사포
수정고드름 귀걸이 달고
죽창 붉으레 연지가 곱다.

푸른 대숲에 까치가 울면
해섭이 달자 텃논에 모여
코 큰 서방에 입이 큰 각시
청솔가지 걸어놓고 꽃가루를 뿌리자

장구배미 길을 내어 썰매도 타자
후남이 끝순이는 백두로 가고
나는 얌전이와 한라로 가고
얼음과자 오드득 목을 축이고
눈 한 줌 뿌드득 배를 채우고
골목대장 앞세우고 산으로 가자

동산에 달이 뜨면
월백月白 설백雪白 천지백天地白이라
강아지도 白 白 白 시를 읊는다

잣나무골 여우소리
설야도 삼경인데
할매의 해소기침
수줍은 새색시 봄눈 녹는다

눈이 내린다.
내 마음 같은 앙상한 가지마다
하얀 꽃송이가 소롯이 곱다

묵향墨香

먹을 간다
나를 간다
모난 곳을 둥글게 간다.

사르르 스미는 묵향에
온갖 시름은 바람 한 줄기

댓바람 소슬한
하얀 화선지
이제 막 열린 하늘에

흑과 백이 어우러져
혼魂이 되고
시가 되고
향기 머금은 꽃으로 벙글고
묵향에 취해
세한도歲寒圖
굽은 소나무 우러르다가

난정蘭亭에 올라
서성書聖의 진적珍籍을 곁눈질하다가

어머니 떡판을 적신
석봉의 뜨거운 눈물에
흩어진 매무새를 곧추세운다.

불佛이야 불佛

해탈교 아래로 갯도랑이 흐르고
일주문 추녀 끝에 구름 한 점 걸렸다.

포도주빛 노을에 얼큰한 나그네가
왕방울눈 사천왕四天王과 시비를 걸다가
대웅전 뜨락에서 장승이 된다.

입을 다문 부처는 오늘도 말이 없고
산소리 물소리 풍경소리
무심한 산새들의 염불소리
지줄지줄 색즉시공色則是空
뱃쫑뱃쫑 공즉시색空則是色

오긴 왔으나 온 것이 없고
가긴 갔는데 간 것도 없고
썩음 위에 새싹이요 새것은 곧 헌것이라
빈손으로 가야 할 해거름 나그네가
더함은 무엇이며 덜함은 또 무엇인가

눈빛이 퍼어런 녹슨 철불鐵佛
주름골 깊디깊은 빛바랜 목불木佛
새똥에 얼룩진 이끼 낀 석불石佛
향촉에 그을린 누우런 금불金佛
예불보다 염불이요 염불보다 각불覺佛이라.

뜬구름 가리키는 고승의 일갈에
한줄기 바람으로 해탈교를 건넌다.

해거름 길목에서

그러려니 사세나
새치머리 뽑는다고
주름골 메꾼다고
세월의 흔적이야 어찌하겠나.

사람살이 한 마당 봄꿈 같은 것
장자가 나비 되든 나비가 장자 되든
색色은 공空이요 공은 곧 색이라네.

쉬엄쉬엄 사세나
위를 보다가 아래도 보고
바쁠수록 한걸음 돌아서 가고
그토록 바둥바둥 허둥대다가
다리에 힘빠지면 어쩔 셈인가

앞만 보고 살아도
졸라매고 살아도
온 세상 돌고도는 돈이란 놈이

손쉽게 잡힐 리는 만무한 거고.

그렁저렁 사세나
있으면 있는 대로
없으면 없는 대로
남사스런 허물일랑 감싸안으며
적당히 구정물도 튀겨대면서
절반쯤 접어두고 살아 보세나
그런대로 한세상 살 만할 거네

나목裸木

버들강아지 토실토실 물오른 강변에서
새싹 파릇파릇 꿈꾸던 봄꿈도

산수유 진달래 산동백 개나리……
들뜬 벌나비 풋풋한 날갯짓도
하늘도 가릴 듯한 푸르름에 질펀히 젖어
온세상 내 것인 양 날뛰던 정열도

이제끔 돌아보니 바람이요 구름이라.

마른잎 우수수 제자리로 돌아가고
달린 것들 하나 둘 제풀에 손 놓으면
시린 하늘에 빈 둥지
스치는 바람마다 가시 되어 찌른다.

다 벗어버린 앙상한 가지
가리고 숨길 아무것도 없구나

걸어온 궤적軌跡
덕지덕지 드러나
차마 부끄러워 눈을 감으면
빈 수레 아우성이 이명耳鳴으로 맴돈다.

내 이제껏 무엇을 위해 가슴 태워 살았던가
때아닌 찬비 가슴을 헤집더니
메마른 가지 위에 하얀 꽃가루 포근히 내린다.

배 웅

허물없던 막역莫逆이 먼길을 가네.
뒤돌아보며 해찰 좀 하자더니
이제부터 시작이라는 나이 예순에
한 마리 새가 되어 저 언덕을 넘었네

간 자는 갔기에 차치하고
남은 자가 아른거려 나선 배웅길
발끝에 걸리는 빛 바랜 낙엽
하늘은 오늘따라 더욱 푸르고

울음소리 해맑은 신생아실
내과, 외과, 정신과를 지나
향냄새 매캐한 지하 구석방
떠난 자는 웃으면서 내려다보는데
보낸 이는 울면서 올려다보네.
해뜨고 달지고 이만여 나날
무엇을 하였느냐 따지지 말자
무엇을 남겼느냐 묻지도 말자

애비 잃은 딸 둘 과부 하나가
아직은 그 이름을 부르고 있지만
이 또한 얼마나 가랴 싶어
멍하니 흰구름만 바라다보네.

울아부지 울오매

억눌린 방랑길에 뜬구름 벗을 삼아
큰 시름 맺힌 아픔 말술로 달래시다
물 되고 바람이 되어 허허웃던 아버지

종아리 여린 살에 아픔의 줄을 긋고
오얏물 하늘 멀리 속눈썹 적시심은
어린것 올곧기 바라던 울아부지 정일레라.

반 그릇 나물밥에 허리띠 조이시고
소쩍새 지샌밤을 속울음 삼키시며
정한을 끈끈한 모정으로 꽃피우신 어머니

어릴 적 뛰어놀던 매봉재 성성골은
울오매 무릎 베고 젖가슴 만지던 곳
오매의 살가운 눈웃음이 풀꽃으로 피었네

동산에 달이 뜨니

고향땅 오솔길은 싸목싸목 걸어가자
이끼긴 너럭바위 어루만져 앉아보고
시루봉 흐르는 구름 세월저편 찾아가자

갯도랑 맑은 물에 찌든손발 씻어내고
등굽은 천년노목千年老木 경이롭게 우러르다
오얏물 자운영 꽃길 아이되어 놀다가자.

구레실 무논배미 날반기는 왕개구리
도장골 잣나무숲 정겨운 솔부엉이
울오매 호미끝 탯자리 꿈엔들 잊으리야.

서산에 지는해를 탓을해서 무엇하리
동산에 달이뜨니 흐린눈이 맑아진다.
이한밤 달빛에 취해 새어본들 어떠리.

진실과 허위가 미역감은 이야기

초판 인쇄 · 2002년 2월 21일
초판 발행 · 2002년 2월 21일

지은 이 · 신용일
펴낸 이 · 임종대
펴낸 곳 · 미래문화사

등록 번호 · 제 3-44호
등록 일자 · 1976년 10월 19일
주소 · 서울시 용산구 효창동 5-421호 ㉾140-120
전화 · 715-4507, 713-6647
팩스 · 713-4805

E-mail · miraebooks@com.ne.kr
mirae715@hanmail.net
ISBN 89-7299-228-3
ⓒ2001, 미래문화사

정가 · 9,000원